民国四川仁寿胡氏家族书信集

四川历史研究院成果文库·地方文献系列

蜀粤闽徽信録校注

苏东来　胡证川　胡子平○编著

巴蜀书社

四川师范大学成都市哲学社会科学重点研究基地
成都历史与成都文献研究中心规划项目（编号：CLWX20002）

图书在版编目（CIP）数据

蜀粤闽征信录校注 / 苏东来，胡证川，胡子平编著.
—成都：巴蜀书社，2020.11
ISBN 978-7-5531-1393-7

Ⅰ.①蜀… Ⅱ.①苏… ②胡… ③胡… Ⅲ.①书信集
—中国—民国 Ⅳ.①I266.5

中国版本图书馆 CIP 数据核字（2020）第 221142 号

蜀粤闽征信录校注
SHUYUEMIN ZHENGXINLU JIAOZHU

苏东来　胡证川　胡子平　编著

责任编辑	徐庆丰　且志宇
封面设计	原创动力
出　　版	巴蜀书社
	成都市槐树街2号　邮编610031
	总编室电话：(028) 86259397
网　　址	www.bsbook.com
发　　行	巴蜀书社
	发行科电话：(028) 86259422　86259423
经　　销	新华书店
照　　排	成都完美科技有限责任公司
印　　刷	四川省平轩印务有限公司
版　　次	2020年11月第1版
印　　次	2020年11月第1次印刷
成品尺寸	240mm×170mm
印　　张	20.5
字　　数	300千
书　　号	ISBN 978-7-5531-1393-7
定　　价	88.00元

本书如有印装质量问题，请与发行科调换

编委会

顾　　问	陈世松　钱成国　胡连荣　胡英席
主　　任	胡先成
编　　著	苏东来　胡证川　胡子平
委　　员	胡先达　胡　宇　胡南山　胡泽龙
	胡良伟　胡泽厚　胡良荣　胡耘华
	胡居焕　胡达周　胡育生　胡文彬
封面题签	胡明轩
指导单位	四川省社会科学院历史所
	四川公满文化传媒有限公司

 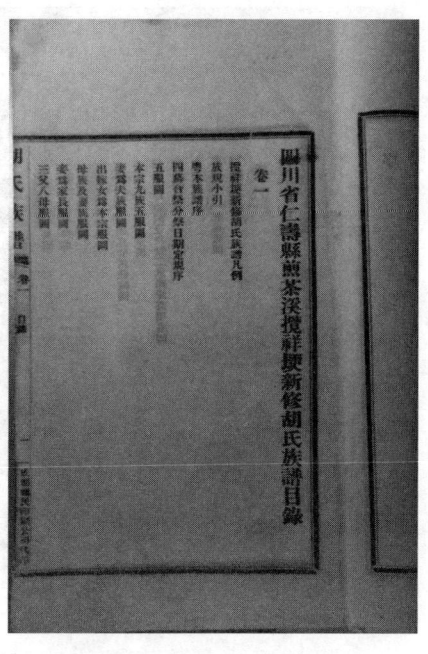

图 1　民国二十七年（1938）仁寿煎茶溪揽祥埂《新修胡氏族谱》书影

行派六十字

登英邎仁元　永世绍宗先
友让中庭秉　文章祖德绵
迪光思国庆　允协守家传
锡瑞书惟孝　敦怀志乃宜
茂廉辉善学　禄籍蔚名贤
安济昌明兆　丰绥福履联

图 2　仁寿揽祥埂胡氏入川后续字派六十字辈歌

图 3 仁寿胡氏揽祥埂总祠祀堂图

图 4 胡氏入川始祖胡登科暨二世祖灿英坟墓图

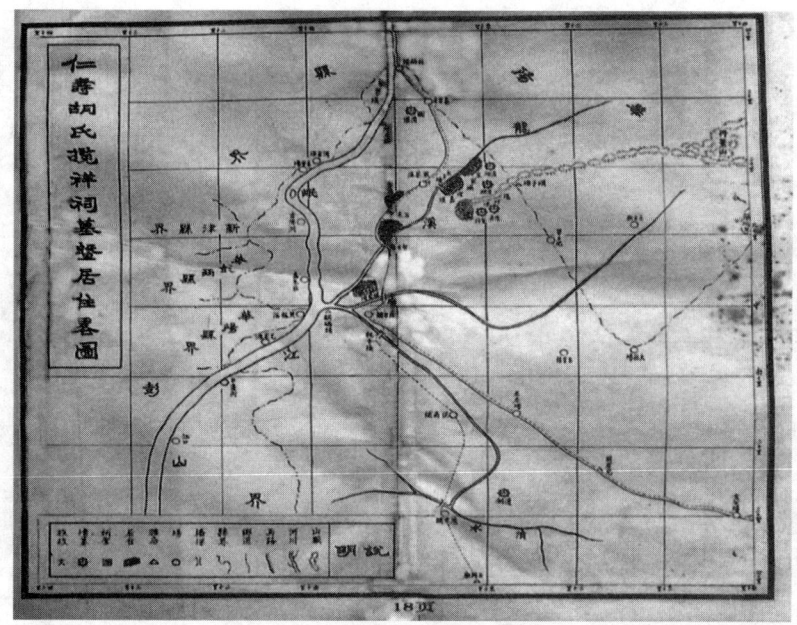

图 5　仁寿胡氏揽祥祠墓暨居住略图

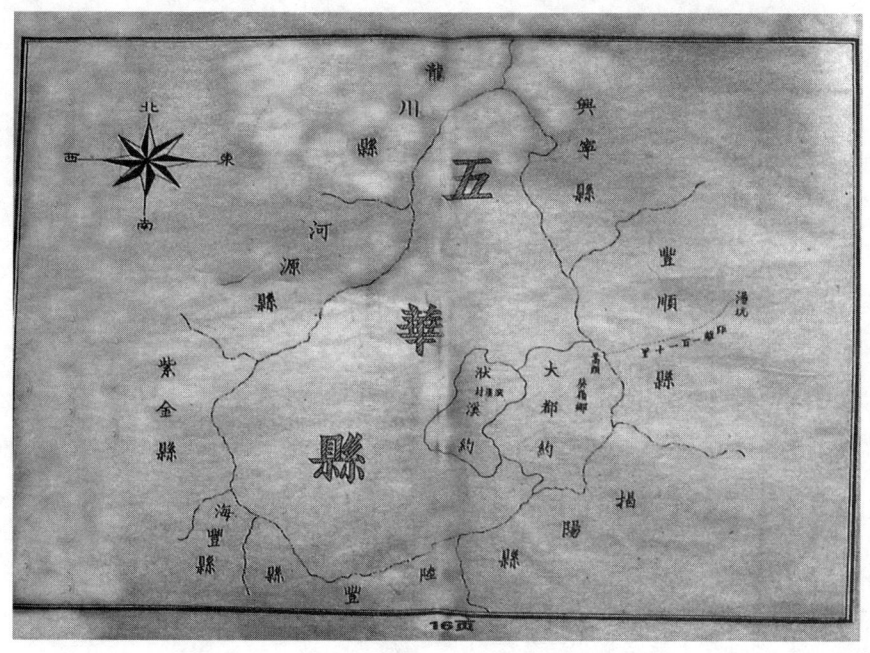

图 6　仁寿胡氏祖籍地广东五华县地图

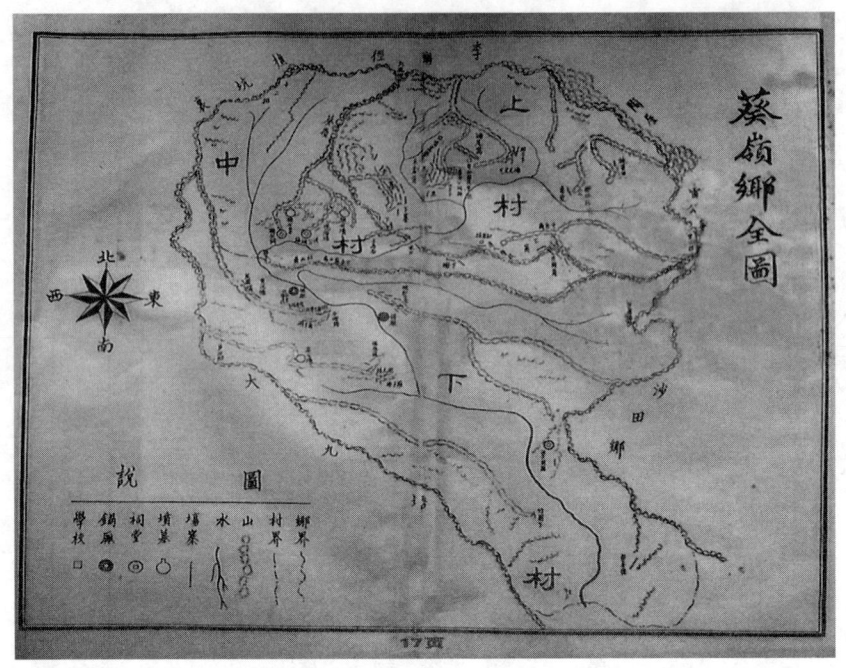

图 7　仁寿胡氏祖籍地广东五华县葵岭乡全图

目 录

序一	1
序二	1
凡例	1
导读：民国仁寿《新修胡氏族谱》社会文化价值浅析	1
蜀粤通信记	1
永南致广东陈叔颖函	4
永南致广东胡氏宗祠函	5
永南再致广东陈叔颖函	6
广东陈培玮覆永南函	7
永南覆广东陈培玮函	8
永南致广东胡氏宗祠函	9
广东胡俊谋覆永南函	10
广东陈培玮覆永南函	12
永南覆广东胡俊谋函	13
永南等覆广东俊谋函	17
永南致威远胡素民函	20
永南覆广东陈培玮函	21

永南等覆广东俊谋函	22
广东胡俊谋覆永南函	24
永南致福建汀州府胡氏家庙函	33
永南致福建汀州府胡炳堂函	34
福建胡炳堂覆永南函	35
永南等覆福建胡炳堂函	36
永南托福建胡炳堂转湖雷乡族人函	39
威远胡素民致永南函	41
永南等致广东胡俊谋弟兄函	43
福建胡炳堂覆永南函	45
福建胡（义）［莪］汀等致永南函	47
永南覆福建胡莪汀等函	48
威远胡素民致握纲函	51
永南覆（广东）［福建］胡梦瀛函	52
永南致福建胡光墀函	53
威远胡素民致永南函	54
威远胡素民转寄福建胡志安等函	55
永南致威远胡素民函	60
永南致广东胡贻孙函	61
永南致福建胡光墀函同时并致函福建胡梦瀛	63
福建胡梦瀛致永南函	64
福建胡梦瀛致永南函	65
永南等致广东胡贻孙弟兄函	71
永南致福建胡梦瀛函	73
永南致福建胡少云函	74
福建胡少云覆永南函阴历六月初七日奉到	78

永南致威远胡素民函	79
福建胡少云覆永南函阴六月廿日收到	80
广东胡贻孙弟兄覆永南函	83
福建胡瀛覆永南函	89
永悦等致广东胡贻孙弟兄函	92
永悦致福建胡少云函	96
福建胡梦瀛覆永南函	98
福建胡荣光致永南函	101
广东胡贻孙弟兄致永南函	102
永悦覆胡素民函	104

附录一 民国二十七年铅印本《新修胡氏族谱·蜀粤闽征信录》书影 ················ 105

附录二 清代泸州胡建章移川禀呈及与原乡往来信函 197
    移居四川禀呈（雍正十二年） 197
    顺生、俊生、兰生致广东长乐函 198
    广东长乐下湖寨恭文、裕文致四川泸州胡建章函（嘉庆十四年） ··· 199

附录三 胡氏家族发展史文存 202
    民国仁寿煎茶溪揽祥埂新修胡氏族谱序 202
    新修揽祥埂胡氏族谱序 203
    族规小引 204
    迁蜀记 206
    揽祥埂胡氏开基始末记 208
    揽祥埂开基以前社会状况 210
    揽祥埂开基以后学风通塞状况 211
    补志科祖圹记 212

揽祥埂胡氏祠记 …… 214
煎茶溪理嘉坝老宅记 …… 215
揽祥埂新修族谱记事 …… 216
揽祥埂先今丁口产业盈虚纪略 …… 217
佚闻汇记 …… 219
揽祥埂族自治会缘起 …… 222

附录四　胡氏家族重要人物传记 …… 223

胡铨列传 …… 223
补志明南京兵马司副指挥胡公诚家传 …… 230
科祖传略子灿英附 …… 232
汉潮湘海四公小传 …… 234
仁泰府君家传 …… 235
仁昭公家传 …… 236
仁恺仁昭仁富仁贵仁山五公合传 …… 237
象州府君家传 …… 238
清教谕胡公元第府君家传 …… 240
永端永恬永杰永森永衡合传世家附 …… 241
秀升别传 …… 242
胡永南小传 …… 243
胡梦瀛小传 …… 246
胡素民小传 …… 250

附录五　胡氏家族墓志碑记 …… 253

宋故资政殿学士朝议大夫致仕庐陵郡开国侯食邑一千五百户食实封一百户赐紫金鱼袋赠通议大夫胡公行状 …… 253
晓垣府君行状 …… 262
清胡公仁德府君墓志铭 …… 264

封翁元珍胡君墓志铭 …………………………………… 264

岁进士胡君秀升墓志铭 ………………………………… 265

资政殿学士赠通奉大夫胡忠简公神道碑 ……………… 267

胡忠简公跋 ……………………………………………… 273

胡忠简公经解跋 ………………………………………… 274

九世祖忠简公经解后跋 ………………………………… 274

胡时疑案 ………………………………………………… 275

后　记 ……………………………………………………… 277

序 一

陈世松

《蜀粤闽徵信录校注》是一部以族谱为对象的民间历史文献整理著作，其内容有三：第一，主体部分为《蜀粤闽征信录》，系从民国四川省仁寿县煎茶溪揽祥埂《新修胡氏族谱》（以下简称仁寿《胡氏族谱》）中析出的蜀、粤、闽族人往来家书集；第二，篇首部分为导读，旨在介绍本书的基本内容与价值；第三，结尾部分为附录，收录与胡氏有关的谱序、碑铭、家传、禀状、杂记、信函等族谱文献资料，用以了解胡氏家族源流，以及迁蜀开基、创业成长的过程。

胡氏家族是清初"湖广填四川"移民潮中一支来自广东长乐的客家家族。在四川定居一百五十多年后，族人议修本支族谱，为辨本源，于光绪初年分别致函粤、闽、赣三大祠堂，往来书札不断，积久成帙，后经丧乱，大多遗失。幸存四十八封信札，于民国二十七年（1938）修订族谱时，收录在《蜀粤闽征信录》中，得以铅印存世。在当前大力弘扬中华优秀传统文化的背景下，胡氏族人欣然与学者联手，将包括《蜀粤闽征信录》在内的族谱文献资料奉献出来，整理编印成书，此举既为家族争光，也使学界受益，有助于社会主义文化事业的繁荣，实乃幸事一桩。

巴蜀地区是中国的一大移民区，凭借得天独厚的自然环境和人文地理条件，一向被誉为移民"定居地"和"收容器"，同时也成为较多保存清初大移民时代历史记忆和民间历史文献的"聚宝盆"。十五年前，我在撰写《大迁徙："湖广填四川"历史解读》（四川人民出版社2005年）一书时，曾引用宜宾筠连《温氏族谱》中乾隆二十一年（1756）广东长乐温紫彩的《寄川家书》，用以复原清初大移民中"摸底准备"之情景，此事引起中国移民史著名专家曹树基教授的关注。他在题为《一部"过程"的移民史》（《中华读书报》2006年4月12日第15版）的书评中感叹道："这是一封18世纪中叶的民间书信，居然会在族谱中完整地保存下来，不能不说是一个奇迹！"又说："面对如此鲜活生动的资料，谁能不动心……拥有如此高质量的乡土资料，四川的移民史研究者，真的是太幸运了。"

最近十余年来，随着调查研究的深入，保存在族谱中的民间信札又如雨后春笋，相继被发现。2018年，青年学者、四川客家研究中心特约研究员陈伟平，率先从民国江西《钟氏家谱》中，发掘出乾隆二十七年（1762）致川族人信札一封；继又从宣统四川邻水《邹氏族谱》中，发掘出雍正、乾隆年间川粤邹氏族人往来书信六封；从同治重庆荣昌《陈氏族谱》中，发掘出乾隆、道光年间广东陈氏《寄蜀家书》四封。如今，四川省社科院历史所副研究员苏东来又与胡氏族人一道，从仁寿《胡氏族谱》中发掘出《蜀粤闽征信录》信札四十八封，从道光泸州《胡氏族谱》中发掘出雍正、嘉庆年间蜀粤族人往来信函两封（见本书附录二）。这一系列民间文书的发现，堪称近年来四川移民与客家文化研究领域的新收获。

收藏在族谱中的信札，是民间历史文献中的一个特殊门类，其文献特征可以从多个角度去识别。其一，它是家族成员为处理家族事务所形成的文字，理当归于家族文献范畴；其二，它采取传统尺牍体裁，在家人或亲朋之间扮演着传递信息和交流情感的媒介角色，显然应归于传统家书文化范畴；其三，这些信函并非实物原件，仅以文本载入族谱之中，这些信函文本无疑是族谱文献的组成部分；其四，这些信函的书写者，均出自有清前期"湖广填四川"背景的移民家族，在家族内部传承的这些文书，自然可称为移民乡土文书。

谱载民间信札文书，原本是家族成员间互相传递信息的产物。这种信息传递，应该既有来信，又有回函。此前现身的家族书信，大多是单边信息传递文本，或者只有祖乡来函，而无客地回音；或者仅见客居去信，而无祖乡反馈。《蜀粤闽征信录》则为我们提供了一个有来有往、首尾连贯、前后呼应的样本，显得弥足珍贵。

通过对这一完整样本的分析发现，这种民间家书，较之同类其他家族文献，有三个显著特征。首先，互联互通突出。分居蜀、粤、闽三地的移民家族成员，在天人各一方、道路阻隔的情况下，书信往来不断，信息传递频率高、密度大、辐射广，其所承载的信息量极大，是一般家族文献所不能比拟的。其次，语境范围广泛。围绕族事而展开的信息交流，讨论话题较多，内容几乎无所不包，这与仅涉及家教、家训、家戒的一般家书文献，仅针对某项家事、族事的一般家族文献相比较，内涵显得更加丰富。再次，个性色彩鲜明。采用应用文体书写，或诗或文，即兴而为，感情抒发酣畅淋漓，文字描写生动活泼，场景刻画细致入微，这与墓志碑铭、族谱行状等家族文献的刻板森严文字，与产权契约文书中带有约束力的严谨文风，也是迥异的。

以族谱为载体的信函文本，是前人在处理族事的历史实践活动中所留下的文字，为了解文本书写时代的社会和历史面貌，提供了珍贵的第一手资料。例如《蜀粤闽征信录》对祖乡、客地宗族的记述，面面俱到，详尽无遗。举凡谱本户册、祖祠宅地、发祥风水、远祖近支、房系图表、字派班辈、祖宗功德、故里寝庙、历世坟墓、祭祀仪式、丁口繁衍、家业盛衰，等等，无不囊括其中，这对于了解中国宗族社会演变史，就相当有价值。又如其对蜀、闽、粤三地山川形势与社会风貌的记述，生动入微，举凡生存环境、社会近状、风俗习惯、生计类型、土产方物、民居疏密、科名世宦、学校文教、佣价低昂、百货腾贱等世态百象，无不在信中呈现。

这些鲜活生动的细节，是难得在一般官府文书与史志著述中见到的，对于研究中国乡村社会与平民百姓的日常生产生活，显得非常稀有珍贵。本书编著者已在《导读》中详细解读，可供参考，兹不赘述。

不过需要指出的是，民间历史文献既然是人们在实际生活过程中产生的，里面的内容讲了什么，不应只用普通历史文献的方法去印证，去解读，而应当根据这些文字，尽量将其拉回到它的历史现场。诚如中山大学历史系刘志伟教授指出："现在最大的问题是没有把这些文书真真正正地带回到历史现场，回到特定时空去解释，当然这个太难了，只能一步步来。"（刘志伟：《从故纸到文献——刘志伟教授谈图书馆民间历史文献整理与研究》）今天，当一大批与"湖广填四川"移民家族有关的谱牒信札文书相继披露之际，如何让其回到历史现场，真正把握文献的灵魂，让这些文书"活"起来，即通过这些史料，去理解、探索当时人们的社会活动、经济活动、社会关系、经济关系，这才是最紧迫、最艰巨的任务。

本书以民间族谱持有者与学术科研单位合作的模式，开创四川民间历史文献整理的新篇章。此举有助于弘扬优秀传统文化，有助于民间文献整理人才的成长。期待本书的出版，能在四川民间历史文献整理上起到积极的推动作用。让尘封的民间历史文献，更多地从故纸堆中走出来，尽快转化为有用的文化资源，发挥出服务社会的最大功效。

2020 年 5 月 6 日

序 二

胡先成

明末清初,天府之国四川由于战乱、天灾与人祸不断,特别是张献忠屠剿四川,导致人口急剧下降。清军入川平定后,为迅速恢复经济,康熙皇帝下达《招民填川诏》,一场持续百余年的"湖广填四川"移民运动拉开帷幕。

据《仁寿煎茶溪揽祥埂胡氏族谱》记载,开基始祖胡登科,生于康熙四年乙巳岁(1665),系广东长乐(今五华县)人,娶妻廖氏,生子胡灿英。在移民大潮中,胡登科于雍正五年(1727)携子(灿英)、媳(谢氏)举家迁川,至雍正七年(1729)到达泸州潘家沟,同年灿英谢氏生长子胡遵汉;后移居成都新繁南门外王家碾,在此于乾隆二年(1737)生次子胡遵潮。又从新繁迁居龙泉驿,数载后,再次迁徙至仁寿县煎茶溪揽祥埂,并于乾隆十一年(1746)生三子胡遵湘,至此,历经数载,由广东长乐至四川仁寿煎茶溪揽祥埂开基立业,至今二百七十余年,家传十余代。

"客家文化"有古汉文化活化石之誉,我族祖籍广东长乐(今五华县),属客家人,流淌着华夏客家人的血脉,传承了客家文化和精神:崇尚儒学,重名节、重孝悌、重文教、重信义。为此,我族先祖安家落业后,不忘祖乡祖宗,在交通闭塞、信息不畅的年代,托行商"花椒客",从祖乡带回族谱手抄本,再次托"花椒客"带银五十两以为祖乡祭祖费。

传至第六世，家族兴旺，成为当地望族。光绪初年，六世祖胡永南从族谱手抄本中获悉胡登科祖妣廖氏墓葬长乐塘尾，倡议族人派人返祖乡省墓，并提议是否将祖妣廖氏迁葬来蜀。于是由胡永南作书，托粤商代投长乐，为蜀粤间第一封书信。光绪丙戌年（1886），胡永南赴京任镶黄旗汉教习，住在京城宣武门城南皮库营，获悉相距二百步许嘉应会馆有一广东长乐籍同年拔贡生陈叔颖（名元煜），便带着蜀中土产登门拜访，以同乡相称，并托其带书信到长乐给胡姓族人。从此，开始了与长乐祖乡族人之间长达数十年的书信往来（直到1923年胡永南因重病而止）。

我族先辈永南、永悦等，为了寻根溯源，查明宗支祖源世系，与广东长乐、福建等地族人长达数十年的书信往来，并将往来书信录入《四川省仁寿县煎茶溪揽祥埂胡氏族谱》，其目的是为了让后世子孙知道：根难寻、晓源流、悉宗支，敦亲睦族，敬祖爱宗。这是我家族的文化传承，是宝贵的精神财富。

前几年，我族族人再次铭记先祖教诲，组织续修族谱，2015年8月，前任族长胡宗荣、副族长胡先达等人，通过时任四川胡氏文化研究中心秘书长胡子平，与广东五华县胡氏宗亲会老会长胡达周宗亲联系上，使得1923年与祖乡书信往来中止后，时隔92年，再次与祖乡族人之间有了新的联系，这是先祖在天之灵的庇佑。胡氏一家亲，无论身处何地、相隔数代，但流淌在骨子里的血脉亲情，永远在时空中相连。

今天，我们置身于建设中国特色社会主义的新时代，为了中华民族的伟大复兴，为了弘扬中华优秀传统文化，提升中华民族的文化自信；首先应从我辈做起，从家文化的复兴开始。我族先辈传承下来的文存家史，跨越几十年间的几十封往来书信，记述了族人之间寻根溯源的过程和故事，它只是在千万姓氏家族中的一个缩影，在处于清末民初的年代里，作为一名家族成员，他们在饱经社会磨难的时代里，不忘家族祖宗，为后世子孙留下宝贵的文化遗产，在书信中还记述了当时蜀、粤、闽三地的民风民情，其文化历史价值更显弥足珍贵。

  作为揽祥埂胡氏家族的一员，我们今天的事业成功、幸福生活得益于祖宗为我们积累的深厚的文化和精神底蕴、得益于身处这个国泰民安的时代、得益于身边友人的相助以及自身的勤奋努力。弘扬中华优秀传统文化、把优良的家族文化和家风传承下去，增强族人的文化自信，是时代赋予我们的历史使命。

  本书能够得以面世，要特别感谢四川省社会科学院四川历史研究院专家对我族文化的研究和其价值的认同，通过苏东来、胡证川、胡子平等辛勤付出，得以成书。

  在本书即将出版之际，向我族入川开基始祖登科祖等先辈，向胡永南、胡永悦、胡素民、陈叔颖、陈培玮、胡俊谋、胡炳堂、胡义汀、胡梦瀛、胡贻孙、胡光墀等前辈们致以崇高的敬意！感谢我族族人们为保护我族先辈传承的文化遗产所作出的努力和贡献，向为本书题序的四川省社科院原副院长陈世松研究员表示衷心感谢！

  期待本书的出版，能将尘封于我族族谱中的的民间历史文献拉进人们的视野，为助推四川民间历史文献整理工作起到积极的作用，能够将其转化为有用的文化资源，发挥出服务社会的功效。

2020 年 10 月 11 日

凡 例

一、本书以民国二十七年（1938）铅印本胡永南纂修仁寿县煎茶溪揽祥埂《新修胡氏族谱》（六卷）为底本，对谱中所撰《蜀粤闽征信录》进行辑录校注，并附录以《胡氏族谱》中的家族文献和泸州市喻寺镇熊桥胡建章支系与广东宗亲的往来信函等。

二、为了帮助理解信函文意与时代背景，每一封信函前提炼简短的内容提要，并对相关人名、地名、事件、典故、典制、名物等进行必要的注释。

三、除了标点句读外，并校正原文中的错讹衍脱问题。错字和衍字，含原谱勘误表中指出需改正的字，用（）标出，正字和补字用［　］标出。

四、原文中的小注部分，仍用小号字表示。

五、年号纪年、甲子纪年，用阿拉伯数字括注公历。

导读：民国仁寿《新修胡氏族谱》社会文化价值浅析

胡证川　张宇　苏东来

清雍正五年（1727），广东长乐县（今五华县）葵岭乡塘尾胡登科携子胡灿英及子媳谢氏，"一肩行李，别无长物"，踏上了艰难的迁川之路。来川数十年间，佃耕为业，居无定所，先泸州，再新繁，又龙泉，最后定居仁寿县揽祥埂。"至道光末年，合族丁口渐众，产业达六千亩"。有清一代，仁寿胡氏，人丁二千，科甲蝉联，遂为仁寿一大望族。

胡永南（1852—1925），胡登科六世孙，胡元鼎长子，号绶珊，别号溪隐老人。清光绪乙酉科（1885）拔贡，庚寅年（1890）任镶黄旗官学第三馆汉教习，五年后丁忧归乡，专事教育。民国初年在他的主持下，经过十多年努力，完成仁寿煎茶溪揽祥埂《新修胡氏族谱》（以下简称仁寿《胡氏族谱》）的编修工作。时任四川省参议员胡素民称赞该谱"条例谨严，序次有法"，"编纂多年，卒成信谱"。

通过研读仁寿《胡氏族谱》，深深感受到族谱中的家族文献，尤其是汇集蜀、闽、粤三地的48封信件的《蜀闽粤征信录》，是一部闪烁着移民文化精神内涵的文史资料，是研究中国宗族演变史和清至民国时期蜀、闽、粤三地社会史的宝贵文献，具有较高的历史与文化价值。为使读者更好地了解《蜀闽粤征信录》及仁寿《胡氏族谱》的内容、特色及价值，笔者不揣浅陋，以该谱所载文献为依据，对文献本身的社会与文化内涵试做解读，以期抛砖引玉，希望引起专家学者及谱牒文化爱好者的关注与研究。

一、别具特色，谱本范式的创新价值

正史、方志、族谱，历来都被视为"文化宝矿"和"信息智库"。《中国家谱总目》主编王鹤鸣认为："家谱不仅是历史文化遗产的组成部分，并且对历史学、民俗学、人口学、社会学和经济学的深入研究均有不可替换的特别功效。"[1]中国人在千年的迁徙过程中，无论世事多么艰难，一旦安定，便会聚族修谱，以续血脉。他们把族谱敬若神明，视之为凝聚族众、延续精神的传家之宝。纵然族谱"迭遭兵燹，家族文史资料荡然无存，不容易稽考，然以其人能靠历代口头的传述，其子若孙，于前代源流世次不致彻底忘怀。"[2]

由于家族重视，准备充分，经族中几代文人的不懈努力，仁寿《胡氏族谱》不仅体例完备、内容丰富、装帧精美，而且在体例、内容和语言风格等方面皆具典范性，为后世编修族谱贡献了谱本范式。

（一）取众家之长构体例

仁寿《胡氏族谱》虽由序、正文、跋三大传统版块组成，但在体例结构上别具一格。在《凡例》中，编者明确提出：序文部分"首重服制，崇祀典，谨录通行五服图于前"；正文部分"宗牒宜法欧阳氏之例"；跋文部分"佚闻志之嘉言懿行，采及三族，用清人严氏谱例"；"谱末附载《蜀粤通信记》，仿明人欧阳氏谱例"，"使子孙开卷一目了然"。

卷一采用图文结合的编写方式，除载胡素民所撰新序与广东旧序、凡例、族规、科公以上一气连珠图、胡氏世系源流图、祖居地与现族居地区域、祠墓图外，突出载明本宗合祭分祭日期规序、五服图、宗祠祭祀图暨典礼、坟前祭祀图暨典礼等图典文献，是极为珍贵的宗族祭祀史料。

卷二至卷五为正文部分。先载明本宗复拟行派六十字、迁川始祖胡登科以下世系，然后按汉、潮、湘、海四大房派，分别以"世系"为经，以"排行"为纬，先用吊线图，再用行传，对家族中男丁及妻室的身份归属、主要事迹、生卒时间、墓冢地点、子嗣繁衍情况等分条进行记述。

卷六为《文献录》。共收录家族文献38篇，尤其保存了族人的记、传、状、志、铭等丰富史料，是研究胡氏家族及煎茶溪社会史的重要资料。《蜀闽粤征信录》中收录1918年至1923年间蜀、粤、闽三地胡氏宗亲往来信函48封。在一部家谱中如此集中地保存大量信函，颇为罕见。书信除讨论家族世系中的疑难点问题之外，重点介绍了三地家族人丁、风气、仕宦、职业等状况，并对各区域内的经济、社会、文化等情况进行通报，完整地提供了以"湖广填川"为背景，以成都平原东部为舞台，以一个盆周边缘的偏僻乡村为视点，清晰的勾勒出晚清至民初年蜀粤闽三地民间社会各方面世态百业的民俗画卷，对于蜀粤闽三地的地方社会经济与宗族文化史研究极具史料价值。

（二）别具一格建谱局

民国二年（1913）春，时值民国初建，世风大变，人心不安。面对三千年未有之大变局，胡氏宗族恐族中青年子弟为西学所惑，难以教导，进而影响家族和谐与事业发展。胡永南虽是旧式人物，但具有新思想。为适应社会新变化，他将近代选举和议会制度引入宗族管理，创设胡氏宗族自治会，并订立自治会简章，其宗旨在于"扩生计、维礼教"。全族通过无记名投票，选出正副族会长，胡永南当选首任会长。胡永南依托宗族自治会，在宗族人丁会的基础上，聚集资金，放贷生息，以作为修谱经费来源。

由于管理得当，经费充裕，民国七年（1918）起，胡永南主持新建宗祠厢堂三间、后堂三间。同时鉴于揽祥埂胡氏迁川已200余年，族谱辗转传抄，错讹百出。胡永南便以族自治会雄厚的财力为依托，组建了近三十人规模的族谱纂修局，并亲任总修。他发凡起例，汇聚人才，分工协作，广搜文献，千方百计与祖乡取得联系，反复通信考证世系，"越十六年而竣事"，方编纂出"条例谨严，序次有法，既非虚造，又重本源"的传世信谱。

（三）灵活多样内容广

胡永南在仁寿《胡氏族谱》中既关照家族一般成员概况，又突出重点人物事迹。根据具体人物详情，"做到主次分明，详略有致。对家族中有成就、有厚望者，不烦其叙，滔滔百言，普通者则寥寥数语"。

同时，胡永南在编修族谱时并不拘于胡氏本支"小家"，而是放眼于社会"大家"。该谱除了主要记叙家族迁徙、落业、开基、人丁、建祠、修谱等家谱常规内容外，还以附录、按语等形式对迁川同宗支系情况进行记录，方便寻根祭祖。更难能可贵的是，胡永南在族谱中大量记录了揽祥埂胡氏迁川始末、揽祥埂开基以前社会状况、开基以后学风通塞状况、丁口产业盈虚、理嘉坝老宅修建、花椒客赴粤联络等清代以来胡氏家族及揽祥埂地方社会变迁的情况。其内容广博厚重，形式灵活多样，文笔流畅优美，读来有身临其境之感。

二、考证严谨，清晰的胡氏世系脉承

广东胡有通支系是中华胡氏家族的重要方阵，其后裔达数十万之众，广泛分布于国内十余省市及东南亚地区。但各谱牒对胡有通以上世系的记载版本较多，争议较大。胡永南与胡梦瀛等于百年前的通信，重点对胡有通世系进行讨论，从而留下了十分珍贵的文献资料，对当今研究胡有通世系有着重要的参考价值。

（一）广搜谱牒，归宗寻根

揽祥埂胡氏为寻根修谱，早在嘉道年间，曾托别县族人"花椒客"（佚其名，常贩于粤），带回了广东长乐族谱。光绪十三年（1887）胡永南作书一封，委托赴广东的客商代投长乐。这是第一封蜀、粤通信。虽然书信下落不明，但开启了仁寿胡氏正式寻根之路。在前一年的光绪十二年（1886），胡永南赴京任镶黄旗汉教习，期间结识了广东长乐人陈叔颖。因系同年拔贡，又因胡氏祖籍广东，遂认为同乡，胡永南委托陈叔颖带书信至长乐胡氏族人。光绪十四年（1888）长乐祖地复信胡永南，蜀、粤两百年间始通音讯，由此开启了蜀、粤两地胡氏族人互为通信的先河。

民国肇兴，仁寿胡氏创修族谱。谱局成立后，胡永南调集谱本十余部，对祖籍长乐的四川胡氏族谱进行系统梳理。因多数族谱世系模糊、真伪难辨，为考证世系真伪、清晰祖源，胡永南再次致信陈叔颖，请其带信给广东胡氏族人。经胡永南多次复催，陈叔颖之子陈培玮回信，告知陈叔颖已去世，并将书信转至长乐胡氏族人。后得长乐族人胡贻孙来信，此为粤、蜀第二次通信。

同时，胡永南鉴于在京期间与祖乡的往来书信多因战乱遗失的教训，于是他将与闽、粤往来的48封书信——进行辑录，置于族谱篇末，名曰《蜀粤闽征信录》。又历经数年，勘定前人遗文，条分缕析，方将世系考证清楚。族谱竣工后，胡永南发出"成功之难也如此，后之人能勿念乎"的感慨。

（二）态度鲜明，修为信史

胡永南在族谱的《凡例》中开宗明义指出："谱牒之书，导源史学。旁行斜上，马班志表，备具成规。兹谱虽属家乘，要具有修史雏形。"同时他广泛"搜罗各房族谱，及傍借邻县宗支各谱"。因各谱"均系辗转传抄，并无刊本"，导致"字句错讹、首尾颠倒、鲁鱼莫辨"，"仅就其所可知者，详细校勘，疑莫可考者，从阙"。他并派专人常驻成都，专门到各图书馆收集史、志、集等相关文献史料，为修谱做好文献准备。

（三）搜证求真，辩伪存疑

1. 远古世系疑议。修谱难，尤难于远古世系。年代久远，资料阙如，难以考证。胡永南与胡素民等族人对胡氏远古世系并非一味盲从，而是进行了质疑和考证。胡素民认为："胡氏之所自出，见于文字者，以《蔡中郎集》为多。"《蔡中郎集》提到的太傅胡广碑和陈留太守胡硕碑，两碑关于两人先祖的记载却截然不同。胡广先祖妫姓，建国南土，曰胡子，《春秋》有载。而胡硕先祖与楚同姓，别封于胡，以国为氏。以致胡素民发出"同一家人，而溯源歧异若此"的无奈叹息，并认为妫满以下，秦末陈涉世系、西晋胡藩世系等多为"杜撰名号，尤其可笑"。胡永南以胡氏先祖所任官职进行考证，认为胡公满以下，虽见经传，但世系难稽；21世胡澄、24世胡弘为秦始皇秘书监，而此官始设于三国曹魏时期；又如32世胡建为渭城令尹，考令尹之职，汉时无有；再如48世胡威，其子胡奕、孙胡遵、曾孙胡奋，四世均为西晋头等显宦。史载西晋历五十二年，晋武帝在位25年，而四代麕事一帝，疑义立见。

2. 对胡铨至胡万九郎世系进行考证。胡永南综合所见到的广东诸胡氏族谱，对胡有通以上世系进行比对。因谬误较多，主要有两种意见。

一是称胡有通是宋胡忠简之后，又称是宋胡康侯之后。此说详其统系，持之有故，言之成理，"亦似显有据依，不敢妄议"。胡永南遍征祖乡旧帙，虽然不敢妄下议论，但以广东始祖胡有通为断限。长汀、武平、上杭、永定、金丰等地而播迁广东惠州、嘉应的胡氏族人，确系胡忠简后裔，绝无疑义。与胡康侯一派，并不相联。因为康侯即安国，世居建宁，宋代中叶，已为建宁望族。而仁寿胡氏一脉，是宋末胡万九郎一支，乃由赣入汀，以汀郡胡家坊为发祥之地。胡万九郎，为胡忠简第四代孙，旧谱昭然，可为明证。

二是，有称胡有通为胡瀚后裔，又有称为胡泳后裔。福建胡梦瀛称，广东旧谱，本为胡瀚后裔，因江西堪舆胡林，抄录入闽，误传为胡泳之后。南宋国祚仅一百五十余年，而从胡泳至胡万九郎，将近十代，已不下三百年。由此推之，胡有通当为胡瀚后裔。

3. 对胡时疑案的考证。胡永南对本支始祖胡有通第五代祖胡时世系进行了考证。他结合闽、粤、赣、蜀等地族谱及地方志关于胡时、胡宗贵、胡明广、胡诚、胡铁缘五祖的史料记载，条分缕析，严谨推断。最后认定，胡时至胡铁缘之间的五代世系，是后人"拉杂录入"，所凭无据，不应视为事实。胡永南这种审慎严谨的修谱态度值得后世学习及称赞。

4. 对胡七郎至胡有通世系的讨论。关于胡七郎至胡有通之间的世系，胡永南认为"粤中旧谱，抄袭相沿，间有错误"。传世谱牒记载有胡有通为胡七郎之两代孙、四代孙与八代孙等多个版本。福建胡梦瀛认为胡有通应为胡七郎第八代孙,即胡彦发长子。广东谱牒记载胡彦发有二子,长名子通,移住长乐,次名子福,仍居下洋。故有通即胡子通,贤通即为子福之说。所谓胡祖通,原系溢出,胡子通由下洋移居长乐,非由忠坑移居。因下洋、忠坑混淆,未曾剔出,导致将胡铁缘之子三大房,误会为胡彦发之子亦为三大房,甚至濮溪胡氏认为有通、子通、贤通,是胡铁缘之子。各族谱龈龈聚讼,莫衷一是,考证困难。

5. 根据家族文献补写志传。胡永南在编修仁寿《胡氏族谱》过程中,撰写了一篇先祖胡诚的家传,因系补写,故名为《补志明南京兵马司副指挥胡公诚家传》。其补写胡诚家传原因有三:其一胡诚经历坎坷,奋发有为,从平民百姓到官至南京兵马司副指挥,是族内为人为官之标杆;其二胡诚生六子,子孙繁衍,遍及粤、川、鄂、湘、贵等地,胡氏始为地方大族,于家族贡献厥伟;其三鉴于胡诚在胡氏发展史上的重要地位,但文献缺载,口传较多,为澄清谬误,故为之立传。胡诚家传其目的是供后世了解先辈之德,了解胡诚及家族发展的真实历史,也为研究胡氏家族在广东发展的状况提供了珍贵史料。

三、亲历记述,保存了区域社会丰富的史料

(一)客家人迁川创业的鲜活样本

一是艰苦奋斗是家族发展壮大的密钥。揽祥埂迁川始祖胡登科(1665—1736)在广东生存艰难,雍正五年(1727)毅然以63岁高龄携子胡灿英及子媳谢氏入川创业。数十年间,佃耕为业,居无定所,艰辛度日,辗转迁徙,先泸州,再新繁,又龙泉,最后定居于仁寿揽祥埂。"大约乾隆四五年或七八年间,始于仁寿煎茶溪之揽祥埂驻足焉。埂地瘠,人之自他处来者,率鄙夷焉。"由于胡灿英眼光独慧又勤于奋进,至第三代,族分四房,家业千亩,成为当地大族。谱中《迁蜀记》《揽祥埂先今丁口产业盈虚纪略》《佚闻杂记》等文献资料对家族迁川以来至民国年间家族"勤职业"的发展历程与"稍耽逸豫"的艰苦奋斗精神记载颇详,尤其对家族人口演变和产业发展的兴衰变化描述最为到位。

《迁蜀记》云："乾隆八九年（1743—1744）间，迁于仁寿县煎茶溪之揽祥埂。此地壤僻人稀，殖子孙者率不介意，公顾而乐之。胡灿英辄曰：'此吾食息佳处也，汝曹好自为之，毋令人笑予拙。'"刚到揽祥埂，以租傅姓业为生，白天辛勤耕作，夜晚纺织不懈，"镫尽而继以烛，烛跋而继以月光，无寒无暑，岁以为常。积久而生计稍裕，复积而丁口稍蕃"。历尽艰辛，揽祥埂成为广东胡氏族人迁川落业的开基地。胡永南在《煎茶溪理嘉坝老宅记》一文中回顾了先祖置理嘉坝老宅的过程：理嘉坝坝位于洼下，地主任其荆棘丛生，无暇剪剔。原筑草舍数间，剥落倾颓，无人理会。当时有邻居毛姓先祖，来自湖湘，拟在此置产，因嫌其低洼荒芜而放弃。胡灿英买下后，疏理水道，开辟阡陌，不遗余力。乾隆四十年（1775）诛茅为屋，次年落成。"昔之蔓草荒烟、虫吟蛇窟之地，焕然而栋宇联云，气象一新，过者恒恒啧啧称羡焉。"胡永南感慨道："当灿祖经营此地也，已不知费几许心力、几许筹划，而卒为四房族人肇祥基。"

仁寿揽祥埂入川二世祖胡灿英生五子，至嘉庆初年，胡氏发展为四大房（其中一子抱与同乡同族），丁口达二千余，可谓地方望族。胡氏迁川初期佃耕为业，房无片瓦、地无一垄，至第三、四代，已人轰于屋，马轰于廄，阡陌云连。至道光末年，四房产业合计达六千亩，家族发展至鼎盛。通览胡氏创业历程，胡永南在《补志科祖圹记》一文中感叹道："我祖之稼穑开基，克勤克俭，耒声破昼，机声达旦。饥不言劳，耄不言倦。铢积寸累，迪前人光，乃得有今日也。"

二是移民家族生长分化的典型案例。客家人十分看重"聚族而居，抱团发展"，但从家族角度讲，"受到生存压力、分支家族间相互'攀比'等诸多因素影响"，[3]分家析产是每个家族必须要面临的问题。仁寿胡氏自迁川以来至民国初年，共经历了两次大的分家析产，为了解清代四川宗族的生长、分化提供了典型案例。

仁寿胡氏第一次析产源于一场恶讼。据《汉潮湘海四公小传》载："自理嘉坝恒置产后，家蒸蒸日益上。潮公性犹严重，承父令、管家政，田业为闾里冠。"嘉庆初，因堰务界务，与邻居宋子林发生纠纷，因宋子林势力颇大，导致官司连年不决，后来胡遵海及侄子胡仁瑞乘机制服宋氏，方才结束了官司。又据《佚闻汇记》载："宋故虎而冠者，视诸祖初起家，良而懦，思瞰陷之，计毒甚。"构讼连年，惟遵海牵头沉着应对，捍御有方，事遂得解。因连年诉讼，虽赢了这场官司，"时遵潮已老"，遂于嘉庆十年间，四房分爨。

仁寿胡氏第二次析产源于战乱与人祸。据《仁恺仁昭仁富仁贵仁山五公合传》载："咸丰丁巳年（1857），恺公卒，滇匪蓝、李乱益炽，县属募捐输急，家稍富者，屡为所苦，乃议剖居以纾其祸。越戊午（1858），各析业三百余亩。庚申（1860）土匪大猖，继以兵祸，各仓皇挈家避，及乱定偕归，话别后事，犹泪涔涔不止。"

此次分产，龚义龙先生在《分裂、人口迁移与资源挤压：清代巴蜀移民家族分家的影响与后果探析》一文中将之作为案例进行了分析。龚文对仁寿胡氏由盛而衰、分家析产的经过及原因总结道："本族各房子孙均由老宅分出，合计全族男丁女口约达二千上下。全族之盛，莫盛于嘉庆道光。道光末年，合族所有粮田，几达七千亩。同光以降，尽变先人勤苦之习，坐享安逸，而生殖日繁，人口日众，驯至入不敷出，富者不富，而贫者愈贫。"[4]此时，胡氏放弃大家族经营，而分家析产，各奔前程。此例是千万迁川家族发展兴衰之生动缩影，为我们留下了弥足珍贵的解样本。

三是耕读传家，客家人发展的精神支柱。耕读传家是客家人个人上升、家族兴旺的两大途径。耕可致富，读可致贵。仁寿胡氏家族自揽祥埂开基以来，就遵循耕读之道，成就了家族的辉煌业绩。胡永南在复广东胡俊谋的信函中，对家族二百年来的科甲功名进行了系统阐述："二百年来，子孙皆服农力稽，尚无荡检犯法行为。乡之人率以胡氏为'守礼旧族'，恒奉为模楷焉。此则差可以告慰祖乡同宗父老者也。前清掇青衿共九人，均恂恂有古君子之风。迩来在各种学堂毕业及肄业者，尚有二十余人。"在科第方面，尤以胡元珍、胡永恬为代表。据《佚闻汇记》载："吾族入蜀，世世勤于农亩。自遵潮长孙元珍号泗亭，勤学不倦，而年又最长，文章憎命，志终不衰。族人知书，咸惟元珍为先导。胡元珍之后，长房则有若元相、元模、元华、永纯、永连、永喜、世传、绍虞；二房则有若元珍、永言、世臣；三房则有若永端、世济、德升；四房则有若仁昭、元亮、元著、永涵。相继采芹，文学为我场冠。邑称读书世家，辄以我族为最，相沿至于今日。因而，乡之人辄推胡氏为素封巨族。"胡永南追述家族科第功名之盛，希冀后人知晓先辈创业之艰难，牢记历代先祖之德泽，了解家族之历史，以励奋斗进取之志。

（二）记录了清末民初蜀粤闽三地战乱史料

清末民初的中国正经历"三千年未有之大变局"，西方列强环伺，国内政局动荡，战乱不竭，民不聊生。胡永南在与闽、粤宗亲通信中大量介绍了三地战乱局势，尤其对仁寿胡氏所经历的李蓝起义及广东民国初期的军阀党争对两地社会及宗族的影响记述颇详。

李蓝起义是太平天国时期西南地区规模最大的一次农民起义，起义的首领是贫农出身的李永和与苦力出身的蓝朝鼎，合称"李蓝"。自咸丰九年（1859）秋至同治四年（1865）夏，李蓝起义军历时六年，转战滇、川、鄂、豫、陕、甘六省，"川中州县，半沦匪区"，队伍发展至六十万。最后在陕甘边境，被清军扑灭。

延续多年的李蓝起义给四川社会经济与人民的生命财产带来了巨大损失。劫难后，地方残破，百姓伤亡。仁寿《胡氏族谱》就记载了多位胡氏族人亲历战争的情景，为我们审视李蓝起义的进程和影响提供了微观视角，也反映广大民众对战争的态度及战争对四川地方社会的破坏程度。据《仁昭公家传》载："咸丰庚申年（1860），土匪蜂起，滇逆蓝天顺抵彭山，举家仓皇避乱丹景山后郑云峰先生宅。"乱平后，因匪患尚炽，于省城西丁字街购宅居住。越甲子年（1871），乱平始归故乡，检点什物，添置犁锄。住宅因遭兵祸，墙壁椽桷，多有损伤。方才恢复家园，子女团聚，一堂娱乐。

在战乱期间，胡氏族人还发生了一件感天动地的孝亲之事。据《仁泰府君家传》载："咸丰庚申（1860）三月，滇匪蓝大顺作乱，蹂躏邻县，将及境，土匪蜂起，远近士民，咸举家避。数十里间，鸡犬无声。"胡仁泰因母亲病重，不忍逃难自存，而毅然留下侍奉母亲。其母大声呵斥仁泰，让其逃生。胡仁泰坚决不弃母亲，母亲去世后，为母守墓三载，以尽孝道。

这场匪乱给广大人民群众生活造成了极其深重的灾难，引起了人民的强烈不满，深受其害的胡氏家族积极地投身到自卫行列之中。《清教谕胡公元第府君家传》载："教谕君，姓胡氏，号级三。元第，其名也。会戊午（1858）以后，滇逆蓝、李，肆扰，蜀土为墟，乃弃诗书而刀耕剑耨，日以团练部勒乡人以保卫闾里（从事团练，组织地方护卫队伍）。乱平后，思以方术（医术）普济人。"数十年后，"父老偶一谈及，犹乐道之以为快"。

民初兵乱祸及蜀粤闽。据《揽祥埂新修族谱记事》载，民国初期，因政局迭变，仁寿胡氏成立族自治会，"嗣以匪风大炽，又于族自治会附设族团（购买几十条枪），凡为族人之生命财产计者，无微不至。"1919 年七月初四日胡永南在《永南在覆广东陈培玮函》中介绍了辛亥革命后蜀、粤城乡社会治安现状："惟革命以后，匪风遍地，拉（拉壮丁）劫（劫掠）甚盛。近仗军队清乡，稍觉弭息，但将来不知如何耳。"同时，胡永南对广东胡氏宗亲"兵燹以后，四民常安分否"，表达了关心之意。

1921 年七月初九日年胡永南在《永南等致广东胡俊谋弟兄函》中再次对蜀地战乱进行描述："敝省去今两年，屡与滇黔两军，大生龃龉，战祸延至本年春夏间,始渐渐结束,乡人士饱受惊恐。敝族僻居一隅,虽未受兵祸,而蹋蹶筹饷,已罗雀及鼠矣。谁生厉阶?职今为梗,此后尚不知伊于胡底。"同时也对广东战乱情况表达了担忧之情:"屡阅报章,揭载,粤省亦迭生战祸,不识祖乡父老,尚安靖否?"

1922年九月初一日《广东胡贻孙弟兄覆永南函》中介绍了广东的社会情况,"广东自龙陆相继入粤,省局迭变。潮梅一隅,虽未大受龙祸。至民国七年,桂军讨莫擎南,九年粤军由闽返粤,二次战祸,潮梅俱受惊扰不少。幸祖乡僻处,向非军事要冲,尚免直接之害。"1923年《广东胡贻孙弟兄致永南函》中再次介绍了1923年广东因战争及洪水、旱灾等导致交通阻隔、物价上升等情,是民国初期广东地方社会的真实写照。"因敝省党派之战,潮汕及惠州,系彼此必争之点。五华适居惠潮中间,此往彼来,甲退乙进。自二月至今,县局之变,反覆无常。县长一职,业更换七次。地方人民之备受兵祸,更不问可知。幸吾族地非冲要,尚少直接之害。然风声鹤唳,一夕数惊,均饱受恐慌矣。因而鱼鳞雁足阻碍难通。"

蜀、粤两地信函往来,一问一答,彼此问候,为我们再现了两地清末民初社会战乱的历史场景,保存了丰富而生动的史料。

(三)为区域社会史研究提供素材

《蜀粤闽征信录》中蜀、闽、粤三地胡氏族人通过对各自家族发展及社会现状的介绍,尤其对三地社会生产生活、科举学风、士农工商等百业的描述,保存了蜀、闽、粤三地自清初至民初三百余年间社会发展的珍贵文献,对于深入推进三地清代以来社会变迁的比较研究,可谓是一座富集的文献宝藏。

一是对明末战乱后揽祥埂社会的描述。据《揽祥埂开基以前社会状况》一文记载,明末战乱之后的四川,虽经移民披荆斩棘、艰苦创业,仍人稀土旷,直至平定三藩,民心始安。移民初来,一心农业,仅省城间有商贾,偏僻县城依然处于蛮荒时代。当时各地教育尚未发达,私塾仅授识字算术。嘉庆以后,揽祥埂始有邹君以学名显,为学子榜样。随后,胡氏一族取功名者辈出,皆以邹君为楷模。上述对于了解明末清初四川移民生存状态、社会文化演变及农业、教育等情况,均是难得的史料。

二是对清代晚期四川学风演变的描述。胡永南在《揽祥埂开基以后学风通塞状况》一文中,以揽祥埂胡氏科第为案例,描述了四川近代以来学风演变脉络,指出咸同以前,蜀人墨守旧说,既无师法,又缺典籍,且四川地僻西南,购书不易,士子多循旧辄,学风凋敝。同治以来,张之洞入蜀,整顿科场积弊,扭转士林颓风,振兴学术,培养人才,蜀人始知学,各有门径,学风丕变。这一时期正值西学东渐,士子多讲西学,中学荒芜,导致世人之忧。光绪以来,列强环伺,士子及世人知外国之事亦多,中西之学并举,孰优孰劣,难成定论。胡永南认为,新旧之学各有优劣,士子应以"撷其精华,弃其糟粕"为原则,"以旧学为根本,以新学调剂之,补益之",以期不失古圣先贤之意。此文描述了近代四川学风演变的脉络,胡永南虽清末民初之人,深受新旧学说影响,但对新旧之学采取的主张,足见其学识与创见,已远超同时代之人。

三是对清末民初广东社会状况的描述。1919年四月《广东胡俊谋复永南函》中,重点对长乐葵岭、洑溪两地百年来的人口、支派、地理、物产、文化等进行了全面介绍。"敝县自入民国,既奉改五华。本族世居葵岭、洑溪二处,最久最多。均离城一百二十里,塘尾系葵岭上村,谋住最近。原来葵岭一乡,系杂处胡、余、陈、李、丘、封各姓,五十年来,完全我族。惟僻在一隅,向忧人满。近百年间,不过将族内此涨彼落,人口总数,并无繁殖。现所存者,俱瀚公一脉。各种事业,无甚过人之处。其洑溪本族,宣、宁、容三公后裔聚处,人口多葵岭三倍以上,尤以宁公派占多数。"

四是对清末民初福建社会状况的描述。1922年三月二十九日《福建胡梦瀛致永南函》,以诗歌形式介绍福建永定胡氏家史、人口、职业等情,并附教育家族子弟世系三字歌谣。此信是关于福建永定所写最为详备之资料，且以歌谣形式记录永定百余年家族历史，颇具新意，史料价值亦高。胡梦瀛在致胡永南信函中对永定辛亥革命以来社会变化进行了描述："永定自革命以来，敝处风气之变迁，物价之腾贵，民生之憔悴，大约与贵处相同。一治一乱，自古惟然。世运升平，非吾辈所能见及。仆日有吟咏，无非伤今思古之词。谁阶之厉？于今为烈。"

五是对清代揽祥埂胡氏家族人口繁衍、土地盈减、佣价高低等情况的介绍。1922年六月初一日《永南致福建胡少云函》中介绍："至乾隆三十六七年间（1772—1773），始置产业于煎茶溪侧近，地名理嘉坝，自是而后，云礽蔚起，建为胡氏老宅，全族均由此分派。敝处乡风，均系零星散居，并无村落之名。祖辈礼让传家，乡闾敬重，里人今犹健羡不衰。当前清道咸盛时，合计数房产业，约有数千亩，招佃承租，每亩年可收租谷一石，计十斗。斗米约三十斤，每石可得净米五斗，斗米约值银四五钱，或五六钱不等。每户约耕三四十亩，余田率招佃取租。今则生齿日繁，而产业不加增，生计愈形困难。前人所贻留者，或转不能保守。游手无业者众，耑恃佣工一项，以补其乏。昔年佣价平，而衣食足，今则佣价超过往年三四倍，或四五倍，而事畜尚觉无资，总以生活程度过高故也。"

表一：清代民国佣价对照图

前清时代	工名	土（农闲）	农忙	木	石	金
佣价	每日佣价	四十文	六十文	六十文	六十文	六十文
民国以来	工名	土（农闲）	农忙	木	石	金
佣价	每日佣价	一百六十文	三百廿文	三百廿文	三百廿文	三百廿文

胡永南在分析佣价变迁原因时指出："大抵军事发生后，乡人入伍者多，其余或被军队强拉，作为搬运夫役，临战驱之御敌，非伤亡即道毙，归里者寥寥。其不肖者，则游手务闲，流而为匪，此佣价昂贵一大原因也。"胡永南又谈到："时事纠纷，即此一端，已可概见，军队则筹饷也、

垫借也，派队勒收，刻不容缓。政府则公债也、加税也，日有所增益。而预征田赋，则民国十二三四年，均已照数勒收，近且预征十五年田赋矣。而事尚无所底止，将来结果，正复不知何若。"民国时期的四川苛捐杂税，多如牛毛，预征十几年，百姓困苦不堪，笔墨之间，胡永南对四川社会未来发展表现出深切担忧。本篇因此也是研究民国初年四川社会、政治、军事、农业状况的重要的社会史料。

（四）祖乡族产管理典型案例

清初移民迁川时，多绝卖祖地田产，或委托祖乡族人管理，随着定居日久，多与祖乡失联，族产管理多不了了之。揽祥埂胡氏迁川祖胡登科系胡洪第八世孙，胡洪后裔在长乐曾修建一座洪公宗祠。由于其后裔都迁川创业，数百年来，洪公宗祠历经风雨，多损坏殆尽。民国初期揽祥埂胡氏与广东长乐祖乡取得联系后，长乐县胡贻孙等致函胡永南等胡洪后裔，就如何管理洪公宗祠进行协商。揽祥埂胡氏宗族由胡永南提议，连续召开三次族自治会进行商讨，最后以委托书的形式，委托胡贻孙弟兄代管广东洪公宗祠的产权、祭祀、培修等情。这是迁川二百余年后，迁川移民后裔与原乡族人处理祖地宗祠产权的典型案例，为研究宗族治理、祠产管理等提供了鲜活的史料。

四、记录详尽，人口学研究的样本价值

族谱是记录本族世系和事迹的史类文献，主要内容为姓氏源流、家族迁徙、世系图录、人物事迹、风俗人情、生卒年考、婚姻生育、丧葬墓冢等，可以说是一个家族发展史的百科全书，尤其在宗族人口统计和记录方面最为完备。一部部族谱就是研究中国宗族人口繁衍史的生动案例，在人口学研究方面极具学术价值。仁寿《胡氏族谱》在《凡例》中开宗明义讲到，"凡科祖以下，其子孙爵里、居住、生卒年月及妻妾子女，详细著录，无遗无漏"。其卷二至卷五是胡氏世系的基本内容，约占全谱四分之三篇幅，详细记载了迁川始祖胡登科至撰修该谱时"家族历代成员的姓氏、生卒、科第、妻室、子嗣、葬地等，是人口统计的重要资料来源。族谱序跋部分，载有家族始祖、迁徙情况及族人支系、旁系分布等资料，是研究人口遗传迁移的重要证据。通过族谱记载我们可以全面了解揽祥埂胡氏家族从清朝至民国十八年（1929）各时期人口数量、结构、增减情况及人口的职业、文化、婚姻、寿命等。可以说该谱是清代以来，研究湖广填四川移民人口发展、演变、流动的典型样本，极具人口学史料价值"。

（一）胡氏家族世系源流及迁徙情况

先祖世系考证是族谱的首要内容，据《新修揽祥埂胡氏族谱序》载，胡氏一脉，源自帝舜，姓肇妫汭，周封于陈，绵绵至今。又据《胡氏族谱·世系源流》和福建《永定胡氏族谱》（2011年续修）载：胡氏得姓源自满公，芗城一脉日月争光，仁寿一支以胡忠简为宋代始祖。传至95世胡万九郎，名㙭，宋末由赣入闽至汀州，住汀州府第三街大塘背，生五郎、六郎、七郎三子，为福建长汀始祖。96世胡七郎，由长汀迁下洋，生一子十二郎，为下洋开基祖。下洋又成为向外迁徙的起点，成为新的发祥地，建有胡氏大宗祠。100世胡百八郎生4子。长子荣卿往前洋；次俊卿住下洋；三善卿之孙胡有通移居广东揭阳（今丰顺县），后裔又迁长乐、洑溪、惠州及四川、湖南、江西等地；四子贵卿未详。103世胡有通为迁粤始祖。元朝时由永定下洋迁广东潮州府揭阳县蓝田都汤坑。其世系为胡念十郎——胡满全——胡闻聪——胡诚——胡容——胡洪——胡文叙——胡玉宝——胡一变——胡颖——胡拱旸。115世胡登科，胡拱旸长子，原籍广东省长乐县（五华县）葵岭乡。清康熙四年（1666）乙巳岁七月十二日子时生，于清雍正初年，随"湖广填四川"移民大潮，率子胡灿英，辗转入川，先后在泸州潘家沟佃田耕作，数年后又迁至新繁县王家碾，再迁简阳龙泉驿。历经20多年辗转迁徙，至乾隆8年（1743）左右，定居于仁寿煎茶溪揽祥埂。

（二）胡氏家族人口增长情况

按仁寿《胡氏族谱》中对族人生卒、生育等的记录，据统计（不含配偶及子孙中的女性），揽祥埂胡氏家族在清雍正五年（1727）胡登科携子胡灿英入川，至民国十八年（1929）正月十六日长房绍络之子胡宗拔出生（谱载出生最晚之人）的202年间，繁衍八代人，谱载家族男丁1177人。其中入川第四、五、六代人口呈几何型增长。人丁以胡遵汉、胡遵潮、胡遵湘三房为旺，功名仕宦学历以胡遵海房为主。谱载世字辈以前，无嗣者有56人，早夭者有5人，抚子与出抚者约30人。

表二：揽祥埂胡氏四大房历代人丁统计表

字辈 房派	登	英	遵	仁	元	永	世	绍	宗	先	合计
胡登科	1										1
胡灿英		1	5								6
胡遵汉房				4	10	33	73	100	89	10	320
胡遵潮房				3	11	47	70	57	121	27	336
胡遵湘房				4	18	42	77	100	64	11	316
胡遵海房				5	19	42	67	58	8	0	199
小计	1	1	5	16	58	168	296	315	282	48	1177

（三）胡氏家族婚姻状况

婚姻状况与人口繁衍及人口素质有着极为密切的关系。我们统计了揽详埂胡氏汉公房人丁婚配情况（见表三），

一是传宗接代思想根深蒂固。从表二中可见在202年中，胡遵汉一房，合计男丁320人，婚配184人，占57.5%，主要是绍、宗、先三个字辈的男丁大多未到适婚年龄。胡氏家族大多为一夫一妻制，但有一部分为一夫两妻；如胡遵汉房已婚男丁原配及继室215人，其中仁字辈娶3妻1人，娶2妻1人；元字辈娶4妻1人、娶3妻1人、娶2妻3人；永字辈娶3妻2人，娶2妻7人；世字辈娶2妻4人；绍字辈娶2妻5人。其中相当一部分是因原配不生育或无子，丈夫为延续后代不得已再娶；或妻亡

后再续妻较多，有的甚至续三妻、四妻，其主要目的是生男嗣。因此，从胡遵汉房人口与婚姻状况，可窥探清代以来重视香火传承的社会风气与现状。

二是大姓之间互为婚姻。从表二可见，胡遵汉房男性配偶所娶 215 位妻室，通婚姓氏达 68 个。其中与当地刘、李、张、陈、谢、王、周、廖等 11 姓氏家族联姻较为频繁（见表三），超过 109 人，占比 50.7%；联姻家族多系当地望族或书香门第，一方面反映了"门当户对"的传统婚姻观念，从优生学的角度看也有利于优生优育。

表三：仁寿揽祥埂胡遵汉房婚配表

婚配		遵	仁	元	永	世	绍	宗	先	小计
	男	1	4	10	33	73	100	89	10	320
	婚		1	4	9	28	62	67	13	184
	妣		1	7	17	39	66	72	13	215
张				1	1	1	2	3	2	10
陈				2	1	2	3	2		10
刘				1	1	6	14	6	1	28
李				1	3	8	7	2		21
王					2	3	2			7
廖				1	2	2	1			6
周					1	2	2			7
黄						3	2			5
徐					1	1	3			5
谢					1	3	5			9
高							6	1		7
68 个										

三是门第观念的形成与固化。婚姻讲究门当户对，注重门风家风。随着胡氏地方影响力的增强，在婚姻上逐渐形成了门第观念，并趋于固化。如胡遵汉房第六代孙胡永增"娶谭氏，为苍都知县谭次熙之姐"，胡遵海房第四代孙胡仁昭"妻廖氏，庠生廖楠胞姐"，第五代孙胡元鼎"妣廖氏，

华阳庠生廖贞元胞妹",第八代孙绍增世"配廖氏,庠生廖振云孙女","绍鸿配氏秦,武举秦在田孙女"。同时,族规第八条明文规定"谨嗜欲。族人不得任意欲色,多置妾婢,致家人勃溪。已身亦斲丧元气,后悔无及"。对于妾,未生男丁者,谱中仅载姓氏,无行传信息,表达了明显的尊卑观念。

(四)胡氏家族科第功名状况

仁寿胡氏自"科祖入蜀,一肩行李,举家数口,艰难耕作,备极辛劳,筚路蓝缕,未遑文教",胡灿英在叮嘱子孙时要求"谆谆以诗书礼教,诒谋后人。"《胡氏族规》"崇科第"条目中,"凡子弟取得功名,均从优奖给花红,以诏激励,以光族党"。至第四、五代的"曾孙元曾辈,提倡学业,嗣是而后,累叶青衿,居然为一乡冠,惟人才辈出"。胡氏家族迎来科甲功名的全盛期。据统计,从四世到十世,有贡生6人(仁富、元弟、元鼎、元珍、永南、世杰),监生3人(仁瑞、仁昭、元亮),廪生3人(元鼎、永南、永堪),庠生2人(永恬、世家),增生1人(元榜);还有议叙县丞3人,专业学校及大专以上学历7人,初高中生10人。这些人中有:军职3人(其中一人少校、县长)、教师6人(其中县视学1人、小学校长2人)、候选训导2人。这些品学兼优的知识分子为胡氏家族成长为仁寿名门望族奠定了基础,为国家建设,为地方发展和传承家风家教作出了不可磨灭的贡献。

五、文辞优美,极具欣赏的文学价值

仁寿《胡氏族谱》中虽然未设艺文志,但第六卷收录的序、跋、传记、碑铭、行状等皆词句洗练、文辞优美、文风朴质,极具可读性与欣赏性,具有较高的文学价值。兹举几例,略作分析。

如《补志科祖圹记》中收录的祭祀先祖所撰碑铭:

于铄我祖,导源长乐。服田力穑,胼手胝足。乃瞻蜀国,江水上游。古称天府,今号神州。土满人稀,地饶物阜。四海之冠,万宝之薮。乃谋于族，乃戒于涂。率西仙井，乃立室家。杵声破昼，机声达旦。饥不言劳，耄不言倦。铢积寸累，迪前人光。我疆我理，肯构肯堂。鹿水洋洋，丹山奕奕。瓜绵椒蕃，万世一系。

聊聊数句就将先祖肇基不易的历史和客家人开拓进取的精神淋漓尽致的呈现于后世裔孙面前。

再如，胡永南自题的《溪隐老人传赞》更是一篇佳作。

这老儿头不秃，发不苍，齿不缺，貌不颓唐，胡为乎？耳若塞，目若盲，不闻侏离语，不睹时世妆。形如木鸡立，体如植鳍张。才无子建之捷，酒有次公之狂。毋亦天之所畀者厚，而俾尔炽而昌，俾尔寿而臧。

并在一侧落款曰："戊午，自题像片，时年六十又七。"通读题文，很难想象这是一位67岁老人的生活态度。全文采取自嘲的修辞手法，以反语写出，明抑实扬。由此可见，胡永南虽为旧大夫，实具新思想；不仅文字功底深厚，才华横溢；而且十分自信、风趣、幽默，展现了他豁达、乐观，积极向上的生活态度。

仁寿《胡氏族谱》中还有许多脍炙人口，耐人回味的哲理短文，既有汉代辞赋的雄宏气势，又兼明清古文的质美风格。如《揽祥埂胡氏开基始末记》一文，言简意赅，气势恢弘，颇有古风。

乾隆三十九年（1774年），始著籍于煎茶溪附近理嘉坝。不三十年间，而田连阡陌，马腾于槽，车轰于市，俨然素封焉。噫！是果操何道以致此？綦之者辄曰："掘有窖藏。"其然耶？其不然耶？

仁寿《胡氏族谱》中以歌谣形式保留了福建永定胡梦瀛所撰诗词两章，记录了永定百余年家族历史，颇具新意，史料价值亦高。

蜀水闽山几万里，欲攀高躅恨无从。

水宗星宿原同派，山祖昆仑只一峰。

彩笔传来聊当晤，瑶函飞到急开封。

可怜汉史多残缺，愁煞当时范蔚宗。

无恨深情托置邮,锦江何日得来游。

人于渭北殷翘望,书到石城勿漫投。

两字平安千里共,百年谱牒一时修。

吾家事业归忠简,都借文山笔下留。

《族谱》用极具简洁明快的语言刻画人物又为一突出特点。如胡永南在《佚闻汇记》中描述的先辈性格、事迹情状无不惟妙惟肖、形象生动。"灿祖诸子,遵汉年最长,风规态度,久已渺无闻。惟传灿祖第二子遵潮,理家政,性方正,家人妇子,咸严惮之。析居后,迁籍田铺福家坝,远近咸尊礼焉。""海祖性和易,与人言,怡怡如也。里人赴诉者,排难解纷,双方皆餍所欲而去,毫无忤容。人皆服其德量之宏。先王父仁昭府君,性淳厚,与人无忤容。管家政三四十年,丝粟不苟。先伯祖仁恺,长于先王父仁昭十有六岁,待诸弟友于念笃,诸弟亦事之如父。庭以内,怡怡如也。每逢趁市之期,兄先弟后,雁行维谨,晚归亦如之。今乡父老犹啧啧称道之不衰。"

仁寿《胡氏族谱》中将方言词语纳入谱中,具有浓郁的乡土气息。如《仁泰府君家传》载,"府君,避讳仁泰,号吉菴。少即颖异,有大志。年十四,膂力过人。乡武庠某者,劝公习射,谓科名,可立致。府君诎之,仍研究经义不辍。及耄,犹殷殷为后生诵焉。书法最敏捷,日可作小楷万,不继烛。性最老成,伺母病,汤药必亲检尝,母寝熟,始秉烛就塾诵。屏息,数潜视,唯恐母知。"短短数语就将公之生平、特长、品性及大孝之心跃然于纸,是后世儿孙之楷模。

又如《溪隐老人传赞》:"……两游京师,欿欿不得志。归,历览江海之奇。过秦汉故都,洗眼岳云,浩然有不可一世之概,每向子弟辈乐道之为快。晚倦游,最耽西籍。与瀛客谈,娓娓不稍辍。目短视,寻丈外,不辨菽麦,于人世升沉泊如也。某岁,病几殆,于枕上口占绝命词曰:'浩气还碧空,毅魄归黄土。诗书愿未酬,留与孙曾补。'稍间,亲旧为置酒起疾,辄掀髯大笑。曰:是亦不可已矣乎!言已,大呼纵酒,不自知老之将至云。赞曰:老人者,其畸人欤?抑学人欤?不溷于物,而亦不溺于物。孔子谓老子犹龙,老人生平莫测,变化不可方物,倘亦老子流亚耶!"

仁寿《胡氏家谱》行文流畅活泼,情节曲折动人。胡永悦在为胡元榜立传即《晓垣府君行状》中,对他的经历、生卒、年寿、墓冢等作常规交代后,特别选取了三个片段。一是胡元榜"身羸多疾,不任读",便随拳技师习愈病术,得其秘传"岳公易筋法",逾岁疾稍愈。羸疾渐瘳,于读书之暇,尽心尽力帮二叔祖佐理家政,使家族事业得到了发展。情节生动,言简意赅。二是胡元榜在李、蓝军队抵达彭山时,面临"场属附近,土匪蜂起,仓皇徙避"的危急时刻,他或今日本乡,明日邻邑;或朝村露处,暮郭风居"。寥寥数语,写清了事由,道出了百姓之苦,表达了积极乐观的生活态度;三是突出胡元榜"生平好以奖借族人,及幼辈之有心计可助长者,恒以钱谷贶之"。凑千串钱金支助胡宗鼎,助其创业的事迹。在家谱中用行状的的形式,把一个普通人的真实性与人物的传奇性有机结合起来,写得有血有肉,不但丰富了家谱的内容,还大大增添了家谱的文学色彩,增强了趣味性与可读性。

综上可见,笔者从谱本范式价值、胡氏世系考证、区域史料宝库、人口研究样本、文学欣赏价值等五个方面对仁寿《胡氏族谱》及《蜀粤闽征信录》所蕴含的社会与文化价值进行分析。仁寿《胡氏族谱》及其所收录的《蜀粤闽征信录》就其编修范式、体例、考证、行文、内容、装帧而言可谓民国时期川西地区族谱中之精品;就其史料内容而言,自清初至民国,跨三百年;自蜀而粤,自粤而闽,跨三地数千里,内容涵盖迁徙、创业、教丁口、教育、仕宦、战争、物价、土产等,可谓包罗万象,文献价值极为珍贵。需要说明的是,限于我们的学识水平和视野的局限,在解读与校注过程中,难免存在纰漏错讹之处,敬请广大读者批评指正!

参考文献：

[1] 王鹤鸣. 中国家谱总目 [M]. 上海：上海古籍出版社，2008.

[2] 李城宗. 玉林市高峰镇客家方言研究 [D]. 2013.

[3] 龚义龙. 分裂、人口迁移与资源挤压：清代巴蜀移民家族分家的影响与后果探析 [J]. 中国经济史研究，2016（1）：156.

[4] 龚义龙. 分裂、人口迁移与资源挤压：清代巴蜀移民家族分家的影响与后果探析 [J]. 中国经济史研究，2016（1）：158.

蜀粤通信记

【提要】 本篇为胡永南所作《蜀粤通信记》之开篇。作者回顾了胡氏迁川初期，委托名为"花椒客"的族人，往来沟通于蜀粤两地，后因故中断联系二百余年的历史。1886年，胡永南借赴京之机，拜会长乐人陈叔颖，托其带信，使得蜀粤两地族人再次恢复联系。1925年族谱编修告竣之际，胡永南将两地信函，录于谱中，取名曰：《蜀粤闽征信录》，以告知后代。胡氏修谱发端于数十年前，对历代世系条分缕析，勘正清楚，历经寒暑，才得完成。希望后人追念先辈修谱之艰难，倍加珍视族谱，而光大于未来。影印件见本书第105~106页。

谨按：科祖入蜀后，关山万里，鱼雁艰难。幼时窃闻诸先王父云：嘉道间，有别县族人花椒客者，佚其名，常贩于粤。今所传手抄族谱，皆其至长乐①携归者。又于某年，托带银五十两致粤，以为祖乡祭祖费。彼时各先祖辈皆质朴，未作有候问祖乡族父老书。洎花椒客回川，第云：银已带到，亦未掣有回据。于此见古风之淳也。花椒客何名？永南儿时，曾询之先祖父及族人，皆曰"花椒客""花椒客"而已，文献无征，徒唤奈何？诚憾事也。

光绪建元（1875），永南倡议：科祖妣葬长乐之塘尾，谱既载有明文，年虽远，应迁葬于蜀否？亦应派人旋粤省墓，俾泉下得免馁而稍慰追远之

---

① 长乐县县治雷公墩，辖今广东五华县境。明属惠州，清雍正十一年（1733）改属直隶嘉应州。民国三年（1914），因国内三县同名，长乐县更名为五华县，即今广东五华县，县城驻地为水寨镇。

思。屡议不果。十三年丁亥（1887），乃由永南作书一械，托贾粤者①代投长乐。此为蜀粤通信第一书也。书未具详川省所在地，距成方道远近②，要求速覆。然其书达与未达，尚在未可知之数。丙戌（1886），永南计偕赴京，寓宣武城南皮库营，距嘉应会馆仅二百步许。询悉广东长乐同年拔贡陈叔颖③君名元煜者，寓于是馆，随驱车访之，认同乡焉；并献川中土物，媵以古碑版数帖，极蒙款洽。既返，跟即踵答，相见既习，遂缔交如故。就询祖乡风俗状况，恒委婉为告。既朝考报罢，归粤，托其带付族人书。久未得报，叠械催询。戊子（1888）夏，始于京得陈君械，内附祖乡族人书。此为祖乡族人覆蜀第一函也。阅年二百，两地始通音问，不得谓非一大快事也。

己丑（1889），又晤陈君于京师。据称长乐幅员辽阔，而（无）[吾]族人所居在洑溪，距县远，又不当要冲。非赴试嘉应州，会面恒稀。前械之迟迟始报者，因弟侄辈赴嘉应试，饬其亲投胡氏族人，旋得胡氏族人械覆，始据以奉报云云。辛卯（1891）春，永南复抵京，致陈君械，竟浮沉无着。任（厢）[镶]黄旗官学汉教习者年余，亦未得到陈君报。甚哉！交通之不便也。冬，奉先严命返里，先母弃养，粤中音耗久隔绝。

民国肇兴，族自治会成立。聚议，创修本支族谱，用邮政双挂号例，械托长乐陈叔颖君。久不得覆械，催之，始得其子培（帏）[玮]答械，知陈君已物故，并称祖乡族人械已照转。旋得祖乡族人瀚公裔孙名贻孙者械覆，藉悉宗支源流，及本支一变公以下状况。此为粤蜀第二次通信也。族之人来观者，循环讽诵，竟甚慊然。自是而后，源源不绝，来去械件，均著录可备检也。吾族祖乡大有人在，为问隶蜀籍者，有如是谦谦君子，

---

① 委托到广东做生意的客商，带信到长乐祖乡宗祠。
② 即距离成都的方位与路程。
③ 陈叔颖，名元煜，广东长乐县人，清乙酉科拔贡，于民国二年（1913）春，在家病终。生子四人：长子培琪，任江西候补知事；二子早逝；三子培玮，肄业县立中学；四子培珩，肄业县立高小学校。

顾念宗支者乎！特汇志粤蜀通信始末于篇，以见新修族谱，发端于数十年前，而条分缕晰，勘定前人遗文，又历数暑假，始勉强卒业。噫！成功之难也如此，后之人能勿念乎。

永南致广东陈叔颖函

【提要】此为民国七年（1918）七月胡永南致广东长乐县陈叔颖信函。信中胡永南回忆了两人自光绪己丑年（1889）北京一别之后，三十年来的境遇及思念之情。同时说明揽祥埂修谱在即，前次信函丢失，希望陈叔颖能够再次将信函转交长乐胡氏宗祠，为两地重新建立联系。影印件见本书第107页。

叔颖仁兄同年大鉴：

光绪己丑（1889）聚首金台，畅谈浃月，忽忽已三十年矣。沧海桑田，曷胜感喟！比以时局纷乱，月异而岁不同。循览报章，彼此一辙，尚未识天心何日悔祸也？弟自返里后，蜷伏乡闾，毫无善状，可告知己。惟于足下及慕柳、辑五诸君，不无惓惓耳。珂乡近日是否安谧？中夜起坐，我劳如何？足下（箸）〔著〕述当日益鸿富，所恨道远，未能先睹为快，怅怅。兹特有恳者，敝族集议修谱，亟思驰函贵县敝祠，惟敝祠地点何在？执事何人？概无所知。当年京邸，由足下转到敝祠族人函件，现因兵燹叠遭，徙避无定，已不知遗失何处矣。是以仍求足下，将函内附信，转至敝祠，不胜殷盼，并恳赐覆。附呈信赀邮票三分，希检收。覆寄四川仁寿县煎茶溪邮政代办局，确交胡绶珊启。琐琐遥渎，惶愧万分。翘首天南，神驰无暨。炎风日厉，努力加餐。恭肃寸楮，虔请道安。

民国七年七月初四日　年愚弟胡永南顿首

永南致广东胡氏宗祠函

【提要】 此为胡永南民国七年（1918）七月致广东长乐县胡氏宗祠的信函，信中首先介绍了民国建立后，因战乱导致光绪年间祖乡所寄信函丢失的过程。本次致信目的有二：一是希望两地将中断已久的联系重新建立，并留下了四川具体收信地址及邮资；二是希望长乐宗亲在复信时写明函面，以便信件准确送递。影印件见本书第108页。

迳启长乐县胡氏宗祠列列大宗长台前大鉴：

永南，有通公十九世孙也。前于清光绪戊子（1888）己丑（1889）年间，由贵县拔贡陈叔颖同年，转至芜函。荷蒙各宗长覆函京邸，永南敬谨拜读讫，即将赐函转递川祠。迩因民国反正，兵戈叠起，前赐函示，经丧乱已遗失矣。犹记赐函中有数语云："阿玉二哥，系属川族亲房。"即嘱阿玉二哥查覆。旋阿玉二哥覆称："照信开查，湛公以下，至一变公，即不知其名。实在无从查覆。"兹因本支宗人，议修族谱，函乞我宗祠，索取旧传谱本，俟奉覆到后，即将邮赀谨呈。覆信即寄四川仁寿县煎茶溪邮政代办局，交永南手收。并附呈覆赀邮票三分，乞察收。外《本支祖孙一气图》一份，谨呈台端，以便各大宗长核对。将来由川寄信长乐宗祠，其函面应如何书写？希详细示知。琐琐遥渎，书不尽言。将来川谱告竣，再行邮呈。虔请阖族公安。此函附托陈叔颖转交族人。

胡永南顿首　七月初四

永南再致广东陈叔颖函

【提要】 胡永南于民国七年（1918）七月致函陈叔颖，一晃过去五月，揽祥垠冬至祭祖将近，而未见广东回信。胡永南再次去函询问，希望陈叔颖能及时复信。胡永南盼覆信之情"如饥如渴"，通读全信，焦急等待之情感同身受。影印件见本书第108～109页。

分袂三十年，沧桑顿异，海天南望，引领为劳。昨七月初旬，邮呈挂号芜函，蒙给秋官第陈收条。日望覆音，如饥如渴。兹因日长至节，敝族冬祭开会，佥议尊处覆函既未奉到，应仍恳尊处依照前函，示知一切。无任盼祷，专此恳覆。示迳递四川仁寿县煎茶溪邮局，转交弟永南手。临楮不罄缕缕。顺候。

广东陈培玮覆永南函

【提要】 此为民国六年（1919）正月陈叔颖第三子陈培玮致胡永南覆函。陈培玮信中首先对未及时回信表达歉意。信中通报胡永南其父陈叔颖已于民国二年（1913）去世的消息，并告知家中兄弟四人近况。此信标志着蜀粤中断三十年的联系再次建立，此后书信往来不断。影印件见本书第109页。

永南年伯大人尊鉴：

旧岁鸿翰叠来，未贡只字，懒惰之咎，何可辞耶！先父既于民国二年（1913）春，在家病终。侄侍奉无状，不孝孰甚。尊处寄贵族诸公大函，不日便将奉上贵族诸公。侄弟兄四人，家长兄培琪，在江西候补知事。家二兄早逝。侄其第三，虚度十六载，毫无学识，现肄业县立中学。舍弟培珩，现肄业县立高小学校。望时赐函，指教一切。肃此敬请大安。

八年正月廿二日　年愚侄陈培玮谨禀

永南覆广东陈培玮函

【提要】 此为民国八年（1919）三月胡永南致陈培玮覆函。胡永南在信中对陈叔颖的去世深表哀悼，并对陈培玮弟兄四人未来发展寄予厚望。同时他希望陈培玮在课业之便尽快将信函转至长乐县胡氏宗祠，使两地信息联络通畅。影印件见本书第109~110页。

培玮年尊兄史席：

阴历二月念四日，接奉正月手书，痛悉尊大人叔颖同年，已于民国二年仙逝。永南远隔，未获一临吊唁，回忆历年旧雨，诸叨教诲，无任怅然。只请足下于展墓时，敬谨祝告，代输下忱耳。尊大人积德种福，丛桂留芬，后嗣当然食报。令兄筮仕①江西，足下及令弟肄业中高各校，云程万里，定当有以光大门庐也。

去年邮寄敝族信函，荷蒙代收，转交敝族，示称敝族行当邮覆。距今日久，尚未接到敝族邮函。专此布悃，足下于校课暇日，饬将函内附寄敝族人信函，专人驰寄敝族。驰寄脚费若干，乞函示知，即当由邮呈缴。琐琐烦渎，不胜屏营之至。春风料峭，珍卫为宜，遥望天南，临楮翘祝，顺候吟祺。统希亮鉴不庄。

年愚弟胡永南顿首
八年三月初九日付邮

---

① 筮仕：出仕为官。

永南致广东胡氏宗祠函

【提要】 此为民国八年（1919）三月胡永南请广东长乐县陈培玮代转长乐胡氏宗祠之函。信中表达了揽祥埂胡氏修谱在即，亟需了解祖乡世系，希望长乐胡氏宗亲邮寄旧谱，待抄写后奉还的迫切心情。信中胡永南再次回忆了1888、1889年两次通过陈叔颖与长乐胡氏宗祠联系之事，希望通过陈培玮再次获得祖乡信息。影印件见本书第110～111页。

迳启长乐县胡氏宗祠列列大宗长阁下：

去岁中元节前，邮呈芜函一通，并附《胡氏一气连珠图考》，迳寄贵县秋官第陈，代收转交各宗长先生。昨阴历二月，由贵县秋官第陈培玮君覆函，据称去岁芜函，"确已交尘贵族"。并云我族覆函，不日可到。瞬逾兼旬，鱼雁仍渺。敝族现届修谱，相需甚殷，亦相望甚切。拟恳各宗长先生，克期覆示。并恳将旧传谱本，付邮汇寄。谱本拟由敝族照抄完毕，即当奉璧，决不致误。邮费若干，俟奉邮后，即由邮回缴。

秋官第陈培玮君，即乙酉科贵县拔贡陈叔颖之（二）［三］公子。叔颖与永南谊属同年，前清光绪戊子（1888），永南寄呈之函，即由叔颖同年代寄者也。各宗长先生覆函，亦由叔颖同年寄交永南京邸。惟覆函因叠遭兵乱，遗失无从检查。以致各宗长先生台号，及长乐祖居乡贯，末由洵知。是以此次去岁寄呈之函，仍乞秋官第陈代收转交，合并声叙。蜀江粤岭，天各一方，无任翘企。顺候各宗长先生台安不具。此函系望空投递广东胡氏宗祠。

族人胡永南叩　八年三月初九日

广东胡俊谋①覆永南函

【提要】此为广东长乐胡氏宗祠胡俊谋致胡永南覆函。胡俊谋针对胡永南来信要求，回复大意有三：一是针对索寄长乐胡氏旧谱一事，他指出长乐胡氏既无宗族公团，又未修通谱，各谱皆为各支抄录。族人担心邮寄四川途中丢失，不肯轻付。只将先世源流及近世支派抄录邮寄，若要全套旧谱，只有雇人代抄。二是对长乐葵岭、洮溪两地百年来的人口、支派等情况进行简要介绍。三是为便于联络，留下长乐详细地址，并盼望胡永南覆函告知川中胡氏宗亲等情。影印件见本书第111～113页。

永南叔祖先生惠鉴：

谋妙龄时，即承父老，转相传述，皆云"塘尾之一变公派，远徙入川"。究亦无从证实，其川中现象若何，更莫能揣测。戊子、己丑间，由陈叔颖先生转到大函，族中人始确信一变公之后，蕃衍蜀中。彼时谋正在读书时期，未与族事，因未捧读尊函。惟知各族长，嘱亚玉二叔祖照函开各节，详查具覆，内容谋亦未悉。兹承函示，在川族人，议修本支族谱，因特索旧传谱本。仰见先生敬宗收族，注意水木本源，至为景佩。惜本处向无人组织公团，经修家谱，所留谱本极罕。皆系私人纂辑，手抄成帙，无不万分珍秘。且彼此互相缺点，未集大成，不免有东鳞西爪之象。近虽

---

① 胡俊谋：字贻孙，广东长乐县塘尾人，住葵岭上村树德楼。多年读书在外，归乡后在横流渡襄办警务，并管理家族事务。

有族人提倡通修，尚在语论时代，未及实行。积此种种原因，以致欲觅一旧传谱本，依命奉寄，藉慰殷诚，在藏谱族人，皆疑世乱途遥，万有一失，无可仿抄，不肯轻付。谋当此际，直觉彼此为难，辗转思维，只得变通办理。先将世系源流，及近代支派，摘要简抄一纸，奉达左右。虽非全璧，（异）［略］具大端。如必欲索原谱全本，除由此间雇人抄寄外，无从设法。负托之处，希为鉴原。然钧意如何，仍可函示，俾照办理。

敝县自入民国，既奉改五华。本族世居葵岭、洑溪二处，最久最多。均离城一百二十里。塘尾系葵岭上村，谋住最近。原来葵岭一乡，系杂处胡、余、陈、李、丘、封各姓。五十年来，完全我族，惟僻在一隅，向忧人满。近百年间，不过将族内此涨彼落，人口总数，并无繁殖。现所存者，俱瀚公一脉。各种事业，无甚过人之处。其洑溪本族，宣、宁、容三公后裔聚处，人口多葵岭三倍以上，尤以宁公派占多数。

谋忝代表全族，因族中未设有总机关，将来由川寄信，当写：广东汕头横流渡，交胡昌记号，转葵岭贻孙手收便妥。查来函未将川中本支情形胪示，究竟贵派入川以来，人口现若干？占地方若何？系聚处，抑杂处他姓？各种事业若何？现状若何？希为详细示知，以致景仰。专此奉覆，惟鉴不备。敬请大安，并请阖族联安。

另附摘要简抄世系源流一纸，附片奉候。

又侄胡俊谋（字贻孙）谨覆

广东陈培玮覆永南函

【提要】 此为广东长乐县陈培玮致胡永南覆函,大意有三:一是已将所附信函转交长乐胡氏宗祠;二是通过报纸知悉四川战乱频繁,并对胡永南全家表达问候;三是介绍了广东长乐连遭战乱、饥荒之苦状。影印件见本书第113页。

永南年伯大人尊鉴:

旧历四月十三,接三月初九日瑶函,敬悉种种。函内附寄贵族大函,既饬人驰送,幸勿为虑。家伯父号再芗、名元焯,既于民国元年(1912),疾终于家。年伯近来谅必康健,第不知有几位公郎?是否在家读书?年来检阅报章,知悉贵省叠经战祸,不知潭府安否?望来函达知。敝县年来亦历经兵祸,两岁三荒,户口零落,饥民载道,若再月余无大宗(振)[赈]款,则将不堪设想矣。手此敬请台安。

年愚侄陈培玮谨启　阴四月二十三日

永南覆广东胡俊谋函

【提要】此系胡永南致广东长乐县胡俊谋的覆函。信中胡永南鉴于长乐宗亲担心旧谱在寄送四川途中丢失之事,故希望拜托长乐宗亲代为手抄旧谱,并就抄资寄往何处去函询问。随寄邮费百分,以为今后邮资。并对揽祥埂胡氏生计及政学商各界人士进行详细介绍。此信之价值在于详细描述了清初胡氏迁川历程及二百年来胡氏丁口、土地、兴衰、科举、分布、宗祠及相近支派等情,文字简练,内容丰富,是清初迁川移民家族发展的一个典型案例。影印件见本书第113~117页。

贻孙宗先生大鉴:

旧历五月二十日,奉到横流渡,阳历五月十八日,惠寄邮函并大柬,及胡氏世系源流。仰见惠顾宗人,不惮烦劳,万里一堂,如亲面语。合宗拜谢,感激莫名。而答覆(梢)[稍]迟,则以永南主任本场高小校教员,又兼邻县高小校教员,适值试验期间,刻无暇晷,故也。又恭读大函,办理抄谱一事,永南两次命人赴省,叠与邮局接洽,拟暂汇龙洋十元①,由邮交付横流渡胡昌记号,转付查收,以为抄写谱本手数料。殊该邮局,向接洽员声言:"银元只能汇至嘉应州邮局,或汕头邮局。其横流渡邮政,系代办分局,绝不能照汇"等语。永南覆思,此项银元,不如汇嘉应州,或汇交汕头,并乞详示知。汇交手续费于嘉应当交付何人?于汕头当交付何人?如两处俱无熟识商号代为收检,

---

① 龙洋:银元,铸龙图案者。

退一步言之，则只有汇寄邮票一法，惟邮票至十元之多，不识我祖乡能通用否？今暂附寄邮票百分，藉为此后来往函件邮费，乞察收。至抄写谱本，势非旦夕所能藏事，拟乞代顾书手，预先照抄，至纸张及手数料，将来必设法完全汇呈。并附呈有通公以下宗派图，附说明书。并恳详示我宗现时生计状况，及政学商各界，是否有独立赀格，抑或服农力穑，各安耕凿，纯为无怀、葛天之民，无（防）[妨]晰缕而陈，以光家乘。锦江岭海，天各一方。遥望矞云，缕缕不尽。挥汗书覆，即颂箸安！

永南顿首　八年阴七月初四日

一、川省民俗，住屋概系自由构造，居住并无村落，为何景象。无论何人，均可随地建屋。街市统名曰场，即如敝处地名煎茶溪，亦场名也。各场集会期，或一四七、二五八、三六九，均有一定时间。场期百货云集，各视其土产为贸易，每场相距约二十里上下。本场煎茶溪，在省会东偏，距成都省东门八十里而弱，距大江仅十二里，向称为省城小东路要冲。场之人赴省者，率陆行，归者率乘船。族人附居场属，或二三里，或五六里不等，均散居。我祖登科府君，即一变公曾孙。据旧传手抄谱本，均称登科府君，率其子灿英府君，于雍正五六年间，由粤迁蜀。艰难转徙，约数年，或十余年，始达于仁寿之煎茶溪，地名揽祥埂，赁耕为业。至乾隆二十七年壬午岁（1762），登科府君年九十八岁，卒于揽祥埂。即向田主傅姓，讨地安葬。葬越后十年许，即由其子灿英府君，开始契买煎茶溪地名理嘉坝田地数十亩。又三年许，即于其处建屋数十楹，（乞）[迄]今称为老宅者是也。永南祖父，即分受是处，迄今犹席其业。本族各房子孙，均由是宅分出。合计全族男丁女口，约达二千上下。全族之盛，莫盛于嘉庆、道光，莫不盛于同治、光绪。道光末年，合族所有粮田，几达七千亩。川省民俗，贫富以田亩多寡计。凡田一亩，授佃耕作，田主年得谷一石，石价约值铜钱三四千文、四五千文不等。自是而后，男妇老幼，食租衣税，尽变先人勤苦之习，坐享安逸，而生殖日繁，人口日众，驯至入不敷出。富者不富，而贫者愈贫。今则前人所买各业，已失去大半矣。其所存各业，达二千亩。族人生计，向资农业。今田少人多，食力者居其多数，甚且有地无立锥，终日不食者。惟我族素敦礼教，二百年来，子孙皆服农力穑，尚无荡检犯法行为。乡之人，率以胡氏为守礼旧族，恒奉为模楷焉，此则差可以告慰祖乡同宗父老者也。前（请）[清]掇青衿共九人，均恂恂有古君子风。迩来在各种学堂毕业及肄业者，尚有二十余人。至政界、军界、商界、工界，均无一人焉。即如永南者，亦仅与优考；弟侄辈，服务学界而已。将此见族人之朴且厚也。

一、本族除散居煎茶溪外，于距煎茶溪二十里之藉田铺，距省东门百里。亦现住有八九十户。此外零星散居各县者，约有一二十户。族祠则建在登科府君坟侧，百步而近。现在草创，一切未遑告厥成功。常款年可收龙洋三百元许，除春冬展墓祭祀，及赀助族人学费外，所剩已无几矣。以上皆我族现时在川实在情形也。近如永悦号绮仙①，世鼎号握纲②，绍龄号与三③，皆学界毕业。再者，登科府君胞弟名登金者，迁居四川省北门外之新繁县。距省北门五十里。其子孙亦蕃衍，人丁口约计千许，贫苦者居多数，闻仅有一家年可得谷千石。该支亦有数户散居煎茶溪，其余殊少往

---

① 胡永悦：号绮仙，系胡万九郎第二十七世孙，胡有通第十九世孙，揽祥埂胡氏入川始祖胡登科六世孙，胡元榜四子。1877年8月25日戌时生于太平桥老宅，殁年不详。师范毕业，为仁寿县煎茶溪高小校教职员；《新修揽祥埂胡氏族》协修兼采访；煎茶溪揽祥胡氏族自治会第二届会长。配何氏，无记载；妾宋氏，无记载；生一女，抚子世檀（永儒三子，出抚永悦）。
② 胡世鼎：《仁寿煎茶溪揽祥埂胡氏族谱》卷五第三四页载：世鼎（谱名世龙）号握纲，系胡万九郎第二十八世孙、胡有通第二十世孙，胡登科之七世孙，永煦之子也。于1878年5月29日未时生于理加坝老宅。师范毕业、法政举业生，"历任煎茶溪国民高小教员，民国十二年（1923），高等检察厅刘委任天全县管狱员，即年冬任天全县承审员，十四年任汉源县承审员，十五年奉川边镇守始孙委任炮兵旅军需并代理荥经征局禁烟查辑所长，十六年西康屯垦使刘委任炮兵团书记兼军法。"《揽祥埂胡氏族谱》协修、采访。妻魏氏，无记。生五子二女，长女适刘、次女适郭。
③ 胡绍龄：系胡万九郎第二十九世孙、胡有通第二十一世孙，揽祥埂胡登科八世孙，胡世杰第三子。于1888年5月11日寅时生于福加坝住宅。成都高师毕业，历任高小校校长及县视学员。揽祥埂《新修胡氏族谱》协修、采访，揽祥埂族自治会第二届副会长。妣温氏，继配何氏，无记。生三子一女，子：宗睿、宗岱、宗书。

来，概未识面。登金公坟在藉田铺，此亦一变公后裔，列得备告。惟永南有不能不琐琐者，祖乡之（蔡）[葵]岭、洑溪、塘尾、嵩头，其相距道里远近，究有若干？有通公以下，各祖坟墓，每年仍照例祭祀否？殊深悬系。至福建长汀县祠堂，祖乡族人尚通信否？长汀距祖乡，其道里远近若何？能详告否？至革命以后，各省迭（遭）[遭]兵燹。祖乡族人，有无受祸？年岁收成，不至荒歉否？函覆时，均恳备示。吾乡本年雨旸时若，拉劫亦觉稍靖。知关锦注，故并邮知。

一、祖乡传抄之谱，究系抄自何省？尚能知其源委否？历年久远，世数有无参差？就乞足下素所知者，一一详示为祷。

永南再拜，诏植代笔
八年阴七月初四日

永南等覆广东俊谋函

【提要】 此系胡永南于民国八年（1919）七月覆函长乐胡俊谋后，于同月写给胡俊谋的第二封信函。信中胡永南关于胡公满之后，胡氏历代先祖在世系、官职、年龄等方面存在的疑点进行阐述，尤其对胡时至胡有通，胡万九郎至胡有通之间世系的诸多疑惑进行商讨，同时对川内胡氏各族谱中所载胡氏历代世系存在的问题进行了详细说明。影印件见本书第117~120页。

贻孙宗长先生大鉴：

初四日，邮呈一函，并附邮票百分，世系表一纸，计已在途。兹叠据附近各族人来函，声询一切，并指出种种疑点，嘱为函询。即前芜函所称，我族谱本，抄自何省何人？祖乡各房谱本，是一律之意也。但前函第浑括言之，未经一一指驳。夫皇王世纪，历年久远，征信犹难。区区家乘，更何足道！即如铨公，忠义炳如日星，当时樵夫牧竖，无不知有其人。今考《宋史》列传，与杨万里《行状》、周必大《神道碑》[①]，其事实及所记年月，同出一时，亦复时有参差，其他更可知矣。惟是为子孙者，疑以传疑，固不敢不信前人；亦不敢厚诬前人也。谨就其所知所疑者，贡之左方。

---

① 指《宋史·胡铨传》、杨万里《胡公行状》、周必大《胡忠简公神道碑》。此三者系胡氏先祖胡铨（谥号忠简）的传记资料。

一、胡公满①以后，备见经传，姑不具论。自第二十一世胡公澄，以后如二十四世胡公弘，为秦始皇秘书监。考秘书监，官名，始于三国曹魏，始皇时实无其官。又第三十二世胡公建，为渭城令尹。令尹官名，汉时无征。又第四十八世胡公威，及其子胡公奕，其孙胡公遵，其曾孙胡公奋，四世均为西晋头等显宦。史载西晋历年五十有二，而奋公身仕武帝，武帝为晋第一代君主，其上三代，亦事武帝可知矣。武帝仅在位二十五年，而四代麇事一帝，殊多疑义。至吉州第九世胡公铨，考铨公于宋南渡，建炎二年应试（1128），年仅二十一二岁。史载，南宋传位一百五十年，而自铨公，至广东丰顺、汤坑肇基始祖胡公有通，已十有九世。谱（在）［载］有通公，生于元朝大德三年（1299）。由大德三年，逆溯铨公之生，仅一百九十余年，而历世十有九代，此必有错误也，明矣。

一、川省各县族人，其先辈由长乐迁来者，率各有手抄谱本，皆云其先人（展）［辗］转自长乐抄来。永南调集谱本十余部，详细校核，其有通以下，条分缕晰，均与邮示图表无异。惟有通公以上，其名讳、其世代，均参差不一。惟皆以福建始祖胡公讳时，字子俊，（着）［著］述甚富，并摘抄七言诗数首。且称永定、长汀两县，《志》均有传，惟谱本不一。有以时公至有通公为七世者，有以时公至有通公为五世者。邮示图表，独无其名，岂同源而异流耶？恳代为详查示知，并摘抄各谱图系附呈。又敝县另有宝公后裔一支，距永南所居仅三十里许，查其手抄谱本，系乾隆五十二三年间，始由长乐迁蜀。其谱本以宋末万九郎为福建第一世始祖，并云其先为赣之宁都人，由万九郎迁福建汀州府长汀县，故福建称为始祖。其万九郎至有通公共九代，其名讳与邮示或间同者。惟世系（衍）［行］辈，则相差远甚，然亦列有胡公时之名。故川中族人，于胡公时，甚注意也。

---

① 胡公满，妫姓名满，舜帝之后。因参加武王伐纣有功，被封于陈，是周朝诸侯国陈国第一代君主。谥号胡公，又称胡公满，为胡氏得氏之祖。

一、诚公遗嘱,及分拨单,并余祖妣分关,与族规及谱序等,敝处抄传之本,讹误兹多,错夺不能是正,乞完全抄示。

一、威远县族人与仁寿连界。胡翼①,号素民,系前清举人,于民国初元,即为该县省议员,接连至本年省议会改选,复当选为省议员。其人声望素优,学问俱有根柢。谨将其寄来函,附抄呈阅。

以上所开琐琐,冬节诸劳清神,至为歉仄。秋风凄厉,天南引领,不尽神驰。专布,即请道安。并叩阖族公祜,附片恭候!

永南顿首
永悦、世鼎、绍龄同叩　八年七月

---

① 胡翼(1867—1943),字素民,威远县界牌场人。1903年中举,善诗词,著有《自得堂文集》《自得堂编年诗集》等。1904年任威远县高等小学堂(严陵镇中心校)第一任校长。常以"天下兴亡,匹夫有责"勉谕学生。1910年任天津长芦盐茶道尹。后参加同盟会,并辞去道尹职务,任天津《民国报》编辑,写出了"不怕皇帝恨",万言堪"异哉"的《民族论》。他兼管川汉铁路股款,不曾挪用分文,教子"宁愿尔等贫无立锥之地,不愿尔等良心受苦"。1916年,反对袁世凯称帝。1924年,任广州大元帅府秘书、中山大学经史教授。北伐战争时期,任国民革命军总政治部顾问、北伐司令部特派员。1927年,支持宋庆龄等组建国共联合政府。1929年智说威远县县长,为共产党外围组织"青年益民社"消除被捣毁之难,营救中共威远县委书记张涤痴。曾任成都大同公学校长、四川大学教授,常与罗世文、车耀先等人交往。1931年"九一八"事变后,他竭力呼吁各党派联合抗日,支持侄孙胡绩伟、胡一哉、胡德如先后加入共产党,并以胡绩伟为主创办《蜀话》《星艺》《大声周刊》等进步刊物。1940年告老还乡,1942年当选县临时参议会议长,1943年2月逝世。

永南致威远胡素民函

【提要】此系胡永南致威远县胡素民函。信中胡永南表达了胡握纲拜谒胡素民未遇的遗憾之情。并介绍了《胡铨传》及子胡泳《墓志铭》抄录核对情况,同时也通报了委托广东族人抄录旧谱等事,最后约定八月十五前后面晤胡素民等情。影印件见本书第120~121页。

素民宗长先生大鉴:

不亲道范,已数年于兹矣。昨遣堂侄握纲等晋谒,藉候起居,并代达微忱。荷蒙训示周详,复叨钧驾,亲临荣太店两次,均未与握纲晤面。握纲等已于日内返里,面述一切,无殷拳拳。忠简公《列传》,及其子泳公《墓志铭》,周必大撰。均在图书馆,全数抄归。现尚调查各书,详为校对。现已寄函五华,浼求族人胡贻孙,雇抄我族历代所遗全谱,不知何时始能奉到。敝族所修谱本,范围极小。但就入川第一世祖以下,修明之耳。闻见不富,学问浅陋,毫无著述之才。中秋前后,秋风凉爽,永南定当亲持《忠简公传》奉访,并求指示一切。手此布达。即请公安。诸惟亮鉴不备。附片致候。

族人永南顿首　七月初二日

永南覆广东陈培玮函

【提要】 此系民国八年（1919）七月胡永南覆广东长乐陈培玮函。信中对陈培玮伯父陈再芗的去世表示沉痛哀悼，并对其后人寄予希望。同时胡永南在信中简要介绍了自己的家庭情况，尤其对民国后蜀、粤两地土匪横行、百姓不安的社会情况表达极度忧心之情。此信之价值在于记载了辛亥革命之后蜀、粤城乡社会治安现状。影印件见本书第121～122页。

培玮年尊兄文鉴：

奉到旧历四月二十三邮寄华函，藉悉种切。尊伯再芗，痛终于民国元年，捧读之余，曷胜于邑？明德有后，喆嗣继定当头角崭然，与令昆仲比肩并美也。

永南年已六十有八，服务学界，啖噉如常。向仅一子，于光绪二十八年（1902）病殁矣。襁（抱）［褓］三孙，近均成立。长孙废读，照料家务。第二、第三两孙，肄业中校。第二孙单名雍，号仲弓，叨君之福，将来学业可望有成。

敝处连年，雨旸时（苦）［若］，农民屡获有秋。惟革命以后，匪风遍地，拉劫甚盛。近仗军队清乡，稍觉弭息，但将来不知如何耳。贵处近岁，天年不顺，深代杞忧。兵燹以后，四民常安分否？令昆政界学界，为一乡代表，其造福桑梓，至靡涯矣。敝族人渥荷鼎力，代达草函，顷以迭次接到族人胡贻孙覆函矣。谱纲撮抄寄到，知关绮注，持布区区。遥望岭云，神驰左右。手此复达，即请撰安。不备。

年愚弟胡永南顿首　八年阴七月初四日

永南等覆广东俊谋函

【提要】 此系民国九年（1920）正月胡永南及揽祥埂宗亲致长乐县胡俊谋的函件。揽祥埂胡氏族人经过商议决定寄二十元龙洋至广东长乐胡氏宗祠，作为该祠请人抄录族谱的费用。因长乐横流渡邮局无邮汇业务，故胡永南等写信请广东胡俊谋明确抄谱费用是寄往汕头邮局还是嘉应州邮局，并希望能尽快得到胡俊谋的答复。影印件见本书第122～123页。

迳启者：

去岁五月二十日奉到手书，在祠同人，始悉祖乡族众，聚居洑溪、葵岭、塘尾等处。而敝宗近派，仍安住于洑溪一隅。入川二百年后，子孙几于数典而忘。自得函告，藉悉祖乡大概情形，盥诵之余，无任忭慰。承询各节，已于去前两次函复，均掣有横流渡邮据，亮已入览矣，不赘。惟前函托雇抄胥，代抄谱牒，本拟由邮暂汇龙洋拾枚，托交尊处，以便支付。委因路远，恐致浮沉，多汇或虞疏失。年例祀祖，族人均以汇费太少为嫌，协议由祭祀项下，拨支龙洋贰拾枚，汇寄尊处。查邮章，横流渡及五华县均三等邮局，照例不能汇银圆。惟汕头及（加）[嘉]应州邮局，可以代汇银元。汕头距祖乡稍远，不识有无足下知好代收。（加）[嘉]应州当然距祖乡稍近，足下为商界巨子，熟识必有其人。究竟此款或汇汕头，或汇（加）[嘉]应？交与何人代收？转交何处？始克缴呈台端，不致稍有遗误。新春多暇，务期拨冗迅复，藉慰渴怀。想足下瞻怀同气，必能俯如所请也。海天南望，无任神驰。此请贻孙宗先生大安。

并候春祺不具。并候祖乡同宗老少辈年禧。族人望复函甚切,速赐复示。至要至要。

族人永南、永悦、世鼎、世锃、绍龄、绍燮、绍植同叩
九年阴一月廿四日

广东胡俊谋覆永南函

【提要】此系民国九年（1920）正月长乐胡俊谋致胡永南等的覆函，并附其兄胡菱波信函一件。在信中胡俊谋被揽祥埂宗亲"关心族事，不厌求详"的执著精神所感动，并因外出办事未及时回信而深表愧疚。信中对未抄录胡有通以上世系的原因给予答复。他指出，长乐胡氏与汤坑及福建上杭，虽数百里之路，长期以来因与祖地联系不多，故不知胡有通以上世系，无法抄录。胡菱波也以信函的形式，详细介绍了长乐胡氏一族数百年来人口繁衍、生产生活、工商贸易、功名科举、风俗祸患、地理形势，以及胡澄公遗嘱拨单，胡时、胡忠简等世系情况。此信内容已远超探讨世系范畴，对广东祖地的介绍，成为研究清末民初广东长乐地方社会发展的重要史料。影印件见本书第123~129页。

绥珊宗丈先生惠鉴：

八年（1919）八月二十八日、九月四日，叠奉大函，及邮票百分、世系表一纸、素民先生原函、各房图系表；握纲、绮仙宗先生芳片①。临风展拜，次第敬领，合族传观，莫名钦佩。各宗长关心族事，不厌求详，真有如尊函所云"万里一堂，如亲面语"。而勤恳笃爱之至，诚蔼然流露，更有令我神谋于墨楮之外者，当拟奉覆。因九月四日，所奉函内，指示各节，均未能草草塞责，应详加研究，庶便覆命。适函到半月间，谋急遽外

---

① 一种文书材料。

出，未及料理此项手续。至旧历年底，始得回舍，久劳盼望，惭愧奚如。承示抄谱一节，本应遵办，因读续接之函，见指驳各节，校勘详明，识力超卓。知宗丈所注意者，有通公以上谱系，而敝处不完不备之手抄私谱，多详有通公以下，而略有通公以上。贸贸抄寄，恐致大失宗丈之希望，故尚须再行详覆，以待后命。至敝处之谱，所以脱略有通公以上，而不能详者，约有数端：

（一）有通公，由闽之上杭，迁粤之汤坑。旋以有通公之曾孙闻聪公，即迁居长乐。今改五华。至其子澄公，煜、澄、海三公取名俱从水旁，我族现多用此诚字，想系延误。遗嘱仅上追有通公，后人遂奉有通公为始祖。当时由长乐而溯祖乡，则为汤坑。谁不知汤坑族人，亦惧忘有通公之所自来。欲再上溯焉，舍闽之上杭，他无可考。而当时省县区分，不免守闭关主义，且迭经播迁之余，止知保守，断无远识。此一原因也。

（二）长乐前代，皆相安耕凿，即较优秀者，不过读书识字，知礼守分而已。虽数百里之上杭，祖乡亦无交通，其他可知。此一原因也。

（三）我国民性，最富守旧，非有超群轶类之才，不能为贤智先人之事业。我远祖之久失稽考，愈流愈远，愈畏其难。因陋就简，贤者不免。虽间有抱大思想者，而无功名富贵之势力可凭，终亦有志未逮。此又一原因也。

积此种种原因，至今日有负宗丈之所求。我祖有知，当不为五华族人恕也。锦江春色，鏖我遐思。翘首西瞻，依依不尽。率此奉覆，敬请春安。握纲、绮仙宗先生均此候安，并请阖宗联安。素民宗丈先生处祈代候安。

族晚俊谋鞠躬
阴历九年正月二十七日

再家兄菱波①，连年在外办学、办警，族事虽由谋担任。此次发函，适家兄在家嘱笔，并附片通候。

列宗长承训之项，另纸条覆，并附图一纸，抄件外寄。承询各节，谨条覆如左：

一、我族长乐今改五华。之基业，开创澄公兄弟。其缔造之艰难，详于遗嘱及拨单序文内，无容赘。流传至今，凡族人占籍之地，如葵岭、㳘溪、嵩头，皆权舆于澄公。不过当日为托足一枝，今则葵岭是全境我有；㳘溪仅杂少数张、陈二姓；嵩头亦占五分之一均势。三处岭断云连，约踞大都、葵岭、嵩头属大都。㳘溪二约，敝县区域以约计，五华全县统计为二十八约。将达三十里之遥。㳘溪以宁公派为最多；葵岭完全容公派之瀚公一脉；嵩头以煜公派为多数。统计男丁女口，五千有余。溯而上之，约在十二三世时代，已达此数。即各种事业，亦于彼时为盛。近二百余年来，迁赣、迁桂、迁本粤之惠州者，每到一处，经过三四传，辄以千计。独祖乡不外此涨彼落，总数并无增加。此关于生齿一方之情形也。

一、我族所占地位。在五华县治之东南边陲，离城百里，外接近潮州境界，地属山僻，世守农业。惜㳘溪（惧）[坝]水患较难，靠葵岭、嵩头，在嵩螺嶂下，虽山多田少，地颇肥饶。闻前清乾嘉间，民俗勤朴，地无旷弃，山利大兴，木炭、铁矿、薯芋、杂粮为大宗。康乐之风，谈之心醉。吾族之颇占地利，于此可见一斑。惟近数十年来，习染华靡，人趋懈怠，遍地童山，几类不毛。出产之退化，比前减半。加以前去戊己二年，凶荒叠告，中户以下，皆入难境。间有上户，亦供过于求，穷于应付。尚幸吾族㳘、葵二处世代不绝殷富，敝处家产，以谷多少计。吾族在乾、嘉、道间，一家之谷有达二千石以上，至三千石者。近数十年，最多不过千石。未至待给

---

① 胡菱波：字俊渊，廪生；广东长乐县塘尾人，住葵岭中村观自楼（系菱波手建），系胡贻孙二兄；常年在外游学、办警，并在县城官校办学多年，多有介绍子侄辈入学校（管学新学），毕业者甚多。

于异性。现届物极必反之时，风气稍见转机，经营山利，**种植为大宗**。由议论而入实行，既接踵而起矣。此关于生产一方之情形也。

一、五华之上，山区域地，占十约之广，以安流约，横流渡市为最繁盛，商务不颇旺。离横流一里许，即有吾族。即洑溪不过距十里，葵岭距三十里，（双）[嵩]头距四十里。嵩、葵至横流，必由洑溪经过。吾族营商者甚少，有则多在渡市。吾族在渡，亦能占五分之一均势，惟工艺一门，多习笨拙。洑溪限于田少人多，不能不出外谋生。查所习者，不外石匠、发匠及在典质铺为经纪。葵岭为木料出产，兼多锅厂，习工艺者，非农兼木匠，则农兼锅工。此关于工商一方之情形也。

一、吾族文化，因僻处一方，势难发达。向来都系随一县文风之盛衰为盛衰。不能过人，亦不至远不及人。统计前清科举人物，掇青衿者，虽不及百，亦以数十计。如廪、如庠、如贡，若断若续，亦觉代不绝人，至科第则画断鸿沟矣。惟科第无人，因之入政界者甚少，间有一二，亦间世一见，几如凤毛麟角矣。现废科举十六年，青衿旧学，更叹晨星。今洑、葵计之，仅一廪二庠，三人而已。学制改后，因二家兄廪生号菱波，在县城官校办学多年，介绍子侄辈入学校毕业者甚多。在中等以上学校毕业，及现仍修业者，亦有数人。此关于政学一方之情形也。

一、吾族向来忠厚传家，至今日邻居异姓，论及我族人格，无不美以忠厚之名。证之来示，"乡之人率以胡氏为守礼旧族，恒奉为模楷"，足见我祖之遗泽长矣。辛亥革命时，通族设有家族自治会于青公潭，离横流渡市二里许，借以保全不少。国民七年（1918），潮梅①用兵，为兵祸最逼近之时，吾族亦毫不受惊，秋毫无犯。此关于风俗祸患之情形也。

一、葵岭、洑溪、（双）[嵩]头，大概地势已详。生产一节，兹再详细言之。塘尾系在葵岭境内，占一最小地址，今成荒墟。谱载余祖妣之母

---

① 指潮州和梅县。

家，亦在葵岭境内。（双）［嵩］头距葵岭十里，谱载李塘径者，在（双）［嵩］头境内，近葵岭一方。（双）［嵩］头、葵岭同是大都约。洑溪则自为一约，即名洑溪约，与大都约接壤，距嵩头三十里弱，距葵岭二十里。另附最简单地图一（章）［张］①，阅之更为了了。惟长汀、永定、金丰各族人，向无交通，近只知永定有一南洋华侨胡子春②，为大资本家，然亦客南洋之族人，方与之交通。由此间以道里计之，大约距四百里，至五百里之度，本非甚远，亦至断绝交通，曷胜浩叹。此关于地势之情形也。

一、吾族祭祀坟墓，以三世祖妣陈一墓、四世祖妣温一墓、五世祖澄公一墓、余夫人一墓，四墓轮值合祭，年祭一墓，轮周复始。法至尽善，至今遵行。惟向定清明前九日、七日、五日、三日，现行于春分前九日、七日、五日、三日，其改自何时，亦无从稽考。咸丰以前，各房尝款之丰歉，不得而知；惟经过咸、同之乱，各族械斗，尝款耗销既尽，从前之公尝，分毫无存，十之九都是后来凑集所存。此关于祀典之情形也。

一、澄公遗嘱拨单。余祖妣分关与族规，因流传数百年，转相传抄，鲁鱼亥豕，在所不免，兹照抄奉寄，希为查核。至簿序则前后错出，殊甚复杂，欲摘抄则未承指定，不知能否与尊处相符；欲抄则卷帙太繁，姑暂从缺。

一、查胡时字子俊，谱中略见，惟确系何支派、何世辈，则不敢臆断。有谓系长汀始祖七郎公之四世孙，据此则是百八郎公兄弟；有谓《永定志》载"胡公子俊，淳良忠厚，以明经进士教授于乡。洪武八年，杭尹刘亨，荐任杭庠儒学训导。岐山陈倪、段关等，皆门徒也"。据此则时公系生于有通公之后，断非有通公以上之七世、五世祖也。素民宗丈，以为"康候忠简，莫定所宗"，晚实不敢臆定。至谓内江、富顺各谱，皆有胡时

---

① 详见本书前图版部分。
② 胡子春：（1860—1921），一名国廉，永定县下洋镇中川村人。近代爱国侨领、企业家，南洋吉隆坡锡矿大王。

及铁缘各远祖之名,晚实不敢决其为吾族信史也。

附一　诚公遗嘱

尝闻水流万派,而饮水者必溯其源;木发千柯,而灌木者必溉其本。云礽代嬗,而孙曾崛起,可不思祖宗流传之所自乎!抑维我高祖有通公,妣董孺人,因元末丧乱,室家靡有宁处,私念广东与中州相距万里,可以避乱。乃由福建长汀,迁于粤之潮州。隶籍揭阳,卜石子岗,遂家焉;生曾祖十郎公,娶曾祖妣刘,生子八郎讳满玉,早世不祀。续配张,有贤德,生显祖满全,配祖妣陈。生伯父留聪,父闻聪。伏考满全,创置产业,甲于闾闬,世传孝友,无意仕进,隐居陶公坑。邑宰闻其贤,礼为耆宾。时为邑人剖(折)[析](由)[曲]直,舆论翕然,称之曰:"宁为刑罚所加,毋为胡公所短。"可以见其为人矣。祖没,伯留聪守先人业,生子乳名亚扁,讳达权。父闻聪,迁于长乐双亦作嵩头峡,原配母氏黄,续配我母温氏。生兄昱与澄及弟海三人。弟海早故无嗣。予年十八召为邑椽,三十二或作三十三,冠带荣身,五十有八,蒙恩致仕。上膺天宠之褒荣,下起人心之敬仰,鞅掌王事,驰驱江湖。水宿风餐,辛苦莫甚。今予年六十有一,汝母年六十有三,夫妇二人,白发垂堂,桑榆暮景,岁月无多,所有产业,理均分与男宣等弟兄承受,惟次男宽随赴京,在途病故,殊可怜。念宽无子,有女四人,临行娶何氏女为妾。何氏来归时,已有妊五六月,宽死后,何氏妾举一子,名之曰安。并命其乳名胡生子,示其在胡家所生子也。除另拨田园一份,恩养抚恤外,尔宣等弟兄五人,应体验故男宽,随侍勤劳,勉遵予训。即以宽妾所生子承继宽嗣,百世不改,永著为训。须知人贵自立,予夫妇上承先人遗泽,既无片瓦之分授,亦少寸土之遗传。只此区区产业,皆予夫妇诛茅为屋,凿石为田,春耕秋种,昼夜勤劬,始得优游林壑,乐享田园。谚曰:"成立之难如升天。"可不慎欤!嗣是而后,为兄者宜尽爱敬之心,为弟者当敦手足之宜。倘有倚强欺弱、以少凌长者,必非吾子孙也。以是为嘱。使子孙上以识吾祖宗消长之基,下以示后人守吾夫妇经营之业。言之痛心,尔宜刻骨。

此嘱。

大明天顺三年(1459)四月初二日胡诚遗嘱

谨按:是年岁次己卯,公六十有一,至七月卒。

附二 再亲立宽公(谨按宽公即黄沙径二房)嗣子分拨单

长乐县,袯溪,大都约,伏二图一本作清化都二图,民籍,胡诚。祖考胡满全,妣陈氏十一娘。父闻聪,妣温氏,原系潮州府揭阳县蓝田都十图人氏。祖故,父以原居窄狭,因与伯父留聪分居,迁于长乐,地名双双一作嵩头,倚庇契伯黄仕保,赁田耕作。余年稍长,父为聘本都一图民籍余得全之次女为妻。历年苦作,得以创制产业,暂为寄籍其户。仕保故后,殊其男添进,依势强赎赁耕田业,夺占田塘,父叠拒之不与。添进忿甚,纠众逞斗,旋毙。添进弟周孙告官,连年构讼,因累家贫,谋生不易。

永乐十二年(1415),父母携家暂返揭阳蓝田都旧居,而宅场田地,已被著名奸猾之蠹吏陈彦辉夺占矣。永乐十三年(1416),彦辉上下贿嘱,以诚等属之长乐里长黄文质班下甲首,拘提应役,藉势欺凌。两处如一,家业渐耗。未几,而父闻聪告终矣。诚思嵩头基业,不可弃置,复迁居之。祖母陈,念孙甚,亦奉迁焉。兄昱家亦偕往。蠹吏彦辉前以屡唆周孙讼,意犹未慊,乘我家返揭后,又将长邑所有基业,尽行占去,致我家复至无所归。不得已,乃别寻李径塘偏僻处所曰茅窝者,斫山种木棉度日,食力自给,以为养晦计。彦辉窥我弟兄勤谨,家业日裕,默揣昔日侵占地,将来必仍归胡姓原主,暗趋县署挟仇,报兄昱充千户所吏,思以泄忿。县差皂兵杨黑面拘兄昱应役,已至中途矣。诚偕伯兄黄生赶至,用银关说,藉以脱缧绁苦。乃彦辉因兄逸无着,乃迭次排陷,致严签,勒令妻父余得全着落,诚身充千户所吏。诚不得已,捐赀充吏。六载例满,吏部一考,通前三考。蒙发交行在户部尚书陈山典,办机务三年,送回吏部,听候选用。

至景泰二年(1451),承奉吏部勘合职,授南京兵马司都指挥副使。随率次男宽及孙清赴京。路出通州,至张家湾花板石马头军张姓宅内病故。痛念男宽故后,忽忽若不自知其老。今蒙恩予告归家后,检量一切。因宽妇谢孀无嗣,仅有女四人。幸其妾何氏,因孕来归。得于宽死后举一子,当即命其乳名曰胡生子,明其生于胡也。令谢媳恩养,今已六岁。深虑夫妇老景无多,若不亲立拨单,分拨田塘,与媳谢氏、何氏,恩养男女,必致母寡子幼,难以存活。兹将所置田园一份,地名黄砂径、风门凹前等处,田种二石五斗。宅场一所,鱼塘四口,应纳秋粮七斗五升,拨与孀媳谢氏、何氏管业。俟女及笄,将一女赘婿,余均遣嫁。其分拨之田,亦宜匀作二份,暂与赘婿耕作,以为供养孀媳谢氏、何氏日食之用。生则供养之,没则葬祭之。赘婿终世后,仍将田地宅场概还胡生子,子孙永远管业。耕种输差应役,男宣弟兄等,不得违单,恃强欺弱,夺占田地。如抗不遵,许胡生子子孙执单告理审问违抗之人不孝、忤逆之重罪。其田地照依号段,粮米输差。众子孙,毋得多增飞洒。每年只送文银八钱,交与胡宣弟兄代为完纳官粮,不许多科。日后胡生子不许冒称他姓,叛逆本宗。亦不得荡废拨业,贻人口实。今恐世远年湮,人心生变。特立拨单一张,付与胡生子,子孙永远执照。此立。

皇明天顺三年己卯岁(1459)四月上浣日
    胡诚 立

附三 余祖妣分单

　　立分单母余氏，先年尔父胡诚，积买田地池塘竹林屋宇，共载籽种三百六十二石。因去岁尔父六十有一，夫妇见得桑榆暮景，欲写遗嘱，将池塘竹林屋宇田地，分与尔等管业。不期于七月内，尔父遽然辞世，其家资田地，竟未分剖。今请集乡邻族亲酌议，将田塘屋宇配平，高下挪匀，均分与男等管业。使尔弟兄，无阋墙之患。所有田地，配作六股，惟有男宏，因议事费用银两多数，应除二石六斗与之。外有故男宽无子，立有嗣子，系尔父存日，已亲拨田种二石五斗，授与媳谢氏等，作为口食。此系至公至当，余外并无一毫不平。

　　立写分关。永远执照。

立分单：母余氏
代笔：子墵颜温
天顺四年庚辰岁（1460）冬月朔日立

　　谨按：诚祖生于建文元年（1399）己卯岁正月，据分单应卒于天顺三年己卯岁（1402）七月，计享寿六十有一。传抄本作成化元年者误。又按成化元年，《明史》作乙酉。

永南致福建汀州府胡氏家庙函

【提要】 此为民国九年（1920）阴历七月胡永南致福建汀州府胡氏家庙的信函。胡永南在信中首先介绍了揽祥埂胡氏简况，并就蜀粤通信等情况进行通报，希望福建宗亲能够抄录胡有通以上，胡七郎以下世系情况。影印件见本书第129～130页。

福建汀州府胡氏家庙列列首士宗先生大鉴：

永南系广东始祖有通公第十九世孙也。谱载有通公，由汀州府长汀县清大里胡家坊，移居永定金丰、中坑、下洋。于元时由闽迁居广东之长乐县。长乐县今名五华县。有通公第十四世孙为登科公，即永南太高祖也。于清雍正初年，由广东长乐县，迁于四川省之仁寿县煎茶溪。煎茶溪系地名，通邮政。距省城八十里。现在煎茶溪族人，议修胡氏族谱，屡邮广东长乐县，抄取胡氏旧谱。蒙五华县族人胡贻孙弟兄，叠次覆函，并节抄谱系大略见示。族中人士，均额首忻幸。惟抄寄谱系，于福建汀州府肇基始祖胡七郎公以下，至第八世胡有通公，率多简略。而于七郎公以上统系，又与敝省族人抄谱互有异同，莫衷一是，为此疑莫能决。素稔宗庙列列先生，谊重同宗，是以不揣冒昧，拟乞推同本之爱，代觅钞胥，节抄有通以上、七郎公以下谱系示知。俾敝省族人得悉其水源木本所在，不胜顶感。其抄胥手续料，俟覆示到日，即购邮票函寄。兹敬附呈邮票拾三分，以作双挂号覆函之费。并将广东抄寄七郎公节略，另录附呈。闽山蜀岭，天各一方；临颖依依，曷禁翘望。即颂列列首士宗先生均安，并叩同宗父老暨诸姑伯姊，万福不具！

四川仁寿县煎茶溪胡氏族会全体代表胡永南顿首片候
九年九月八号阴七月廿日

永南致福建汀州府胡炳堂函

【提要】此系胡永南于民国九年（1920）阴历七月二十四日去函福建汀州胡氏族人后，邮局返回汀州胡炳堂收件信息，但尚未收到胡炳堂回函。为此，胡永南于民国十年（1921）四月十五日再次致信胡炳堂，希望能尽快回复七月去函中所请之事。影印件见本书第130～131页。

迳启者：去年阴历七月二十六日，即阳历九月八号，由邮寄呈汀州祖乡胡氏家庙一函并附件。旋于阴历九月二十六日，由邮代回收执据①。蒙祖乡胡炳堂②宗长先生掣收，并印盖胡守道篆文黑章一方。藉悉炳堂先生，顾念同本，不弃远人至意，敝族同宗，额手称庆，鹄候回音。延至本年清明节，敝族祠开会，尚未奉到尊处函谕。族中父老，均以永南候问祖乡同宗父老起居，礼貌或有未周，致吝金玉。敦促永南，沐浴斋戒，由邮函催炳堂宗长先生，草示数行。若不嫌简亵，拨冗详细示知，则敝处族人，如亲晤对，九顿首以谢矣。特肃芜函，祗请复示。海山万里，无任翘企。即颂炳堂宗长先生升安，并颂祖乡阖族福安不具。

四川仁寿县煎茶溪胡氏族会全体代表胡永南顿首片候
十年阴历三月初八日，即阳历四月十五号

---

① 回执凭据。
② 胡炳堂：字光埅，汀州府胡五郎裔孙，长汀县立第一高小校长。

福建胡炳堂覆永南函

【提要】 此为民国十年（1921）四月胡炳堂覆胡永南信函。信中交代了收到胡永南民国九年（1920）七月信函后，自己多方寻找胡七郎后裔的曲折经历。虽未联系到胡七郎后裔，但将寻找过程付诸信中，足见两地宗亲殷殷的血脉亲情。影印件见本书第 131～132 页。

绶珊宗先生大鉴：

迳启者：去秋华翰远来，适敝校学生胡守道，寄居祠内，代收交阅。藉稔所寄函件，应交七郎公房裔查收，但该房嗣裔，皆籍隶永定，并无在汀城居住者。炳堂系五郎公房嗣裔，与永定伯叔、兄弟，素未谋（回）[面]，音问不通，无从寄达。窃思上杭本家胡荣光，与永定本家，夙有往来，立将贵函并附件，付邮挂号，寄杭邑荣光处代转。不料杭城，因战事发生，荣光外避，又由邮将原函退回。迟之又久，有友人魏姓者，籍居永定湖雷乡，因事至汀，访询永定同宗父老居址，据言永定中坑，胡姓甚多，常至湖雷赶集。又将贵函及附件，托魏友转达中坑。当时堂因校务纠缠，未暇修楮奉闻，疏忽之罪，其何能辞！顷读来书，知中坑尚无回音，几令尊处父老，望眼欲穿。是或堂所托非人，致贵函遗失耶？抑中坑伯姊、兄弟，置而不答耶？中心耿耿，歉仄奚如。兹由敝处，另函中坑，跟询如何情形，并函问魏友，曾否转达？草草答覆，本勿见责。敬敏大安！（志）[诸]维垂照不宣。

宗愚侄炳堂（字光墀）泐片候
十年旧历四月初十日

永南等覆福建胡炳堂函

【提要】 此系胡永南致长汀胡炳堂覆函。信中开篇提到胡永南等揽祥埂族人寄送金刚藤手镯等物以表达对胡炳堂等长汀宗亲的谢意；希望胡炳堂在授课间隙代为抄录胡五郎、胡七郎世系，或邮寄旧谱至川；请继续寻找永定胡七郎后裔并留下通信地址。望能告知上杭族人的人口、生产、风俗等信息，以达追慕之意。最后胡永南介绍了揽祥埂族人迁川后的职业、生产、教育等情，以增进彼此了解。影印件见本书第132～134页。

光墀宗长先生大鉴：

旧历五月初十日，奉到四月初十日长汀大函，薰香盥诵，感莫可言，立即遍示族人，均南望九顿首以谢。比稔起居笃祜，春风化雨，濡溉祖乡，诸符遥祝。昨经族众公议，暂由敝祠族人，采购真正峨眉金刚藤手镯①、帐钩各二双、武侯祠唐碑②贰张。千里鹅毛，由邮敬寄，藉鸣寸悃。伏希（洒）[晒]纳，惟藤质稍细。因近年该山军队林立，采掘者均望而

---

① 据《峨眉山志》载：峨眉山产药材金刚藤。金刚藤为百合科植物西南菝葜的根茎，属攀援状灌木，主要分布中国西南部及西藏等地，是藏人常用的一种中草药。藏人自古以来就有用金刚藤制作手镯佩戴的传统，这是一种古老且神秘的藏饰。金刚藤手镯佩戴越久，色泽越光亮，会呈现出漂亮的深棕红色。传说金刚藤手镯是有灵性的，佩戴它可以辟邪保平安，又具有活血通经、解毒、祛湿气、缓解风湿疼痛的作用。
② 武侯祠唐碑：是成都武侯祠博物馆闻名遐迩的一件文物，它竖立在武侯祠大门与二门之间东侧的碑亭，与西侧的武侯祠明碑东西相向。此碑全称为《蜀丞相诸葛武侯祠堂碑》，它汇集了中唐时期著名宰相裴度的文章、著名书法家柳公绰的书法和刻工鲁建犀利的刀刻，自建碑以来，深受后人赞赏，被誉为"三绝碑"。该碑高367厘米，宽95厘米，厚25厘米。整个唐碑高大壮观，给人以庄重肃穆之感。碑文分为序和铭，碑阴上还刻有武元衡及其监军以下僚属共27人的姓名和爵禄。

却步。将来军事告竣，再行采购肥壮者，邮贡左右。区区微物，殊难达万一也。

去秋邮函，荷蒙贵学生胡守道君代收交阅，示知尊房，系五郎公后裔，敝房系七郎公后裔。两公伯仲，各居一方，与贵房音问不通。荷蒙左右，笃念族谊，托上杭本家胡荣光转寄永定。因兵事发生，将原函退回。又蒙托魏姓友人，便递中坑。虽未取有回音，而叠费清神，敝族人啣感无暨。拟恳于讲授暇时，代顾抄胥，将五郎、七郎公以上，历代相传谱系，详抄见示。其抄胥手数料应若干，统俟示知，立即邮呈。若刻本邮寄，邮寄全部，藉免抄胥之苦，尤为感（缴）[激]。照缮后，即当邮璧。兹特将民国七、八年间，广东五华县族人胡贻孙抄来万九郎公、七郎公二祖谱系，另录附呈。中有清道光二十七年六月间，五郎、七郎公二房子孙，合建祠于汀州府城内，门楣上有"胡氏家庙"四字等语，是否不虚？乞为详示。尔后邮信往返，所需票费必多，特附呈邮票壹百分，作为往返邮费，伏乞察收。惟上杭、永定两县，敝族亲支，概居是地。合无仰恳左右大同宗之爱，设法代访族人住居地点，是否通邮，迅恳邮示，以便敝祠邮函迳寄。更有恳者，现由敝祠族人，书函一封，呈上杭或永定本支族人，惟住所及衔名均所未知，乞设法代询邮递。不情之请，冒昧殊甚。至如尊处，本系我祖万九郎公故乡，敝族人虽远隶偏陬，遥望松楸，不无霜露之感。可否于星期暇日，或命在校同族子弟，或迳由左右，将贵乡风土人情，及贵族近年爵秩里居，与职业生活各项，略示一二。籍饷敝族人追远之意，实深殷盼。

前接收大函时，永南与族人永悦号绮仙、绍龄号与三、世鼎号握纲、绍燮号公三，均为仁寿煎茶溪高小校教职员，正值办理试验，及暑假毕业期间。兼以永南不学，年已七十，又兼任华阳县高小校教员，路隔三十里，往返劳瘁。其试验毕业，亦与仁寿煎茶溪高小校同时，先后举行。迩来事葳，是以敬谨详覆。敝省自光复①后，叠遭兵患，去今两年更剧，现稍平静。幸敝处僻居省城东门外八十里，路非孔道，尚未大受损失。年来雨旸时若，农忭于野，惟生活程度过高耳。粤中族人，前清二百余年前，迁蜀者累累，散居各县，大约农民苦力居多，素无往来。本支族人，务农者亦居大多数。自清雍、乾间，著籍仁寿聚多，居煎茶溪地名附近。虽无巨商大富，而代传诗书，素为乡人尊仰。清时子衿十有余人。永南不学，滥窃光绪乙酉科拔贡，留京五年，前任镶黄旗官学汉教习员缺。贵省林解元旭，向晤于嘉应会馆，惟各操乡音，接谈终未畅然。自奉讳归蜀后，即裹足于一乡一邑间。素稔祖乡，文教昌明。又得左右提倡，新旧各学，海云纠缦，族里为辉。遥听倾风，欲言不罄。祗候撰安！

万九郎公第二十七世孙胡永南

---

① 光复：辛亥革命。

永南托福建胡炳堂转湖雷乡族人函

【提要】 此系民国十年（1921）阴历六月胡永南托长汀胡炳堂转交永定湖雷乡胡氏宗亲的信函。信中胡永南介绍了经胡炳堂联络永定宗亲等情，并请求永定湖雷乡宗亲将胡万九郎至贤通、祖通、有通三兄弟的谱系抄录寄川，并将永定胡氏迁广东及四川的情况亦来信告知。影印件见本书第134～136页。

迳启者：

永南系万九郎公第廿七世孙也。谱载万九郎公第八世孙贤通、祖通、有通。贤祖守祖业，仍居永定。祖通、有通，均由永定迁粤。祖通迁粤之肇州，有通迁粤之长乐县。永南即有通裔孙。伏考有通与贤通祖通，本系同胞弟兄，由万九郎一脉，传至三公。广东抄来谱本，与蜀中原有谱本，间有异同。其最差异者，则蜀谱有大书永定胡时为本支祖人者，并杂掇《永定县志》古今体诗若干首，及门弟子、提学（检）［佥］事段某《谱序》，而别出谱本，又以为非是。上年函询广东祖乡族人，而族人覆函，亦仅曰："书缺有间，莫为是正。"今将广东抄谱本，另纸抄呈，万恳顾念同宗之谊，将万九郎公，至贤通、有通、祖通一脉相传谱系，函抄邮示。并将万九郎以上谱系抄示，更为感激。去秋已由敝祠邮函长汀。荷蒙五郎公裔孙胡炳堂号光墀校长宗先生接收函件；并蒙光墀宗长示知，将敝祠函件，转达上杭、永定。属军事发生，鱼雁浮沉，仍将原函璧返长汀。不揣冒昧，特托光墀宗长，填注函面，由邮直接迳寄。伏乞祖乡父老子弟，接阅本信后，即照抄，邮寄四川仁寿县煎茶溪胡永南查收。至为殷盼。祗请上杭、永定两县祖乡列列宗长先生大人福安！

再者，煎茶溪，仁寿县场名，犹贵省集名也，距省城东郭东八十里，敝祠即在煎茶溪附近。又附呈万九郎至永南一系并谱。

万九郎公第二十七世裔孙胡永南顿首谨启片候

十年七月十八，即旧六月十四日

函面笺注：内函烦询明上杭族人及住居地点，即请代填函面交邮，此请光墀宗长先生鉴。

迳启者，永南系万九郎公第廿七世孙也，此信照上函原文，书至"仍将原函璧返长汀"止，后节改为：兹检阅邮章，始悉湖雷乡祖籍通邮，中坑通邮否并询。惟族中父老名字，无由探悉，是以函面仅为通称之词。俟接覆音后，再由敝祠补呈邮票，并将迁粤迁蜀事实，详细函告。今不揣冒昧，直接迳邮，不尽欲言。祗请湖雷乡族父老子弟列列先生大人福安不具。

附书三项，均照上式。年月日及名同前。

威远胡素民致永南函

【提要】 此为民国八年（1919）七月胡素民致胡永南信函。胡素民首先表达了对胡永南的想念之情，对即将的会面感到由衷期待。关于闽、粤祖地世系，胡素民认为川中各谱传自长乐，虽有抵牾，在没有关键证据时，宜遵川中旧谱所载。若要进行确证，则需调集大量闽粤旧谱，彼此参照，方可形成定论。影印件见本书第136～137页。

（缓）［绶］珊宗伯先生道鉴：

不领教言，瞬逾数载，虽古心古貌，尚与梦魂相通。顾蒹葭在望，霜露迭更，所谓伊人，终只得之想像。爱而不见，我劳如何？易地以观，想同之也。

月前握纲诸宗兄来省，审知康健逢吉，心为之慰。今又远劳手笔，预示来期，晤语有时，尤为悦怿。所示函寄五华钞录全谱，私心窃祷，早日邮来，俾得一观，藉明世系。惟翼尚有怀疑二端：

一、威远、内江、富顺各谱，皆由长乐抄来，亦皆有胡时及胡铁缘各远祖之名，今贻（县）［孙］所寄，名号殊称，倘非证据凿然，未可遽废旧谱。

二、往年阅内江族谱，其序文系明初人作，内有金丰、永定，皆康侯之裔之语。今贻孙所录谱，又属忠简，虽次序井然，断无疑义。但两说既有参差，即宜折衷一是。

以上所陈，关系有通支派，最为紧要。贵祠既再函贻孙，钞录谱牒，鄙意附以此意，请其查考。盖同源异流，不可人执一说。况异同之点，皆由长乐传来，系铃解铃，还须求之长乐。以公明达，当不河汉余言。伏翼代为致询，是所切祷。暑气侵人，法当静养。善自保护，藉慰下情。此覆。恭请道安。各位宗先生均此。

族晚翼言　八年七月某日

永南等致广东胡俊谋弟兄函

【提要】此为民国十年（1921）七月胡永南致广东胡俊谋弟兄的信函。胡永南首先对胡菱波介绍长乐祖地相关情形表示感谢，并奉上金刚藤手镯等物以表心意。同时向胡俊谋说明委托长汀胡炳堂询查永定胡七郎后裔等情。最后胡永南请求胡俊谋告知长乐县近年气候、米价等事及询问胡洪至胡一变世系情况，并请告知抄写旧谱之费邮寄往何处等情。影印件见本书第137～139页。

诒（县）[孙]、菱波两宗长大鉴：

去岁春三月初旬，接奉两昆玉年假手函，并条覆附图及大片。盥读之余，望南翘拜。藉悉祖德之深厚，族人之发达，以及坟墓蒸尝，乡风土俗，无不一一胪陈。仰见两昆玉大同宗之谊，无分畛域，视同一脉。清明祀祖，同宗父老，皆九顿首以谢。自惭远隔万里，莫由身亲祭享，长为祖宗罪人。九泉有知，能无深责。附图乡约分明，恍如身历。非近年新科学有得于心者，必不能仓卒办此。将来来登诸谱本，藉增家乘之辉，拜服佩服。本拟迅即覆谢，旋因军事，未即邮覆。兹敬邮呈，真正峨眉山金刚藤手镯二双，帐钩二对，伏希哂纳。惟峨山侧近，军队林立，每有拉夫恶习，采藤者均望而却步。邮呈之件，体质稍细，甚为抱歉。俟军事稍竣，另采购肥壮者邮呈，藉抒寸悃。武侯祠唐碑一份，乞察收。敝省去今两年，屡与滇黔两军，大生龃龉，战祸延至本年春夏间，始渐渐结束，乡人士饱受惊恐。敝族僻居一隅，虽未受兵祸，而踶蹶筹饷，已罗雀及鼠矣。谁生厉阶？职今为梗，此后尚不知伊于胡底？屡阅报章，揭载粤省亦迭生战祸，不识祖乡父老，尚安靖否？临风南望，不罄焦思。

去秋七月，由永南名义，迳由邮致函福建长汀县，旋于中秋前后，接到收条，但未得覆函耳。本年春间，又专函催覆。旧历五月初十日，接奉长汀县立第一高小校长胡炳堂号光墀手覆。藉悉本支有通公，系七郎公后裔，在七郎公生时，举家已迁上杭及永定矣。光墀系五郎公后裔，现尚聚居长汀县，与上杭、永定，虽壤地相接，尚未与两县族人谋面，故不通往来。七郎公后裔近况，光墀无从探示。蒙将敝函挂号，转寄永定，又值上永两邑，发生兵祸。族人多半徙避，邮局仍将原函璧汀。现由光墀觅贾汀友人魏姓者，便寄永定，尚未得覆，各等因。永南伏考五郎、七郎二公，均为万九郎公子，复邮函长汀，敬请光墀宗先生，抄寄万九郎公以上谱系。又附上杭、永定函各一封，均托光墀专邮迳寄，务期达其目的而后已。俟上、永两函覆到时，再尘青鉴。将来敝支谱本脱稿时，定当邮寄全份，乞两昆玉代为斧正也。暑假多暇，特觍缕陈之。

祖乡雨旸顺遂否？稻米价值，较之向来增减何若？尚冀不弃鄙远，时锡南针，俾敝支族人，奉为圭臬，有所遵循。则两昆玉之惠我，不啻若祖若宗之诒我也。

岭云在望，（母）[毋]任神驰。祗请钧安！并列列同宗父老大人崇禧。诸希荃鉴不具。

再者，敝支族从容公以下，洪公起至一变公，其族系蕃衍，不识尚可探询否？敝处传抄谱本，均付阙如。尊处抄示谱系亦略，尚希拨冗，询抄邮寄，不胜万千之幸。前岁函托觅抄之件，其手数料，应汇呈若干？迄今尚未奉明示，合请明白覆知，以便照办。

十年七月初九日付邮
族人：永南、永悦、世铿、世鼎、绍龄、绍燮、绍植、绍勤同叩

福建胡炳堂覆永南函

【提要】 此为民国十年（1921）八月长汀胡炳堂致胡永南的覆函。胡炳堂在信中介绍已将胡永南所托代转信函交付永定胡氏，并亲写书函致永定宗亲说明事由。为不使胡永南久等信息，故写此函以报讯息，并将永定胡氏地址详明信内，以便两地联系。影印件见本书第139～140页。

绥珊宗长先生大鉴：

前月初十，捧读来书，领悉一是。邮票百分，并收到。蒙惠金刚籐镯诸件，因路途遥远，邮递维艰，故至今尚未收到。俟收到时，再行函谢。所寄永定之函，即代书明，交胡少云①、友琴②、初提、绍乡、蕊坡、莪汀③、道存④、文波、友三、戴杏列列先生。侄亦另书一函，述明其事。交邮双挂号。本日接永定覆函，据言：将世系考察批明，仍嘱由敝处，代寄贵处。侄遥念宗长列列先生，修谱心诚，望眼欲穿。故不敢稍延时日，立将该函

---

① 少云，详见本书胡梦瀛传。
② 胡友琴：名赞虞、字觐宾，号友琴，原名觐宾，光绪己亥（1899）戴鸿慈取进县庠，永定胡万九郎中川大宗二十三世孙。著有《五一自寿》等诗文，民国二十四年版《永同胡氏族谱》分编，并撰《重修族谱引》。
③ 胡莪汀：名锡元、字可培，号莪汀，清庠士。永定胡万九郎明广派大宗二十三世孙。曾任永定犹兴学校校长兼教员，民国二十四年（1935）版重修《永同胡氏族谱》督修。著有《中秋漫兴》等。
④ 胡道存：名熙朝、字序带，号道存，庠贡，永定万九郎公明广派大宗二十四世（科名里）宗友长子，生于咸丰丁巳年（1857）九月二十四日。光绪庚寅乌拉布取进县庠后由附贡加授中书科中书加四级授同知衔诰授奉政大夫。原聘配黄氏；正配张氏，生于咸丰已未年七月十四日。生四子：启渥、启才、启鉴、启育。启渥嗣序宝、启育嗣序珠。著有《感怀——步子俊公村居元韵》等诗文，曾任民国二十四年版《永同胡氏族谱》勷事，并撰《修谱感言》。

送邮奉达。刻因校务繁冗，未暇详陈，容后再申。此后若欲直接永定，函面上可书明福建永定县金丰下洋忠坑，交胡梦瀛先生，当必不误。想该函内，亦必注明奉告也。

此覆。顺敏铎安。九月初九奉到。

宗愚侄炳堂顿首
十年旧八月十三日

福建胡（义）［莪］汀等致永南函

【提要】 此为民国十年（1921）八月上杭胡莪汀委托长汀胡炳堂代寄给胡永南的覆函。胡莪汀介绍上杭胡氏正筹备修谱，因资金未备，尚未开局。并告知胡七郎以下世系毫厘不差，胡时至胡十二郎不相连贯，将细心考证，容后再寄四川等情。影印件见本书第140页。

永南宗兄先生伟鉴：

两奉邮函，均已拜诵。惟地分闽蜀，鱼雁鲜通，时以不得修书问候为憾。此次细读来函，皆为木本水源起见，族人等安敢不悉心考证，详细覆明。至于修谱，敝处亦提议，办事人员，亦皆举定。惟款尚未筹，是以开局，尚需时日。修谱总局，设在上杭胡家祠内，特此奉覆。顺请潭安！附炳堂函内齐到。

十年旧八月弟莪汀、友琴、少云、道存仝顿首

来函七郎公以下世系，毫厘不差。惟胡时公与十二郎公派，不相联贯。

永南覆福建胡莪汀等函

【提要】 此系民国十一年（1922）二月胡永南致永定胡莪汀覆函。大意有七：一是胡七郎派下胡铁缘与胡时的世系关系；二是请求永定宗亲抄录旧谱寄送四川；三是请告知胡有通长兄胡贤通后裔情况并代抄胡七郎至胡有通兄弟三人之间的世系；四是请抄录胡万九郎以上世系；五是请告知永定风俗习惯、社会近况等情；六是请抄录永定下洋宗祠、中坑宗祠世系等；七是请核对胡万九郎至胡有通公世系图是否有误。影印件见本书第140~143页。

莪汀、友琴、少云、道存各位宗长执事先生鉴：

去年旧历十月初九日，奉到长汀祖乡县立第一高小校炳堂宗先生邮寄。内附永定祖乡、金丰、下洋、莪汀、友琴、少云、道存手函。盥诵一是，曷禁雀跃。仰见宗先生等。谊笃同宗，不弃鄙远，万里一堂，如相告语，阖宗老幼，无任钦佩，感激之至。本拟迅覆，藉释遥注。惟合宗人士传观，率贡疑窦，略有讨论，是以覆函称迟。承示忠简公，至万九郎公世系，较之粤东邮寄谱系，剔出错误，按之时代最合。此祖乡长汀永定，所传宗谱确凿可信，毫无疑义者也。佩服佩服。惟万九郎公以下，敝祠尚有请教之处，特条呈左右，仰恳指正，以资修改：

（一）示称胡时公为七郎公派下之四世孙，明洪武间为上杭训导。后又称七郎公之九世孙，铁缘公移居中坑系洪武初年。伏考胡时公为七郎公四世孙，即为洪武初年。而铁缘公为七郎公九世孙，移居中坑，亦在洪武年间。一则仅七郎公四世，便为洪武；一则至七郎公九世，始为洪武，此当求证者一也。

（一）函示旁注七郎公以下世系，毫厘不差。惟胡时公与十二郎公派，不相联贯。伏按七郎公以下世系，粤谱文辞芜杂，殊难据为信史。仰恳祖乡各执事先生，代觅抄胥，将全谱抄寄一份。尤见祖乡父老，笃念远人厚意。至抄胥手数料，敬希示知，以便汇奉。至称胡时公与十二郎公不相联贯，语意浑含，骤读殊难领解。敬恳将谱本全份抄示，敝祠人士，即不敢嗛嗛也。

（一）近年粤中邮寄谱本，大书七郎公第八世孙有通公，由永定金丰、中坑下洋，移居广东揭（扬）［阳］县汤坑，旋移长乐县，为广东第一世之始祖。伏按有通公，为彦发公之子。谱载彦发公，生三子：长贤通、次祖通、三有通。我族迁粤者，仅有通、祖通二支。其伯祖贤通，仍守祖业。不识永定祖乡尚有后裔否？敬恳少云、莪汀、友琴、道存各宗长，拨冗代访贤通公后裔，刻下住居何处？丁口若干？生计何若？并恳将七郎公，至贤通、祖通两伯祖时代世系，详为示知，以慰鄙怀，不胜鹄望。

（一）示称抄呈粤谱，七郎公以下世系，毫厘不差。伏按七郎公八世孙有通公，谱载自闽迁粤，生于元朝大德三年己亥岁（1299）。距忠简公之薨，仅百廿年许。七郎公为忠简公玄孙之子。虽生年失传，约略计之，当在宋宁宗、理宗时代。顺递至元朝大德三年（1299），不过六七十年，或七八十年耳。其世系何至有八九代之多？即比较推之，来示谓胡时为七郎公第四世孙，已筮仕明朝洪武。则七郎公至敝族迁粤之始祖有通公，当亦仅四五世而已。而粤谱乃曰："有通公为七郎公八世孙"，此最宜研究者也。但有通公后裔，既已迁粤，则永定旧乡，当然无有存者。今拟究研此项问题，惟访问有通伯兄贤通，仍守祖业后裔，便知梗概。永定祖乡，既能纠正万九郎公至忠简公溢出数代错误，则七郎公至有通公之世系，有无溢出错误？尊处修谱，既已开局，谅亦必能代为纠正也。此条连上一条，最为主要。

（一）忠简公以上世系，粤谱拉杂芜秽，征信为难。永定祖乡，既纠正万九郎公以上错误。是历代所传谱本，自较粤谱完善。仰恳完全抄寄，手数料照付。

（一）永定风俗习惯、社会近况，万里远隔。敝处人士，贸贸然一无所知。仰恳贵祠，修谱余暇，一一示知，以开茅塞。

（一）下洋为祖乡发祥地，而中坑为铁缘公发祥地。下洋宗祠，为各处公共总祠。中坑之祠，亦铁缘公丰沛也。两祠宗支世系，均恳详细抄示。以上条恳各件，务希逐项邮覆，将来敝谱告成，即将复件，逐一登载，藉光家乘，并邮寄永定祖乡各父老斧正。

峤云蜀水，天各一方。临颖缕缕，不尽欲言，祇叩道安。并候永定祖乡阖族父老金安。诸姑伯姊，万福不备。

永南等顿首谨上
十一年旧二月廿日

附呈票邮百分，以为将来覆示之费。照粤谱邮呈，万九郎公至有通公世系图，有无错误，希正之，覆示。函面请书邮寄四川仁寿县煎茶溪，交拔贡胡永南手收。

威远胡素民致握纲函

【提要】此为民国十年（1921）十二月胡素民致胡握纲函。信中胡素民希望胡握纲将与闽、粤胡氏联系等情及祖地世系来函告知，并希望揽祥埂借修谱之机，梳理三地世系，期待成就一部信史。影印件见本书第143～144页。

握纲宗丈执事：

夏间文旌抵省，得相晤语。借知闽粤族中消息，甚幸甚幸。自时厥后，素民即回籍省墓。每念执事，函托长汀总祠与中坑本支，开具七郎公前后各先人名讳。为时既久，必有书来。辄欲先睹为快。又念蜀中吾族谱牒，赵宋一代，文献已不足征。即有通公下至澄公，生卒年月，证诸贻孙钞单，亦多错误。犹幸大祠修谱诸公，独具只眼。远溯源头，不厌求详，期成信史。

素民忝属枝叶之亲，久叨根本之荫，固尝（窃）［窃］闻高谊，尤期示我好音，用特专函布达。伏乞执事，将最近闽粤情形，约略相告。跂望来书，惟日为岁。此致，即请撰安不一。

绥珊宗丈附笔问安。

族晚素民鞠躬
十年旧十二月，自少城永兴街六十六号上

永南覆（广东）［福建］胡梦瀛函

【提要】 此系胡永南于民国十一年（1922）二月寄信至永定宗祠，尚未收到回信的情况下，再次致函永定胡梦瀛，请求永定宗亲详细回复所列问题。同时寄送金刚藤六双、武侯祠唐碑拓帖四份作为修谱纪念，以表达四川宗亲的感谢之情。影印件见本书第144～145页。

梦瀛宗先生大鉴：

民国十一年，夏历二月廿日，由永南等名义，缮呈一函，并附讯件若干条，挂号付邮，此时计将达览矣。兹启者，敝省本届劝业会，永南等躬预其盛。比即选购敝省峨山金刚藤六双，武侯（词）［祠］唐碑（塌）［拓］帖四份，由邮奉呈，聊作芹献，藉鸣谢忱。惟武侯（词）［祠］唐碑，现已被政府封禁，不准（塌）［拓］卖，此后将无从价买。至峨眉山金刚藤，向年购买颇易。近因该山前后，军队林立，采藤者望而却步，是以购选亦艰。将来时局稍靖，再购多份以作祖乡各宗先生修谱纪念。伏望左右，俯照二月廿日寄呈函件，依次条答示知。藉慰敝族人士渴望，不胜企祷之至。手此肃布，即候大安。祖乡宗先生统此。

十一年旧三月十八日
族人永南、永悦等叩

外附邮包一件，内裹藤镯六双，唐碑四份，乞察收。

永南致福建胡光墀函

【提要】此为民国十一年（1922）三月胡永南致福建胡光墀（胡炳堂）信函。胡永南通报了与永定胡梦瀛等讨论胡万九郎世系等情。并请求胡光墀抄寄胡忠简以上世系及胡忠简所著《澹庵集》等资料来川。影印件见本书第145~146页。

光墀宗先生大鉴：

去秋九月下浣，奉到八月十三手函。只悉一是，敝支族人修谱，煞费清神矣。谱成登诸简端，定为家乘发一异常光彩。梦瀛宗先生所寄之函，语意简略，仅八行书一页而已。外附一纸，纠正万九郎公以上溢出各世系。族人士同声赞叹，佩服无既。惟万九郎公以下世系，族人士颇怀疑点，已于民国十一年（1922）二月廿日邮函永定。恭求梦瀛各宗先生，解释指正矣。至忠简公以上世系，除函恳永定祖乡抄示外，恳足下将长汀族谱，忠简公以上世系，另抄一份，邮便示知，以便对正。抄胥手数料，候示汇奉。《澹庵集》尊处有存本否？忠简公手泽，尊处尚有遗留否？此外忠简公轶事，尚可示知一二否？敝处仅在《知不足斋丛书》内，检出《经筵玉音问答》一帙而已。颇恨学问疏浅，不能发扬先德，甚自愧也。

海天万里，无任神驰，手此肃布。即颂撰安。诸希亮鉴，不庄。

族人永南、永悦等叩
十一年三月十八日

威远胡素民致永南函

【提要】 此为民国十一年（1922）三月胡素民致胡永南信函。主要沟通了三件事：一是江西族人来函所说派人去江西或由江西派人送谱之办法难以实行；二是主张将胡澹庵（胡铨）至胡万九郎世系抄寄江西宗亲，请予确认；三是商议为江西胡澹庵祠捐款之事。影印件见本书第146页。

绥珊宗丈大鉴：

前闻文旌抵省，屡往荣太店问讯，终不得要领，至今犹怅怅也。日昨得江西覆函，所言取谱办法，均窒碍难行。鄙意只宜将闽粤所抄自澹（安）［庵］公至万九郎二者孰是，请其查考。倘万九郎不载于江西谱牒，亦请其真确答覆。至捐款可否承认赞助，听公裁夺，此间自当照办。握纲事，已得高检厅允许照准，已有函到雅矣。知关锦注，并闻。此请近安。绮仙宗丈均此。

族晚素民再拜
十一年四月廿三日，即旧三月廿七日

威远胡素民转寄福建胡志安等函

【提要】此为民国十一年（1922）二月江西胡志安致威远胡素民信函，并附王泽寰《谒胡忠简公故里记》和《重修胡忠简公祠劝捐小引》两文。大意有三：一是胡志安认为抄录谱系邮寄四川，路途遥远，实为不便，希望四川派人赴江西取谱或由江西送谱至川；二是介绍了赣州胡澹庵祠倾颓等情并抄录王泽寰谒宗祠故里记；三是通报江西族人正集资修缮胡澹庵祠，希望四川宗亲捐资襄助，并附《捐资小引》一文。此信是蜀、赣首次通信，对于赣州宗祠、家族、世系等记载颇详，具有一定的史料价值。影印件见本书第146～152页。

素民家先生赐电：

言祖有自，郯子见师于仲尼；数典忘祖，藉父受讥于周王。祖姓之不可忘，古之缙绅君子，所为三致意也。先生冠世文英，清代躬膺乡荐。改革①后，迭充贵省议会议员。国事旁午，处之裕如。学问富，经济优，异日名芳史册，想当然耳。乃者，燕居之暇，悠然而兴追报之念，溯厥水木，以固宗盟，此其孝思，为何如哉！同人等虽未睹然明之面，固已识瓯蒦之心矣。感甚慕甚！夫吾族之大，莫之与京；子姓蕃衍，无远弗届。亦先人之遗泽者远也。

贵派源流，由闽而粤，由粤而川。至何祖分系，究未详告。考澹庵公故里，及子派谱牒，入闽入粤者，实繁有族。代远年湮，实难稽查。来书所

---

① 指辛亥革命。

叙、霸、胜、雄、茂、湜、璡、恺、载诸祖名字固是，次序亦同。至由芗城以溯华林，生、殁、葬虽有，然不甚详。先生欲求澹庵公以上各祖，信而可凭者，刊发简明谱系，分送诸族，意至渥也。本拟谨遵台命，将谱系邮寄，助成美举①。适大忠祠公务会议，谨将钧函表示大众。佥云："非我族类，虽富贵不敢慕；凡我的派，即贫贱不敢弃。"谱例严载，宜慎从事。我赣与川，路途迢遥，山河阻隔，用邮传递，难免不无遗误。以各父老意见，务取直接主义，若非先生亲来领取，即同人等派人专送，两者均听尊便。静候覆示。所可叹者，道院澹庵公出生地。故里，寥落不堪。近今所存，母子相依。民国乙卯（1915），洪水为灾，祖宗寝庙，全被倾圮。赖澹庵公在天之灵，雕像即澹庵公。及盾琴宋孝宗赐的。虽被水冲，泛乎中流，几有漂没之虞。然久在波中盘旋，仍逆转内向，幸得无恙。当其时，王君泽寰即太史王龙文祖，居籍吉安。适回吉，主任纂修县志，闻其事而谒其墓，旋作记以致慨，并铭琴而怀古。羡慕感慨者久之。同人等睹此异族崇拜之殷，而尊祖敬宗、修祠妥灵之念亦勃发难遏。爰草简章，制订捐册，联合数百里之的派，敛集数千金之巨款，自丙辰（1916）迄辛酉（1921），经营六载，工始告成。今虽故里庙貌颇有可观，而吉郡专祠遭清代兵燹，犹属荒丘。以致地方官祭祀，从兹消灭。嗟嗟，宫室禾黍，祭祀不修，为忠臣苗裔者，能无愧乎？且澹庵公《文集》，及《春秋经解》版籍腐朽，亦欲补修印行分布，以阐幽光。奈苦无资，有志未逮。先生仁孝念切，数千里寄书祖派，追询谱牒，想于澹庵公诸事，亦当欣然赞勷。子来劝相之心，定较同人等而弥殷焉。临颖神驰，不尽依依。肃此敬覆，并颂勋安！

  附呈王君泽寰《谒故里记》及《修祠募捐小引》。

  绥珊、绮仙、握纲家先生均此。

族晚名正肃
阴历十一年二月廿九日上言

---

① 指编谱。

名片：胡志安咏仁、胡心田惠民、胡嘉瑞荆山、胡秉刚卫寰。

再启者，道院故里附近之子居，名寨前村。清乾隆间，乾祖迁徙于贵省洪雅县罗坝场村为始祖。光绪中叶，犹有函递往来，声气相通。数十年来，音问久虚，未审状况如何？希费神探询，惠我数行，为祷。

族晚等又及

赐函：江西吉安县属值夏市道院胡大忠堂，修理值夏大忠堂总局胡珏

谒胡忠简公故里记

庐陵长老数为予言胡忠简祠，凡三栋，栋各异向。始筑时，本于筠松杨氏，在今纯化乡七十五都，地名值夏，旧所称芗城道院也。顷予由青原山策马渡潇泷水，抵其地。时方暑，少憩寓邸，食已，复渡，拜公墓。松山在天梁山下坡，与道院隔江。对岸相距里许，其距水滨，才数十丈耳。邑《志》但言"公墓在天梁山"者，略也。予按公祖茔，多葬松山者，皆面水南向，惟公墓独西。同治中，公裔尝重修焉。冢封甃砖甓为之，而以石柱环其外域。翁仲石兽，仅仅有存。求当日饭僧守视，所谓松山院者，卒邈乎莫得其迹。盖南宋去今久矣，历元明兵燹之害，力无能复赡者，吁可嘅已。拜毕微雨，旋渡还。亲拜公祠，下门楹南向，递转而东。如长老所云：其本于杨氏与否，未足信也。比连岁大水，坍颓几半。木主数百乘，版置厅事，去地尺许，公雕像俨然。架寝室龛中，天光穿漏，殆不可支，予观之，不觉怆然泣下也。檐际有旧额，相传为朱子所书。其文曰"光争日月"，既氤昧就灭，仅可辨识。会日暮，不能细审焉。问其遗嗣，仅母子二人。家无有，独宋孝宗所赐公盾琴，及旧谱尚在。予取琴玩之，徽弦皆绝，叩以指甲，其声锵然。爰为词以铭之。阅其谱，则公子五人，长泳、次澥、浃、瀍、冲。泳子槻、槩，皆官至尚书。曾孙埜，中咸淳辛未（1271）进士，徙邑之永阳院背。其世居芗城道院者，则澥后也。浃、

灏、冲之裔，或徙吉水祭上，或徙永新北郭，或徙龙泉新溪，或徙安福浅塘。其徙泰和者，曰城东、曰淘金洲、曰小源溪、曰千秋乡、曰赤冈背、曰冻溪、曰凫塘，不一其族。又有徙敖城楚园者，谱不系县名，岂即宣化之敖城欤？今公祠被水几坏，无以昭虔妥灵。彼徙他邑者，既视同秦越，即近在永阳数十里之间，亦复不闻鸠工庀材，重新庙貌，以歆公祀。冀无怨恫者，是则吉俗崇重基祖，昧所自生之过也。人谁无祖？岂果启石生禹、伊尹产于空桑与？盖又与不仁之甚者矣。世乃谬言"忠臣之后，类多微末不振"。若将惩先贤赤忠，以阻夫人为善之志者，大非予所敢知也。旧史氏官田王补。

重修值夏胡忠简公祠劝捐小引

敬宗尊祖，人有同情。修祠妥灵，责无旁贷。我祖忠简公，仕宋高宗朝，请斩秦桧、王伦，以悬藁街。其忠毅刚直之气，朱子谓其"光争日月"。故后世追崇先烈，以妥忠灵。不特公所居值夏芗城道院，蒸尝代颁。祀生，即郡城祠庙，由地方官岁行祭典。此国家崇祀忠臣，以树万古之纲常也。自国变以来，官祭不举，族绅相聚亦稀。至使郡城之祠，朽腐污秽。值夏大忠堂，为公根本之地。颓废悽凉，为日已久。加以大水为灾，墙壁坍塌，日光穿漏，神龛倾攲，主位无所。失今不修，殆成荒丘。岁月过周，竟无一人提倡其事者。幸蒙我邑志局总纂王泽寰先生，编辑之暇，缅怀往哲。于去岁孟夏，偕同人赴值夏，亲临展敬，询及遗裔。现居本村者，仅母子二人。先作记以志慨，又数寄声我族，速为整理。王公原籍揖绅，尚景仰前贤，拳拳不置。况我本族人士，岂能漠然无动于中。且乙卯被水时，大浸稽天，浪惊涛骇，锐不可御。公雕像及盾琴，既因水溢，祠屋汹汹，挟涌汛乎中流，几有漂没之虞。幸波沦盘旋，逆转内向，卒得无恙。非公在天之灵，惓惓桑梓，不忍遽去，何至神异若此？凡我子孙，理宜激发天良，共图规复。倘任祠宇倾圮，毫不加恤，是为忘本，何以示后？名曰忠臣苗裔，实则祖宗罪人！岂不愧哉？岂不愧哉？后嗣等同属忠简公的派，因读王公《记》文，不觉潸然泪下。惟兹事体大，非一手一足之力，当合众志，始可成城。现经察看情形，祠址正当水滨，不求工坚料实，断难持久。约计工程在三千缗上下，所赖我同派孝子慈孙，共担义务，量力捐输，襄成美举。既复根本之基业，徐图郡祠之秩序。庶祖宗得无怨恫，而子孙永沾福荫矣。是为引。

发起人：麟勋、高升、嘉瑞、学言、章礼、鑫、绣青、蕙元、仁涌、享祺、葆初、文泉、珏、敬五、延冠、嘉会、志安、世汲、倬云、笃甫、秉刚、春和、圣祯、相贤公启

民国六年丁巳春月吉日

永南致威远胡素民函

【提要】 此为民国十一年（1922）四月胡永南覆胡素民信函。胡永南首先表达了收到信函后在省城的情况及未晤面的遗憾。最后就江西胡澹庵祠捐款之事，需召集族会商议，并表示了要竭尽绵薄之力的意愿。影印件见本书第 152 页。

素民宗先生大鉴：

二十三日傍晚，奉到惠函，并附赣省函件一份，诵悉一是。永南前在省垣，自以两耳重听，迳嘱舍弟绮仙走候，恕未晋谒光仪。旋即移寓友人处，高轩贲临，未获躬迓，至以为歉。比稔吟躬笃祜，舍侄握纲诸事，又费清神，肃笺致谢。赣祠捐款，应即日召集族会妥议。无论如何，务当竭尽（棉）〔绵〕薄，勉効涓埃。先此敬覆，缕缕不一。此请箸安。

十一年四月初　日　永南顿首

永南致广东胡贻孙函

【提要】此为民国十一年（1922）四月胡永南致广东胡贻孙（胡俊谋）弟兄信函。信中胡永南通报了与福建永定、上杭、长汀胡氏宗亲探讨先祖世系等情况，并就胡忠简（胡铨）至胡七郎世系存在疑点进行说明。同时拜托胡贻孙调查广东老龙鹤树下胡时后裔情况，并将福建信函抄寄胡贻孙，希望告知祖乡相关情形。最后，以附件形式拜托广东宗亲寻找迁川始祖胡登科夫人廖氏葬于塘尾老宅的坟墓及祖地宗亲等事。影印件见本书第152～154页。

贻孙、菱波宗先生大鉴：

去秋七月，奉呈手函，外邮包壹件，至今未奉察收手谕，殊系念也。冬间接福建长汀县立第一高小校长炳堂宗先生函，始知我宗全支移住永定、上杭二县。旋接上、永两祖乡邮函。敬识七郎公子孙，万九郎公子。夥居于福建永定县之金丰、下洋、忠坑一带等处，丁口约三四千许。旋于年底，接永定族人胡梦瀛函，蒙将尊处邮寄胡氏世系表，纠出错误。由忠简公以下，剔出十四世至十八世，以为均系误添。永南等按诸宋末年数时代，甚觉相合。至七郎公下逮有通公，按之宋、元时代年数，亦滋疑点，已函恳永定族人解释矣。俟接覆抄呈闽函，又称胡时后裔，在广东老龙鹤树下，光绪间，曾通函本家胡克仁云云。但不知老龙鹤树下，为广东何县何辖，是否通邮？无从查悉。拟恳阁下，拨冗调查。谨将福建永定胡梦瀛原函，及驳正各条，照缮呈正，即希指教。以两宗先生，一则春风化雨，普渥乡邦。一则熟悉懋迁，请求商政。伏望于吟坛稍暇。备将转呈各件，就足下所知者，条示一二。并乞将祖乡宗人习惯情形，拉杂示知。以扩见闻，毋任渴望。永南等依然服务各校。覆函仍寄四川仁寿县煎茶溪高小校永南手，万不致误。书不尽言，此布即请箸安。抄呈梦瀛十年七月来函并图。

十一年旧四月初一日
永南、永悦仝叩

再者，我揽祥宗祠一支，系一变公后裔。谨按：一变公子三人，长颙、次项、三颖。颖公四子，拱瑄、拱晖、拱瑛、拱旸。拱旸五子，登科、登试、登会、登金、登榜。敝支揽祥埔合族，即登科后裔。谱载登科迁蜀，其妣廖殁于塘尾老宅，即葬于老宅侧近菜园内。登科仅一子，名灿英，幼随登科入蜀，是登科血派，并无留粤者矣。永南等为登科公第六世孙，今距科公入蜀时，约二百年许。永南年过古稀，族中后裔，尚有四世。光绪初叶，及光绪十三四年间，迭函祖乡，谆求代访科妣廖孺人坟葬处所，均不得要领。今蒙两先生笃念宗盟，不弃鄙远，合无仰恳苾躬暇时，或春秋聚族合祭，广为探访。若能将敝支嫡派，及科妣葬所，由略得详，非敢望也，实所愿也。特以谊属同宗，故恃爱觍缕及之。希亮恕察焉。

永南、永悦等又笔

永南致福建胡光墀函同时并致函福建胡梦瀛

【提要】 此为民国十一年（1922）五月胡永南致广东胡光墀（胡炳堂）函。胡永南指出胡时事迹载于永定、上杭县志，蜀、粤之谱记载不明，导致胡时属胡康侯一系或胡忠简一系含混不清，江西又建有胡忠简祠，三地莫衷一是。恳请胡光墀查阅闽、粤、赣三省乡邦文献予以明示。影印件见本书第154～155页。

光墀宗先生大鉴：

　　旧历三月十八日，由邮寄呈一函，谅达典签。遥稔吟祺笃祜为颂。兹由敝处修谱诸君，查阅邻县族人谱载明胡时诗序，有"金丰胡氏，为康侯后裔"等语。并称胡时，载在永定、上杭《县志》，《序》为明人所作，或不尽属无稽，而粤族抄示谱系，又确为忠简后裔。岂胡时诗序，出诸揣度耶？足下掌教乡邦，其于贵省文献，谅所深悉。况一脉渊源，必能洞鉴本末。原拟函求永定梦瀛各君，解释此项疑义。惟去年寄示邮函，语太简单，诸不明瞭，是以仍求足下详为解释。岂永定、金丰胡氏，不仅我祖万九郎公一系耶？抑或另有康侯一系也否？或胡时系康侯后裔，我族系忠简后耶？去年梦瀛函示，其于胡时一系，亦混含不明。以上各项疑义，除一面函求永定梦瀛解释外，敬恳足下，笃念宗谊，详为解释，迅速示知。近接江西吉安族人公函，声称年来募款培修忠简公专祠，敝处向索谱牒，吝不抄示。本欲竭奉涓埃，又有我族系康侯后裔之疑。尊处与赣省较近，究竟长汀、上杭、永定、金丰一族，或是康侯后裔，或是忠简后裔，必能了然。数典忘祖，昔人所讥。临颖依依，伫候明示。海天万里，不罄欲言。此候箸祺。统希亮鉴不一。

十一年旧五月廿四日
族人胡永南顿首

福建胡梦瀛致永南函

【提要】此为民国十一年（1922）五月福建胡梦瀛致胡永南复函，大意有二：一是胡永南所请抄录永定族谱等事已在办理之中；二是胡永南所寄之金刚藤等物未曾收到，不知下落；最后附诗一首，以增两地宗谊。影印件见本书第155~156页。

绮仙、绶珊宗先生及我蜀中列列父老兄弟仝鉴：

本年夏历三月底，奉到尊处二月杪邮函。垂询一切，已于四月初，逐条分缮，敬依答覆。管蠡之见，未审当否？随即付邮投递，谅于五月初旬，可邀钧览。刻又捧读三月十八日来书，并蒙厚赐各件，足见列宗亲情深桑梓，谊切同胞。瀛何人斯，敢不再拜登受。惟是藤已付诸洪乔，碑亦等之荐福，所赐各物，概未收到，亦不知失落何处？但区区此心，已经铭篆。刻下谱局同事，弟与友琴、绍棠、瑞文诸人，费绌事繁，莫名其苦。求所为如列宗亲之热心公益、缱念梓桑者，敝处实难其人。路隔蜀闽，心随鱼雁，临颖仓猝，不罄所言。

另付小诗两章，以博吟坛一哂：

一藤珍重值千缗，无限遥情托此身。
可惜峨眉山上月，只今空自照南闽。

森森老柏旧祠堂，一纸碑文远寄将。
方幸高人能嗜古，引回风雨返巫阳。

民国十一年旧五月初三日
弟梦瀛拜泐

此函又五月初五日收到。来函地址，如前便妥。

福建胡梦瀛致永南函

【提要】 此为民国十一年（1922）三月福建胡梦瀛致胡永南信函。主要说明四件事：一是通报福建永定与广东长乐修谱联络等事；二是以诗歌形式介绍福建永定胡氏家史、人口、工、商、农、士等情；三是介绍福建胡时、胡有通世系及永定下洋胡贤通后裔等情，并附教育家族子弟世系三字歌谣；四是委托胡永南访查四川中江县胡廷亮支系情况并请告知四川揽祥埂家族发展等情。此信是介绍福建永定族史最为详备之资料，且以歌谣形式记录永定百余年家族历史，颇具新意，史料价值极高。影印件见本书第156~163页。

永南、永悦、绍龄列宗亲台鉴：

顷于三月二十五日，得接来谕，并邮票一百分，盥诵之余，殊深感佩。足见列宗亲留心祖籍，谊笃本支，不特敝处人士称道勿衰，即我先公在天有灵，亦当默为凭式。敝局谱务，刻甚繁难，而经费又属支绌。现时驻局，不过四五人。各处调查，自去岁九月至今，不外十分之七。通盘计算，当在明年春季，方可告成。而长乐本家，客（猎）[腊]来函，有云彼处已设分局，贰叁月间，一定派人前来商议，附回总局办理，刻犹未到。仆等以为邀集愈远，事务愈繁，亦姑听之，如何之处，现尚未知。承询一切，略为逐条上覆，倘有谬误，耑望列宗亲时赐教言。幸甚！即请道安！

民国十一年三月廿九日，梦瀛顿上

蜀水闽山几万里，欲攀高躅恨无从。

水宗星宿原同派,山祖昆仑只一峰。
彩笔传来聊当晤,瑶函飞到急开封。
可怜汉史多残缺,愁煞当时范蔚宗①。
我族家史,百余年未修,今续纂之,未免有缺略之叹。

无恨深情托置邮,锦江何日得来游。
人于渭北殷翘望,书到石城勿漫投。
两字平安千里共,百年谱牒一时修。
吾家事业归忠简,都借文山笔下留。
文文山有忠简公序。
附奉俚词两章,以贡我蜀中父老兄弟,尚祈指(政)〔正〕为盼。

愚弟梦瀛拜稿

蒙询祖乡风俗习惯、社会近状,作此答之:
依稀屋角叠鱼鳞,一万丁男一本亲。
试向沿村十里望,家家都是姓胡人。
此绝参用秋岩前辈《忠坑竹枝词》。
某山某水说佳城,此地原来阅变更。
幸有祖功宗德在,至今犹不负虚声。
铁缘祠名为虎形,附近颇有虚名。现在祖乡风俗,亦多有笃信风水者。
不因踵事便增华,风气由来恶尚赊。
只为有朱曾夺紫,已将装饰换家家。
近来服食各品,大不如前。多因往〔来〕洋人所渐染。
商
迢迢江水下趋潮,无奈滩高不泛船。

---

① 范晔:字蔚宗,南阳顺阳(今河南省淅川县)人,南朝宋史学家。所著《后汉书》与《史记》《汉书》《三国志》并称"前四史"。

商贾势难沾厚利，多因贩负与肩挑。

金丰河道下通潮州，然舟楫至大埔而止，下洋商户每苦之。

士

士多砥砺饬廉隅，只说诗书可愈愚。

一片青毡甘自守，故应牛马任人呼。

祖乡人士，多守清贫，不肯干预外事，向有以读书自乐耳。

农

十亩高田半种烟，家家生计在蓇蕃。

年年师旅加饥馑，无复邻封告籴书。

祖乡虽山多田少，同光以前，米谷尚见溢出，迄今无复有也。

工

攻木攻金亦有时，每于农隙偶为之。

年来价比春潮涨，一月能求半岁资。

现在百业俱失，惟工价最高，然亦于农隙时为之。

乘风破浪渡重洋，橐载归来甫卸装。

不道故山风味好，只将佳景说（梹榔）[槟榔]。

槟榔屿，南洋地名，祖乡人多有在此谋生者，然久假不归，殊为可惜。

五行虽自贡菁华，物产年来不见加。

百货至今腾贵甚，米珠薪桂实堪嗟。

祖乡自戊午年兵乱后，货物日渐（滕）[腾]贵。

迩来学校渐如林，费尽绸缪百计心。

文教尚云悲失堕，喜将歌曲拍胡琴。

学校虽设，人才日少，以后文字一途，将不堪言狀。

（一）胡时公为上杭训导，旧谱载在洪武八年（1375）。而铁缘公生于洪武二十七年（1394），卒于正统十二年（1447）。计洪武即位，不过三十一年，以此推之，则铁缘公之移居忠坑，当在永乐以后。所云洪武肇基者，亦祠中联对云云。习以为常，无人校正耳。至胡时公，为七郎公派下四世孙，亦有谱无系，其祖若父，不知何人。但凭下洋总祠，现在安奉神牌，其左侧大书有"四世宗伯，乡贤时公"字样。即所葬坟墓，近在总祠门外，名为白象卷湖。碑记亦但书官爵姓字，不书某世。总之世远年湮，无从深考。来示谓年代可疑，初阅无足深怪，细心推之，譬如敝处本家，现在与仆曾祖同行者，年纪尚在仆下。一则为嘉道时人，一则为同光时人，相去何啻数代，此当无甚疑义者也。

（二）胡时公与十二郎公派，不相联贯。盖十二郎公，为七郎公之子。而总祠神牌，但书"四世宗伯，乡贤时公"字样，附在左侧。则胡时公，已为十二郎之侄孙辈，又不知其祖若父为何人。即以吾宗之四世而论，止有三一、五六两郎，而上一代止有念七、念八两郎。三一嗣孙，现在同安县住；念七嗣孙，现在峰市街住。其家谱亦无言及时公者。由是言之，则胡时公，当在七郎公以上之别派，虽无故典，亦理所必然也。

（三）粤中旧谱，抄袭相沿，间有错误。有通公为七郎之八世孙，即为七世彦发公之长子，祖乡家谱载彦发二子，长名子通，移住长乐，次名子福，仍居下洋。盖有通即为子通，贤通即为子福。所云祖通者，原系溢出，且子通之移居长乐时，原由下洋，非由忠坑。粤谱之误，缘由下洋忠坑混而言之，未曾剔出，以致有铁缘之子三大房，误会彦发之子亦为三大房，甚至有濮溪本家，谓有通、子通、贤通，即铁缘公之子者，亦有谓其非者，龈龂聚讼，莫衷一是，付来图系，一览便明。

（四）贤通之裔即是子福，现住下洋，离忠坑不过五里，盖下洋，金丰之一集场也。地面颇阔，居民属少，店铺生理，皆属忠坑本家；而下洋土著，除曹杨数十家之外，百十公即百八之弟。裔，仍有数家。贤通之裔，亦不过十余家，丁男不外三四十人，但无甚知书识字者。大率皆近市人家，略做小头经纪，暇则耕田种烟，以资生活耳。故其所存谱本，拉杂荒芜，全无次序，而又无文献之可征。此次修谱，念在同祖，催其将稿付局，迄犹未到。所以来示谓详达时代世系，尚需时日耳。

（五）粤谱载有通公，为自闽迁粤之始祖，生于元朝大德三年已亥岁（1299），祖乡无谱可考。现在贤通之裔，年齿稍加者，惟赞清、受大二人耳，已不知书，又不谙于故实。质之二人，亦茫无以对。或者令祖播迁之始，纪载未甚详明，而后人特附会之，沿讹袭谬，以迄于今，亦未可知。不然自七郎公以下，世系分明，坟墓尚在，夫何溢出之有。又不然，即令祖生年无误，而胡时公为七郎公之四世孙，筮仕洪武，亦必稍有出入，除此必无疑。

（六）永定祖乡风俗习惯、社会近状，现在无善可陈。盖祖乡山多田少，民居颇密，而经纪一途，又无交通之便，所恃者惟出洋一道耳。其中小节，缕缕难言。另付小诗数绝，以纪其实。

（七）所付谱图，远则始自满公，近则始忠简。皆光绪初年，由江右本家抄传入闽者，虽近简略，亦姑存之，以备后人参考。

（八）七郎之六世孙名明通者，移住本里下村。传至十余世孙，有胡萃仁者，为廷亮公之三子，八岁时随父母迁居潼川府之中江县公家口兴扬场①入籍开基，遂中乾隆癸酉科四川解元，曾任江南来安知县。而其子琠，亦登乡科。见于《胡氏题名录》及《京都汀州会馆志》。仁寿为中江邻邑，是否皆隶同郡，一本之亲望为拨冗采访，将其近状，详细覆示，未必无裨家乘。

（九）贵处自登科公由粤入蜀，则仁寿已为我族发祥之地，迄今年代若干，丁口若干，住址若干，科名仕宦若干，恳为一一详示，以慰鄙怀。

附胡氏世系三字文。以此授学童诵读，便于上口，故不嫌浅俗。祖乡小儿，类能背诵。

---

① 今中江县兴隆镇。

木有本，水有源。人始祖，物本天。
我胡氏，宋末年。自江右，入闽汀。
建祠宇，在汀州。考世系，知有由。
万九郎，胡家坊。生三子，号称郎。
五六七，各分房。五城东，六在坊。
七金丰，住下洋。建祠宇，辟土疆。
生一子，十二郎。念七八，两分张。
念八郎，二大房。一锅尾，在同安县。一下洋。
我嫡派，五六郎，七八十，指百七、百八、百十。衍三房。
百八郎，住下洋，传四代，有通房。
负公骨，濮溪乡，暨百十，亦称郎。
百七派，子二双，辉广通，明辉、明广、明通。是三公。
亮生儿胡亮，即彦聪。我明广，生彦成。
传二子，各成人。曰宗贵，曰宗华。
弟移徙，兄在家。始祖兴，祠宇建。
开忠坑，是铁缘。余广二，景玉光。
三清明，各相传。从此后，瓜瓞绵。
尔小子，莫忘前。

十一年三月廿九日梦瀛寄

永南等致广东胡贻孙弟兄函

【提要】此为民国十一年（1922）六月胡永南致广东胡贻孙（胡俊谋）弟兄信函。大意有三：一是通报福建永定设局修谱、江西赣州筹资修祠等情；二是请胡贻孙访查闽、粤两地胡万九郎至胡有通世系及询问揽祥埂一系是胡忠简长子胡泳后裔还是四子胡瀫后裔；三是请告知赣、粤两族往来情形及居住广东老龙鹤树下胡时后裔的情况。影印件见本书第163～165页。

贻孙、菱波两宗长先生大鉴：

计去年旧历七月初九日，奉呈邮函，及邮包各一件；本年旧四月初一日，复奉呈函，均未接奉覆示，殊深悬念。比稔吟坛笃祐，苌筹延厘，为祷为颂。启者旧历五月间，奉到闽永定胡氏修谱局前后两函，并附宗支谱牒及条答各件，另录呈电。惟邮筒在途渍水，其所印忠简公遗像，已茫茫不可瞻仰矣。并言通信长乐本家，而长乐有已设分局，附入闽局办理之说，究竟尊处，此事如何办理？统（迄）[乞]示知。敝处因邻县族人抄示明万历壬辰（1592）广东按察司副使，同（里）[李]观瀛、沈孟化谱序。以金丰胡氏为康侯后裔，各县族人，深恐数典忘祖，迭函来询。永南等不敢妄为驳诘，当即具函永定，详求解释。又万九郎公至有通公。据尊处抄示之谱，及永定寄到之牒，共系九世，以当时年代考之，其世系亦似有溢出者，现均函知永定矣。尚未得覆。又有通公名下，尊处抄示之谱，大书有通公共十一子，我族一支，实为第十子。

十郎公，名宗叔，谱载生于元仁宗延祐七年庚申岁（1320），而有通公系大德三年己亥岁（1299）生。相距仅廿三年耳，而为有通第十子，此处必有大误，敬求指正。我族自有通公以后，闽族无从知其世系。非两昆玉详为指正，何以信今而传后？统希迅覆，外抄附永定五月来函，并摘抄谱牒一份，藉尘清鉴！

想尊处已设修谱分局，两昆玉又笃念宗盟，谅不以敝处纷纷扰扰为多事也。川中军事发生，激战剧烈，与报章所载粤省兵祸略同。彼此皆同深警惕。暑伏炎蒸，翘首岭云，伏希珍摄，祇此肃布，即候玉安，并叩祖乡父老弟兄万福！

揽祥胡氏族自治会会员永南、永悦、绍龄、绍植同叩

再者，正缮函间，复接邻邑威远县人胡素民前清举人，现充省议会议员。手书，并转付江西吉安府胡忠简公总祠函，另附赣省志书局刊印《谒胡忠简公故里记》一纸，又刊印《重修值夏胡忠简公祠劝捐引》一纸，并胡钰、秉刚、心田、志安、嘉瑞各名片，合亟并抄呈阅。祖乡长乐，（钜）〔距〕长汀永定，约有若干里可得闻乎？并乞示知。

再者，胡时公后裔永定来函，称其住居粤省老龙鹤树下。前已由永南等函恳尊处详查示知，乞留意。

计附闽省函牒各件。

再者，长乐上岁寄来谱，示我族为忠简公长子泳公后裔，今据闽牒，则我族为忠简公第四子澫公后裔。二省谱牒，互有出入，究竟何去何从？恭请是正为幸。

十一年六月初六日
揽祥胡氏族自治会会员永南、永悦、绍龄、绍植同叩

永南致福建胡梦瀛函

【提要】 此为民国十一年（1922）闰五月胡永南致福建胡梦瀛的信函。信中就永定宗亲未收到所寄金刚藤等物原因进行分析，胡永南认为应该发专函到邮局询问下落，即使途中遭窃，邮局也应有回音，请胡梦瀛勿担心。影印件见本书第165～166页。

梦瀛宗先生大鉴：

桐方添叶，函适披瑶，浣诵再三，弥增愧悚。昨闰五月，奉到尊处五月初三惠函，始知日历四月初间，覆示各条，诸承厚爱，悉依芜函详答，具征一脉渊源，无远弗届盛意。惟迩日军书倥偬，鱼雁尚不知浮沉何处？将来邮足到时，定当召集族人，瓣香雒诵，随即祭告入川之列祖列宗，藉纾冥念。但不知此函是否挂号？如果挂号，迟早必到，万无遗失。至邮呈区区两项土物，聊当芹献，藉表微忱，何足挂齿？而挂号邮包，均系永南等亲手裹交，乃历两月之久，迄今尚未收到，该邮局应负完全责任。敝处邮政代办局，系绮仙胞侄主任，除由代办局专函该局追询所在，必有着落，万不致稍有遗失也。惟是报载各省邮包，均有抢劫情事，即或稍有意外，该局必有切实知照。敝处邮员，万不致一任消灭失信。中西大作，遥情胜概；李杜遗音，讽诵未终，齿芬四溢。匪但吾宗之秀，抑亦家乘之光。俟奉到四月初间覆示，再详函拜谢，兹因五月初覆示，草此奉布，翘首海南，不罄缕缕，祇颂道安。友琴、绍棠、瑞文同此。（阁）［阖］宗长幼，均此致意。

民国十一年又五月廿日　永南顿首

永南致福建胡少云函

【提要】此为民国十一年（1922）六月胡永南致福建胡少云（胡梦瀛）的信函。大意有三：一是通报收到的来函情形，部分信件因邮寄途中浸水损坏，但大部可诵读；二是就胡瀌至胡有通之间十二代世系，虽尚有疑窦，但祖地历代坟墓尚在，故以信史传之；三是向福建宗亲介绍揽祥埂胡氏自入川以来功名学业等情以及与广东陈叔颖、福建林旭交往的情况；四是介绍入川以来揽祥埂胡氏人口、土地发展等情，尤其就民国以来四川因军阀林立、战乱不断、佣工价贵、赋税沉重而致民生艰难等情进行详细介绍；最后通报所知道的中江胡氏情况。此信重点虽在世系考证，但对民国初年四川社会、政治、军事、农业情况的描述亦不失为一篇重要的社会文献。影印件见本书第166～171页。

少云宗长先生大鉴：

闰五月覆呈一函，此时计当入览。旋于十四日，由邮寄到前五月惠函并大作。条答及历代谱牒各份，惟邮函渍水，忠简公遗像已模糊不可瞻仰，余纸绉褶糜烂，尚可缀辑盥读。山川万里，鱼雁艰难，曷胜浩叹。大作言言珠玉，以文言道俗情，可备輶轩之采，拜服拜服。至胡时公一支，诚如尊谕，年湮代远，稽考维艰，既非我支嫡派，姑付阙如可也。而我族本支谱牒，由瀌公至有通公，率滋疑窦。尊函申称"历世坟墓均在"，当然不敢滋疑；惟事关先代，不厌求详。愚陋之见所及，谨贡于左，祈指正为幸。

（一）瀌公为忠简公第四子，谱牒未载生卒。据忠简公手（箸）［著］《经筵玉音问答》，是书《知不足斋丛书》内有刻本。自称第三子。浃生于宋绍兴二十四年甲戌岁（1154），瀎公为忠简第四子，必后于浹公一二年，或三四年可知。谨按浹公至我族迁粤始祖有通公，共计十二世。今假定各祖均二十岁生子，则有通公之生，当在明洪武十余年间。伏按有通第五世孙胡澄，筮仕南京，手书遗嘱及六子分拨单，均称生于建文元年己卯岁（1399）。澄为有通公玄孙，均著于遗嘱中。则有通公之生，必不在明洪武年间，当信而有征。粤谱载有通公生于元大德三年己亥（1299），其子其孙其曾孙，生于某某年间，均大书特书，绝无游移影响之语，而按之时代均合。谱本经手辗转抄录，或有夺误，而诚公手著遗嘱，万不致误也。自当与忠简公所著《玉音问答》，同为我族谱本铁证。此敝处前呈各函，所以疑七郎公以下世系，或有溢出也。恭读来示，称"历代坟墓，均在在可考"，而谱牒亦图系分明，则安得起泉下各祖而一问之耶？亦付之疑以传疑而已。

（一）足下系七郎公第几世世系，足下第八世祖有无生卒年月可考？藉证敝支第八世有通公生平，当亦可得影响我族揽祥始祖登科公。依据闽粤谱系，的为七郎公二十一世裔孙。永南等为登科公第六世裔孙。川粤两省，均谱系分明可按。永南于族中辈行最高，年齿差长，老朽无似，今年七十有一矣，族中均系弟侄孙曾辈，丁口约二千许，此就揽祥敝支一族而言也。敝处左右前后数十里间，广东长乐籍尚有十余起，多在七郎公后，十二十三分支，或可考或不可考，然其为有通公子孙，则确而可稽也。科第惟宁公后最盛，宁公为著遗嘱之澄公第三子，我揽祥为诚公季子名容。清光绪末，华阳县故翰林编修胡雨岚名峻，即宁公后裔。雨岚在日，与亡弟永堪颇熟，其父则与永南熟识，而雨岚则永南未谋面也。惜雨岚父子均亡矣。

敝支族人，专以务农为业，读书者少。前清（禀）[廪]生，仅先严元鼎、亡弟永堪、先堂叔元第、故堂侄世杰而已。此外则故堂兄永恬、故堂侄世家及今现在之堂侄凤昌均系附生。永南光绪乙酉（1885）科拔贡，提学即闽省邵实孚，名积诚，官至云南巡抚。前后赴京二次，留京五年，任镶黄旗官学汉教习，丁忧回里。在京之日，与粤省绅宦，联为同乡，往来颇密。是时尚不知为闽籍也，故同闽籍绅宦绝少来往，仅与闽省林解元旭，在宣武门外广东嘉应会馆晤面两次。因彼此各操乡音，言语不通，接谈数句而止。归里后，专意教育，及门仕者，亦有数人。现在敝支族人，仅世鼎堂侄法政毕业生。于本年四月，由法庭委任天全县管狱官而已。其余绍龄、绍燮，历充任本县高小校长；永悦及永南，历充县高小教职及兼任邻县教职而已。中学毕业及现在肄业者，约十余人。此外法政毕业，尚有永南胞侄蜀金一人。约计全族读书成就者，仅百分之二而已。可叹也！祖乡族人，自前数世，即为诗书门第。前清科名何若？及现时存在者尚有若干？新学发明，中高小校，肄业、毕业者，约计共有若干？能一一见示否？

来示嘱查中江兴扬场贵支族人，中江在省城东北，敝县在省城东南，相距四五百里。及门谢生，前任中江知事，现为阆中法官，渠任该县年余，或知兴扬场地点所在，除函询谢生外，俟覆即专函奉告。又查省《通志》，乾隆十八年癸酉（1753）科解元胡萃仁，中江人不误。惟其子胡琠，来示称亦登乡科，历查乾嘉两朝乡榜，并无其名，此省《志》之可考也。

（一）我族揽祥始祖名登科，系清雍正五六年间（1727～1728）入蜀。始则佃耕泸州，继迁新繁，继迁简州，其住址年月，都无可考。后始著藉于仁寿之煎茶溪，场集名。地名揽祥埂。历代务农，男耕女织，迄今尚有余风。至乾隆三十六七年（1772～1773）间，始置产业于煎茶溪侧近，地名理嘉坝。自是而后，云礽蔚起，建为胡氏老宅，全族均由此分派。敝处乡风，均系零星散居，并无村落之名。祖辈礼让传家，乡闾敬重，里人今犹健羡不衰。当前清道、咸盛时，合计数房产业，约有数千亩，招佃承租，每亩年可收租谷一石，计十斗。斗米约三十斤，每石可得净米五斗，斗米约值银四五钱，或五六钱不等。每户约耕三四十亩，余田率招佃取租。今则生齿日繁，而产业不加增，生计愈形困难。前人所贻留者，或转不能保守，游手无业者众，崇恃佣工一项，以补其乏。

前清时代佣价	工名	土（农隙）	农忙	木	石	金
	每日佣价	四十文	六十文	六十文	六十文	六十文
民国以来佣价	工名	土（农隙）	农忙	木	石	金
	每日佣价	一百六十文	三百廿文	三百廿文	三百廿文	三百廿文

昔年佣价平，而衣食足，今则佣价超过往年三四倍或四五倍，而事畜尚觉无资，总以生活程度过高故也。今将敝处佣价，就前清及民国，分农忙农隙差点，列表于上。就上表观之，近日佣价之昂，已可概见。然昔日佣价低，而应雇者伙；近日佣价昂，而应雇者无人，此亦可以观世变矣。大抵军事发生后，乡人入伍者多，其余或被军队强拉，作为搬运夫役，临战驱之御敌，非伤亡即道毙，归里者寥寥。其不肖者，则游手务闲，流而为匪。此佣价昂贵一大原因也。

承询社会状况，敝省向来沿用生银，并未知有银圆一项。自清末改用银圆，乡人均以成色太低，银价遂大为变迁，其后改用铜元。前清制钱，半为铸币厂及奸民销毁熔化，今更铸当百、当二百大铜元，遂致物价益涨，生计益艰。清末斗米仅值钱五六百文或六七百文。本年斗米，涨至五千余文矣。清末改用银元，定价每元千文，今则每元值二千五百余文矣。时事纠纷，即此一端，已可概见。军队则筹饷也、垫借也，派队勒收，刻不容缓。政府则公债也，加税也，日有所增益。而预征田赋，则民国十二三四年，均已照数勒收，近且预征十五年田赋矣。而事尚无所底止，将来结果，正复不知何若。谁生厉阶，职今为梗。武人专柄，古今来大抵如斯，可叹也已。加以匪徒充斥，闾里为墟，薪桂米珠，四民无所措其手足。所幸连年雨旸时若，差足慰耳。

祖乡尚宁谧乎？敬讯拉拉杂杂，觇缕胪陈，尚希邮覆，藉定南针。闽海岷江，万里一室，暑热逼人。伏希珍卫不宣，肃此祗候箸安。并叩祖乡（阁）[阖]族福安不具。

十一年旧六月初七日
七郎公系下第二十六世孙永南百拜上叩

福建胡少云覆永南函阴历六月初七日奉到

【提要】 此为民国十一年（1922）闰五月福建胡少云（胡梦瀛）致胡永南的信函。信中说金刚藤、碑帖等物因邮局耽搁20余日后已收到，且已分发谱局诸人，并表示由衷感谢之情。影印件见本书第171~172页。

永南、永悦宗先生大鉴：

昨承惠各件，刻已收到。盖因邮局包裹，照常耽搁，以至延及廿余天之久，方始付交。弟思远物难求，应宜珍惜，又不自私所惠，将碑文、藤镯，分送局中诸人，俱格深感。前次邮递各函，谅已妥收，敬复数言，以免锦注，即请道安！

十一年旧又五月初五日
弟少云拜上

永南致威远胡素民函

【提要】此为民国十一年（1922）六月胡永南致胡素民的信函。信中就胡素民关心的胡康侯后裔一事，胡永南将江西赣州、福建永定宗亲来函抄寄胡素民，请予鉴别世系并指出存在的疑问。影印件见本书第172页。

素民宗先生大鉴：

五月由天全转到手函，示称明人序文，有金丰胡氏康侯后裔之说。比即函询永定，求修谱局详细指示，连同赣省吉安函信各件一并抄寄永定。兹接到永定前后两函，并摘取本支谱牒，一并呈鉴，均原函。惟寄呈各项，均乞保存，统俟，舍弟（以先）[绮仙]赴省，走谒领取。更乞指示一切疑义，以便遵循。暑热逼人，诸（惟）[维]珍摄，不宣。即请箸安！

十一年阴历六月初七日
永南上言

福建胡少云覆永南函阴六月廿八日收到

【提要】此为民国十一年（1922）闰五月福建胡少云（胡梦瀛）致胡永南的信函。胡少云主要对胡氏相关世系进行了辨析，大意有三：一是肯定福建长汀、武平、上杭、永定、金丰及广东惠州等胡氏确为胡忠简后裔，并非胡康侯后裔。并对胡康侯与胡忠简世系演变进行了考证。二是因文献残缺，无从深考，胡时是否为胡七郎后裔难以确证，同时认定揽祥埂胡氏为胡有通后嗣，以胡忠简为始祖当确无疑。三是胡少云就所知的江西赣州胡氏、长汀胡氏及下洋胡有通兄弟等世系进行了介绍。此信依照谱牒、碑刻等文献，对胡氏世系进行辨析具有一定的可信度，对揽祥埂确认胡有通以上世系起到了极大帮助。影印件见本书第172～175页

永南宗先生鉴：

蜀闽远隔，鱼雁鲜通，问候之疏，殊深愧歉。前次三月杪，接读列宗亲二月间所发邮示，以远道宗人绻怀祖籍，逐条问讯。弟虽谫劣迂拘，敢不竭尽绵力，是以于四月初旬，已逐条答覆，付邮呈览。谅于前五月初十后，可以上达钧座。后又接读三月间所发邮谕，并赐各物，当经收妥。**现时未曾随函交付，迟至廿余日，始行交妥**。铭感之情，无从投报。现读来谕，是前五月廿四发者，似乎敝处计上三次条陈，并未收到一次。或者尽付洪乔，（仰）[抑]或道远难通，一切投递函件，俱未可以时日计，疑甚骇甚。伏查来谕，内开各节，不厌详求，足见关心谱牒，大为吾宗克家肖子。但长汀、武平、上杭、永定、金丰，而播迁广东惠州、嘉应诸族人，确系忠简后裔，绝无疑

义。与康侯一派，并不相联。何者？盖康侯即安国，世居建宁，宋代中叶，已为建宁望族。吾家一脉，系宋末万九郎，乃由赣入汀，以汀郡胡家坊为发祥之地。且万九郎为忠简第四代孙，系瀹公之派，旧谱昭然，有何错误？至胡时诗序，未审何人所作，敝处并未出现。望录一通，付邮寄阅。有谓胡时为康侯后裔，显是出诸揣度。他不遑顾，即敝处原修旧谱，万历间同邑沈观察孟化作序，亦有谓胡氏为康侯后裔。现今修谱，始行改正。诗序之意，亦犹云云，不足引为考据。况杭、永各《志》，亦并未载胡时《诗序》，只载杭州八景及南山隐居诸诗而已。以讹传讹，古今难免。细微之处，前信已详。万里海天，欲言不尽，统希原鉴。并请列宗亲均好。

十一年又五月廿八日
愚弟少云等谨复

一、胡时，即子俊，明岁贡生，以县尹刘亨荐授上杭训导。旧谱所载，时在洪武八年（1375）。以年代计之，则令祖有通公，已移居粤属。且下洋祠牌，只书四世叔祖，亦后人所书，并无配氏，亦不知其祖若父为何人，（即）[及]其所葬地。隆庆间（1567～1572）六户始行建立，嘉庆间（1796～1820），复行重修，碑上并无子孙名字。迄今祭扫，亦六户内递年担任。查旧谱所载，有谓公为金丰人，生于下洋。卒于杭学，葬于下洋，又有谓公为长汀人，隐居南山。我祖十二郎，从而迁居者，言论纷纷不一，遍查其子孙遗迹，毫无足据，近日只于各家私藏残谱内，偶阅有"公子孙移住上杭城内，并嘱后人查访"之语，但刻下杭城，并无胡姓，即有一二家族人，亦是同治间（1862～1874）始由白沙移寓者，俱五郎公后裔，与胡时又不相属。总之代远年湮，文残献谢，无从深考，是否为七郎传派，亦未敢必，尊处已为有通公后嗣，自当以忠简为始祖。康侯、胡时，特吾宗之润色耳。

二、胡时《诗序》祖乡并无明文，但有万历间（1522～1566），同邑沈观察孟化，为胡春郊作《族谱序》。内有"金丰胡氏，世为康侯之裔，源流远矣，至国朝有子俊名儒出"等语。或者尊处所谓《诗序》，即《谱序》之误，亦未可知，望寄一通，即能分辨。

三、敝处虽与赣郡相近，现年来，并无宗人来此地者。十余年前，有兴国县，西椒源坑之本家，名潩宾者，能知堪舆，曾到敝舍小住半月，至后不复相晤。据云系有通公之裔，由广东连平，移居兴邑。近日重修忠简专祠，敝处尚未函达，亦未卜后日有无通信否。

四、汀州胡氏，原有二派，一为东胡系万九郎之裔，与上杭武、平同为五郎公派。一为西胡系白沙公之裔，各建祠宇，并不相涉。前次科举时代，虽与西胡本家常有过从之雅，但其时谱务未兴，无暇问讯，或系忠简一脉与否，亦未可知。刻烦函问光墀家先生，必能剖晰。

五、下洋祖籍有通公伯兄之裔，现属稀少，寥寥十余家，大抵皆不谙世务，又未知文字。此次修谱，再三邀集，渠只以"无力"拒之。观其意，似无心于故实者，故敝局未敢勉强，听其自便，然终有不忍割爱之意。列宗亲尚其谅之，名泐正柬。

广东胡贻孙弟兄覆永南函

【提要】此为广东胡贻孙弟兄致胡永南的信函。这是对胡永南民国十年（1921）八月，民国十一年（1922）四月、七月三次来信的一次总覆函。信函内容庞杂、信息丰富，综合起来大意有四：一是详细介绍收到胡永南三次来信及信函大致内容等情，并就未及时回信而表歉意之情，同时手绘葵岭地图一张以回赠揽祥埂宗亲；二是就胡永南关心的胡洪至胡一变世系及后裔等问题进行答复，经查葵岭洪公祠因受洪水冲击已破败不堪，今已沦为平坝，其后裔多入川，在葵岭已无直系后代；三是向胡永南介绍长乐等地兵祸、岁收及风俗习惯等情，此资料对了解晚清民初以来长乐社会历史变迁大有裨益；四是胡贻孙就胡永南关心的抄录长乐旧谱、老龙鹤树下胡时后裔、胡登科妻廖氏坟墓现状、长乐设局修谱、胡十郎世系、五华县宗亲、闽粤两地族谱异同、胡泳胡瀍二人关系等问题一一进行答复。影印件见本书第175～182页。

绥珊宗丈老先生钧鉴：

去年八月十一日奉谕盥读，过蒙奖藉，并惠方物。再后旬余，珍奉包裹，临风拜嘉，感谢不尽，当拟答覆。因来谕有嘱探洪公起，至一变公族系蕃衍一节尚待查询，未得详确。延至今年四月二十八日，复奉手谕，抄闽永定梦瀛君原函及驳正各条，附函赐商，并承托代访登科公妣廖孺人坟葬处所，正在遵谕查访。适敝省孙陈党争①，省局反覆，影响外府。地方不免多故，又延未奉覆，致劳悬锦。私衷歉愧，莫可言宣。七月初四日，又奉手示，附闽省函牒，及赣函记引各件。盥展之下，次第诵悉，仰见宗丈，笃念本支，必求信今传后。晚亦人后，疏忽至此，感愧奚如？兹统计前后之函，备承垂询，及嘱托之项，头绪纷繁，势非分条，不便答覆。谨就管见，及耳目能及者，条列于后，藉呈察核。如宗丈关怀水木，积诚所感，金石为开。况远祖在天有灵，当不惜神之来告。将来贵处谱成，定垂为吾家信史，凡属同宗，莫不先睹为快。若得惠及祖乡，何啻拱璧。惜祖乡僻陋，文献无存，不足备求野之资，惟有惭对宗丈及地下先人耳。晚承厚贶，久虚瑶报，拟贡方物，地无名产，聊绘葵岭详图一纸，藉尘左右。尺幅披寻，祖乡形势俨在目前，亦宗丈及列宗台所无限欢迎也。晚兄弟菱现筹办五华私立三江中学，既届成立。谋在横流渡，襄办警务，知念奉闻。蜀山粤海，两地悬悬，秋气迫人，惟希珍重。统此肃覆，敬请道安！

绮仙、与三、握纲、绍植列宗台先生均候，并颂阖族罩喜！

族晚俊渊、俊谋仝叩
旧历七月二十九日

附葵岭详图一纸、条答说帖一纸

再有呈者，贻孙住葵岭上村树德楼，**系贻手建**。菱波住葵岭中村观治楼。**系菱手建**。树德楼虽最近塘尾，该处地权易主，转相授受，不知经过几多，现在实无方寸之土，足留志百年前之故主矣。惟观治楼右方洪公祠宇，系甲子洪水为灾，始受冲毁，至今遗址完全，横约肆丈，直约贰丈七八。原日祠后小墩，高不及丈，横约数丈，直约十余丈，据现在情形，祠后小墩，只供就近耕作族人用作农事收获场，祠址因原日祠外粮田系先父管业，经甲子之变，中村全塌，俱屯积沙泥及丈。洪公祠址亦同（至）[治] 癸酉（1873）以后，先父积极垦荒，每逢大雨，亲督工人凿溜，渐

---

① 指孙中山与陈炯明。

次平复。至丙子、丁丑，稍复原状。洪公祠地，屯积之沙泥亦连带经先父督工扫荡，得成平垣之荒地。现不至受他人侵蚀，特世变不测，后世难言。如前所述，洪公祠遗址及附呈葵岭详图，所载洪公墓原无碑志，在祖乡今日均为无主之物，最近如晚未承嘱托，亦无权保管。笃孝如宗丈，定所关怀，究应如何设法保存，及交妥看守之处，仰候（均）[钧]裁。

俊渊、俊谋又笔
此函系十一年阴九月一初一日奉到

　　兹将去年八月来，前后奉到之函，应行答覆，各节分条说明。呈候察核：

　　一、承询祖乡兵祸。广东自龙、陆相继入粤，省局迭变。潮梅一隅，虽未大受龙祸。至民国七年（1918），桂军讨莫擎南，九年粤军由闽返粤，二次战祸，潮梅俱受惊扰不少。幸祖乡僻处，向非军事要冲，尚免直接之害。

　　一、承询祖乡岁收。近来水旱频仍，我族仅洑溪一部，备受天灾，葵岭尚无受害。惟民国九年（1920）以前，每形荒歉，十年以下，稍见苏困。

　　一、承嘱抄寄全谱。祖乡谱本之拉杂，曾经声叙。因有通公以上，无确实可靠之本。有通公以下，又各自继续。未经汇修，现无通谱。贵处欲考求有通公以上，则抄奉谱略，足供参考。若欲周知有通公以下，必候徐为汇辑，方堪抄奉。

　　一、承询洪公起，至一变公族系。祖乡故老传闻，只知一变公后裔入川，他无所闻。其留祖乡之洪公遗裔，向属微弱。闻前清同治甲子年（1864）洪水为灾。洪公祠右，公隔坑山崩，压毁全祠，牌炉狼藉。仅有一出嗣瀚公派之洪公遗裔，收拾别处安置。据此推之，六十年前之祖乡，已无洪公之后。今当时远年湮，实无凭稽考。即查祖乡谱载，自登科公辈

以下，继续登载者亦少。俟查有较之谱自晓，特别抄奉（洪公祠遗址事略，详见再函）。以上系答覆去八月所奉函示各节。

一、承嘱将梦瀛君原函及驳正各条，就所知者呈明。查忠简公以下，世居江西，至万九郎公，始移汀州。则万九郎以上世系，似应凭江西旧谱为标准。故祖乡族谱，即宗江西传来之谱，并未稍存疑义。细加考察，今得梦瀛君驳剔出来，按之年数时代，实滋疑点。再搜寻乡中，由闽抄来之谱，适与瀛君条列，忠简公至万九郎一派，代数、名字、妣氏无不相符。此中谬误，大有研究之价值。宗丈识高学博，留心族系，望再详加考虑，确定正统。如晚谫陋，对于此点，实无所贡献。

一、承询老隆鹤树下系广东何县？是否通邮？查老隆鹤树下，系惠州龙川县辖境，地可通邮。龙川与五华本邻县，惟龙川为惠属，系东江流域。五华为梅属，系韩江流域。自汕埠开后，潮梅与惠，各分门户，渐少交通。而祖乡又界五华南极，近惠潮边界。对于龙川族居，虽不大详，然向只闻龙川之雉鸡窿有本族数百人聚处一村，从未闻鹤树下有本族。且查鹤树下居民，不外黄、叶、陈数姓而已。容俟再查详明，随即专覆。

一、承询祖乡习惯情形。五华风俗，在五十年前，淳朴有古风。光绪后，渐趋浇荡。至近年人心险诈，信义沦亡，既不堪究诘。祖乡因居山僻地，染受恶习幸未太甚。亲友往来在新年，及吉凶吊贺，妇女归宁，多在四八月农隙。扫墓多在春分，祭事多在冬节。嫁娶多早婚，十之二三系童养媳，十之三四自三五岁至十一二岁成婚，十之三四约十五岁至十七岁。成人始娶。再醮妇①者不等。财产厚薄，以收入租谷计。一家千石租以上者凤毛麟角。三五百至六七百石者为寻常。富家祖尝有百租以上，或向人能创三五百租者，在前清均拨立学租，以奖励读书子弟。进庠者，按名均收。入民国后，此项渐拨入学校作常费。妇人操作勤劳，中下之家，凡日

---

① 寡妇改嫁。

用柴薪，井臼场圃，及己身儿女衣履等等，皆妇人负责。向无女学，妇人识字者绝少，近渐渐进步。岁收两造，惊蛰、春分下种，谷雨前后插田，夏至后收获。晚造立夏、小满下种，立秋前后插田，立冬后收获。间有山田一造，立夏下种，芒种后插田，霜降后收获。其稻种曰大冬，祖乡除收稻外，别无出产，山利以木炭为大宗。对外分姓界，对内分房界。大小强弱之势，厘然不混。至姓界之争，常有械斗恶习。即房界之争，亦间有之。惟本族从未有内争械斗。平常鼠牙雀角，有族老或邻绅排解。五华习俗多好讼，本族尚少此种习染。演戏、建醮、迎神，旧习相沿，皆属迷信，妇女尤甚。近新学虽兴，因种族之故，仍未尽破除。丧事修斋，亦系迷信之一种情形。同前葬亲，必先求穴吉，迷信风水，积习更深，尤觉破除之难。拉杂摘呈，恨多未尽。

一、承嘱探访登科公妣，廖孺人葬所。据云廖孺人殁于塘尾老宅，即葬于老宅侧近菜园内。现询及族内八十岁老人，都云传闻一变公在塘尾住，仅知其故址，未见其屋宇。今则遍地皆成菜园，茫不辨其谁为宅侧之菜园。且查该处菜园内，并未见有坟墓故迹。想登科公迁蜀，定际境遇流离，廖孺人之葬，必系草草了事，无碑志留记。再越百余年来，时局人事，变迁无常，致失祖宗坟墓。虽孝子顺亲如宗丈，亦付之无可如何耳。以上系答覆本四月所奉函示各节。

一、承询设局修谱，附入闽局。去年十一月间，接闽永胡氏修谱局来函，邀请情形，函覆闽局。并索阅《办事章程》，嗣接到章例，详加讨论。闻有未能得到族众赞同之处，事遂搁置。因此亦未函知尊处。

一、承指驳谱载十郎公为有通公第十子之误。此点之误，一经电察，明如指掌。然即明知传讹，非有确实之证佐，亦无凭释疑。兹查各谱，登载澄公遗嘱，有足取证此点之谬误者。前抄奉澄公遗嘱，其追溯有通公历史处，有云"卜石子之（南）[岗]，山水幽胜，遂世家焉。生曾祖十郎，妣刘氏"；别谱有云："生曾伯祖七郎公，次生曾祖十郎公"者。据此，则十郎公实为有通公次子,似较足信。质之明达,以为然否?

一、承询五华距长汀里数。闽之汀、漳,与粤之潮、梅,虽属毗连祖乡,实较近惠属,去长汀稍远。约略计之,总在六百里以上。

一、承询粤闽二谱岐出我派。于泳、瀼二公,究竟何从?即粤谱中亦显歧分。查其原因,由赣抄来之谱从泳公,由闽抄来之谱从瀼公。此中去从,管见难决,仍请费锦详察而(部)[剖]晰之。以上系答覆本月初四日所奉函示各节。

福建胡梦瀛覆永南函

【提要】 此为福建胡梦瀛致胡永南的信函。信中针对胡永南关心的世系问题进行答复，大意有三：一是推算胡有通的生年；二是介绍了永定中坑胡铁缘派下、下村胡明通派下明代以来文、武科举功名等情；三是希望胡永南抄寄庐陵太史王泽寰所作胡忠简《琴铭》，解答胡峻世系、功名及中江胡萃仁之子胡琠科名的疑问等情。影印件见本书第182～185页。

绶珊宗先生大鉴：

昨于六月廿日得接瑶函，恍如五朵云来，祥光四照，令人目不暇给。弟即召集诸父老，盥手雒诵。觉足下绻怀祖籍，笃念宗亲，为吾族廿世纪后所仅见。前书所以再提前议者，意谓三月杪一函，已付石城，无从摹拟。不得已，悉心搜索，再为申详。来札谓函件渍水，绉褶糜烂，即忠简公像，亦模糊不可瞻仰。殊深太息。所付大忠堂各序记。亦经捧读，为欷歔感慨者久之。承询各节，前信已陈，不敢多赘。兹略将足下所研究者，谨为呈覆如左：

一、瀬公生年无谱可考，惟令祖有通公系百八郎公曾孙，即敝祖铁缘公之堂叔，而百七公又系百八公胞兄。伏查百七之子明广，即善卿从兄弟，生元延祐六年己未岁（1319），卒明洪武己亥年①。其子彦成，即彦发堂兄弟。生元顺帝六年戊寅（1338），卒明洪武二十五年壬申（1392）。其

---

① 洪武己亥年误也。洪武有己酉、己未、己巳、己卯，无己亥，当为永乐十六年己亥之误。

孙宗贵，即铁缘公之父，有通、贤通，再堂兄弟。生元顺帝二十三年癸卯（1363），卒未详。又铁缘公生明洪武二十七年甲戌（1394），卒正统十二年丁卯（1447）。以此推之，当知令祖有通公之生年有无出入，余无可考。

二、仆辈为七郎公之二十四世孙，行辈亦不甚高，又非甚下。大约二十一二世，亦还有存者，二十三四五世，其数甚多。二十六七，亦渐次兴起，正未有艾。

三、我忠坑一族，全是铁缘公之派；下村一族，全是明通公之派，并无夹杂。自明迄今，仆辈为第十六世，科名亦不甚盛。惟明代正德以后，列胶庠者八九人，内有世清即敝祖曾任襄阳教谕。余则清代登贤书者二人，一楼生，一大年。均任知县。副贡一人，钦赐乡科者四人，解元一人，即萃仁，籍贵省中江者。武举约十余人。亦有任教职者，现在为仆一人而已。廪、增、附，通共一百捌拾余名，现存者六人。除仆外，仍有附生，莪汀名锡元，友琴名赞虞，雨坛名宴琼，道存名熙朝，裒臣名炎。登武科者约十余人，间有任游击、守备、千总。武生约有百人，现存武举一人，碧池名一村。武生六人。字戴唐、锡光、五光、抱书、崇荣、宏姜。各校毕业及肄业者，难以枚举。然世易风移，卓然尔雅者，实难其选，吁可慨已。

四、庐陵太史王公泽寰，作有我祖忠简公《琴铭》。又在近代，未审有录寄贵处否。如有存稿，请邮递一纸，以光谱牒。仆不自量，自接函后，曾作有《苎城忠简公祠跋》及《琴诗》《盾诗》各一绝，惟词近荒芜，不敢呈贡。

五、胡峻为七郎公第几世孙，某科登贤书？某科捷南宫？某科入词馆？曾任某职？可一一详示否。

六、（翠）[萃]仁之子名琠，登嘉庆丁卯（1807）乡科，见于《京都汀州会馆志》。来示谓贵省《通志》，并无其名，定有遗漏。

七、自革命以来，敝处风气之变迁，物价之腾贵，民生之憔悴，大约与贵处相同。一治一乱,自古惟然。世运升平,非吾辈所能见及。仆日有吟咏,无非伤今思古之词。谁阶之厉,于今为烈。一读来札,一为咨嗟。肃此敬叩道安,并候合族伯叔兄弟侄均好。此函系八月廿九奉到。

中元后二日梦瀛拜覆

永悦等致广东胡贻孙弟兄函

【提要】 此为民国十一年（1922）十一月揽祥埂新任会长胡永悦致广东胡贻孙弟兄的信函，并附委托书及决议案各一函。信中大意有三：一是对胡贻孙弟兄为查清祖地胡忠简、胡有通等世系及告知祖地宗亲发展等情，馈赠祖地葵岭地图表示感激之情；二是拜托胡贻孙等访查胡五六郎葬地广东龙归洞温公溪具体地址、后裔及胡有通兄弟系三人还是二人等情，同时拜托访查富顺胡氏之祖胡思敏在广东的上代世系等；三是关于祖地洪公宗祠管理问题。揽祥埂胡氏由前会长胡永南提议，连续召开三次族自治会并公布商讨结果，出具委托书。最后决定委托胡贻孙弟兄代管揽祥埂迁川祖胡登科第七代祖先广东洪公宗祠的产权、祭祀、培修等情。此信虽关乎世系考证，但重点在于胡氏迁川已二百余年，尚保留原乡宗祠的产权，以及与原乡宗亲就宗祠产权如何进行管理等达成共识，此案例在迁川移民处理原乡产权方面实属典型，史料价值极大。影印件见本书第185～189页。

贻孙、菱波昆玉两宗长执事伟鉴：

重阳前奉到七月大函，并法绘葵岭图。详睇庄诵，意与神驰，非菱君于新学图画科，卓有心得，必不能含毫渺然。纳须弥于（介）〔芥〕子，非贻君德信服人，必不能保安闾里，捍卫乡人。瞬见祖乡文明进步，月异而岁不同，合族人士感受卵育矣。至佩至慰。条答各件，审慎周详，无微不至。回环庄诵，疑点涣然冰释，快极快极。敝支太高祖妣廖孺人，年远无征，亦付诸无可奈何。瞻仰昊天，徒呼负负。

惟本年春间，函恳永定族人征求有通公自闽入粤始末。昨据永定函复，有通即系子通，贤通即系子福，并称弟兄实止二人，并非三人。蜀族人得此函后，殊滋疑点。伏按谱载贤通、子通、有通，实系三人。有通移住广东，后曾将五六郎公骨殖移葬广东龙归洞温公溪，均见之第四世五六郎公、第七世彦发公系下细注。鄙意拟恳贵昆玉，访求龙归洞温公溪地点，系广东何县所辖？距葵岭地方远近若干？并移葬之五六郎坟墓尚在否？年时子孙照常奠祭否？其墓有无碑碣可考？若查确其地与墓所在，再征求当日移葬之人，其名为有通，抑名为子通？必应寻出真实证据，则吾族嫡派，乃不至别祖子通。此不但蜀族所切为祷求，亦粤族所急欲确知者也。

再者，四川富顺县思敏公祠，其谱载有思敏公，上距南京分支二十一世，中距万九郎公十六世，距有通公十五世，并声称其谱系由长乐携来。惟离奇太甚，殊难征信。不审祖乡果有此种传本否？暇时希查示为祷。外有威远县族人胡素民，上年致敝处函，曾转呈左右，寄来函信，原柬附呈。至我族祖洪公祠宇，自其嫡派子孙全体入川，数十年前湮祀即以断绝，又经洪水冲没，祠宇倒塌。历蒙尊大人以地段附近，连带浚治，稍复旧观。是我祖洪公祠地，未为人侵蚀者，皆贤父子之力也。敝会族人谨望南九顿首以谢。冬月初一连日开会，议决此案。不揣冒昧，跪对神碑，缮具委托书，连议决案全份，邮乞贵昆玉念同宗之谊，妥为保管。祠址及祠后荒墩，此后该地所有权，相应给付贵昆玉完全享受。任何外人，不得干涉。委托书议案另呈。

岭云溪雨，天各一方，翘首南瞻，毋任驰系。肃此敬请箸安。诸惟亮鉴不一，同宗老幼统此。

胡氏揽祥族自治会正会长永悦、副会长绍龄同拜
前会长永南
十一年阴十一月廿九日

计附委托书及议案各一，又素民函一。

陈请建议案

民国十一年（1922）十一月初一日冬祭开会，前会长永南陈请建议案：查本年八月，奉到广东葵岭族人贻孙、菱波弟兄函开：我支第七世祖洪公专祠，年久失修。五十年前，山水暴发，祠宇塌毁，经贻孙、菱波之父，家近祠地，水退雇工淘浚，稍复旧观。幸有瀚公裔孙△△，因其前人系由洪公裔孙，抚承瀚公系下者，将神主牌位检存另室，年一临祭，今又历数世矣。香火阒然，几同若敖之鬼。查祠址约两三分许，祠后高墩，约亩许，蔓草荒烟，已同无主之物，久成废地。贻孙、菱波父亲死后，尚赖其弟兄继续照料，未为他族攘据。年节祭祀，颇能上体父志，赓续进行。推其原因，委由我祖洪公系下子孙，完全迁居川省，以致每年无人上祠。而坟墓祭扫，亦春秋阙如。倘非贻孙、菱波父子，笃念宗盟，代为照料，则我辈为子孙者，罪尚可逭耶？现在祠址及祠后荒墩，其所有权应如何处理？事关法制，请众讨论表决，以便函覆。

提议者永南
同意者永光、绍植

公布议案

胡氏揽祥族自治会，为公布议案事：民国十一年（1922）阴十一月初一日，正副会长永悦、绍龄对众朗读建议书讫。经各职员再三讨论，佥称我祖洪公祠宇坟墓，为之后者，自应遵守礼教，年节致祭，以展孝思。惟川粤相距数千里，不但跋涉艰难，而满地兵戈，沿途亦多障碍。一再筹思，不如以我祖洪公建祠地址及祠后荒墩一应所有权，委托菱波、贻孙弟兄等，暂时就近完全享受，他族不得借词争攘。俟海宇承平，再由本会妥筹的款，酌派得力子孙，直接返粤，修复祠宇，广购祭田，培筑坟墓，遍（值）〔植〕松楸，以为永远之计。合亟由本会缮寄委托书一份，邮交贻孙、菱波执照等由。当经本会长付众表决，一致赞成。但事关法制，所有权异常重大,复于次日,开第二度、第三度会议,均经各职员请履行前议。相应议决,照案宣布、执行无异。

此布。

正会长永悦、副会长绍龄
民国十一年阴十一月廿八日录寄

委托书

四川仁寿尖[煎]茶溪揽祥胡氏族自治会:为委托事。

中华民国十一年(1922)八月,奉粤五华县葵岭函开:我族第七世祖洪公祠堂,清时被水冲没,仅存废址并祠后荒墩一段。两项合计,约亩许,瞬将成废。经本会提案讨论,复经三度会议表决,亟将洪公祠址及祠后荒墩一切所有权,暂行委托近族人贻孙、菱波完全享受,无任外族攘踞,是为重要。此后,洪公祠墓年时享祭,统由贻孙弟兄妥为照料,实纫厚谊。须至委托者。

正会长胡永悦、副会长绍龄
中华民国十一年旧历十一月初三日谨具

永悦致福建胡少云函

【提要】此为民国十一年（1922）十月胡永悦致福建胡少云（胡梦瀛）函。信中主要探讨了两个问题：一是蜀谱称入粤始祖为胡有通，闽谱称入粤始祖为胡子通，而闽谱称胡有通即为胡子通，请胡少云告知胡有通改名年代及依据；二是胡万九郎究系胡泳之后还是胡瀍之后，闽、粤族谱互为抵牾，请告知确切信息；三是通报中江胡琪、胡俊支派的相关情况，并请访查下洋胡贤通后裔等情。影印件见本书第189～190页。

少云大宗长执事德鉴：

八月奉到中元后二日函。回环庄诵，阖宗雀跃。承示敝支入粤始祖有通，即是子通。蜀族对此，率滋疑窦。伏读尊处抄示《三字文》，已大书曰"有通房"，则"有通"二字，早经闽族承认，有定名矣。《三字文》之作，当在明时。以其文截然止于铁缘公之子，而知其为明初人所作。顾何以"有通"二字，当时尚不名为子通耶？今曰有通，即是子通，当然确有依据。足下为祖乡泰斗，博览群书，而于谱牒流传，自必卓有铁证，始以见示。望将有通改名之缘由，详细示知，以祛族人疑窦。

再者，万九郎公以下考妣，闽粤两省，抄示谱牒，均无生卒年月。不识祖乡谱牒，尚有记载否？至万九郎公，或称泳公后，或称瀍公后，确有征实否？乞详示知，此为最要。昨接长汀胡炳堂函，又称我族为冲公之后云，系由其乡人自赣抄归者，且于万九郎前，多出一代。永南按《忠简公行状》及《墓志》，均著明冲夭无嗣。则此项抄回谱牒，似无研究之价值，姑置不论可也。大作祠跋及《琴铭》，定当辉映谱牒，付胥录示，先睹为快。赣王太史盾琴铭，未录寄，暇当函索转呈。胡琠中式嘉庆庚申（1800）恩科，更名有龄，《通志》朗载。至中江胡氏，遵即托人调查。胡俊与胞弟永堪最熟，现在胞弟已亡。俊之科分，无从查询。第知其充任本省高等学堂校长而已，未出仕也，今其家无有通显者。

闽云蜀水，天各一方。满地兵戈，伏希保重。临颖缕缕，不罄欲言。即颂德安。伏希荃鉴不具，同宗父老统此致候。

再，贤通后裔，现住下洋。函示"无知书者"，其谱本亦拉杂无次序，然愈俗愈足资考证。拟请饬索原本寄蜀，否则择要抄示有通弟兄究系几人，并迁粤始末，则铭感无既矣。覆函仍寄四川仁寿县煎茶溪。

族侄永南附笔
族自治会正会长永悦、副会长绍植同拜
民国十一年阴十月廿九日

福建胡梦瀛覆永南函

【提要】此为福建胡梦瀛致胡永南的信函。大意有四：一是经访查下洋胡贤通后裔已寥寥无几，访得道光版手抄旧谱一部，并将相关世系摘抄附后；二是再次明确福建、广东胡氏俱为胡瀇后裔，因江西堪舆胡林，曾抄录江西谱入闽，称为胡泳之后，导致闽粤始祖混淆多年；三是福建胡氏世系三字经文乃光绪初年胡树奎所作，并非明代歌谣；四是拜托胡永南等将胡忠简《行状》《墓志》、王太史《琴铭》抄寄福建。影印件见本书第191~193页。

绥珊、绮仙宗先生大鉴：

昨于元月十六日得接手书，拜领一切。闽山迤逦，蜀水迢遥，情与俱长，人犹相隔，临池怅惘，曷深翘企。承询各节，敢不竭尽心力，旁搜远绍，以贡于诸父老之前。惟是贤通公裔，世居下洋者，寥寥无几。即有谱本，亦已遗佚无存。接函后，与敝门人绍棠者，亲往赞清家检取。止得道光廿八年（1848）益飏手抄旧本，付胥抄录，择要奉呈。

至万九郎公以下，考妣均无生卒年月。祖乡旧谱，本为瀇公之后裔，嗣因江西堪舆，有本家名林者，抄录入闽，又称泳公之后。但以南宋年代计之，只有一百五十余载。泳公至万九郎，将近十世，卜年已不下三百。由是推之，当以瀇公为是。来札谓炳堂宗长函称，我族为冲公之后，当然无据，不必提议。

敝局前呈《三字经》文，乃光绪初年，祖乡前辈名树奎者所作。以忠坑一族，铁缘公为始祖，以下便分支派别，无关全族，故其文即此而止，非明人手笔也。

忠简公《行状》《墓志》，祖乡人士，尚未一见。有暇恳即邮寄一通，俾得载诸谱牒，以光先德。王太史盾琴铭，现尚未审觅得否？如已觅就，亦一并付邮，则铭感无似矣。岁序迭更，春风又度，诸希珍重。肃此敬候，并请覃安。蜀中诸宗长，均此致意。

弟梦瀛泐
正月廿三日

再者，祖乡旧谱，起于前明一忠、一桂诸先辈。其谱虽遵欧阳文忠公遗制，而过于简略。每人名下，但书配氏生子，并有无官爵，并不书生卒年月，无论远祖即近支，亦莫不然。现在修谱，略有添注，亦皆从私谱中得来，非固有也。

兹将下洋百八公裔益飏道光二十八年戊申（1848）手抄旧谱，择要录呈。

四世祖：五六郎公，被子通挖出，移带去龙归洞温公溪安葬。

邓（太婆）［婆太］葬在忠坑膈长窠仔尾。

生三子：百七、百八、百十。

五世祖：（可）［百］七公，字日新，葬花猪厥。

吴婆太、卓婆太，二氏合葬下洋，水口豹虎吐肉形。其子孙移忠坑及下村，世代簪缨。

生四子：明辉、明通、明广、明亮。

百八公，字日昌，公氏合葬下洋，水口墣仔上虎形。

池婆太。

生三子：荣卿、善卿、贵卿。

百十公，移朱公村住。

六世祖：荣卿公。

妣□氏。

生六子：万一郎、万四郎、彦贤、彦美、彦基、彦友。

善卿公，公氏合葬风朗里，戴姓楼背，仙人献掌形。

张婆太、许婆太。

生四子：彦发、玉生、彦荣、彦恭。玉生移长乐县官田住。

贵卿公无（祠）[嗣]。

七世祖：彦发公，葬在牛牯墣狮形。

张婆太氏，被子通带去龙归洞温公溪住。

生二子：子通、子福。

八世祖：子福公，号贤通，公氏合葬严潭社角里。

池婆太。

生二子：胡海、胡清。

子通公，号有通，居长。移兴宁县龙归洞温公溪住。

生四子：添受、贵通、永和、贵深。此四名未审有别字否？

此函系民国十二年古二月二十五日接得。

福建胡荣光致永南函

【提要】 此为民国十二年（1923）三月福建胡荣光致胡永南的信函。信中胡荣光作为福建胡氏修谱总理，在胡光墀处读得胡永南所寄数封信函，特写此信。信中要旨有二：一是介绍福建永定、上杭等地修谱进展情况，在采集闽、赣等地谱牒基础上，确定胡忠简为闽粤胡氏始祖；二是介绍胡康侯系福建崇安人，并将其世系抄寄来蜀，以备参阅。影印件见本书第193~194页。

永南、永悦宗先生大鉴：

山川阻隔，宗支莫认。遥维公祺集吉，潭址凝祥，为颂。愚去岁腊月往汀，距离二百四十里，离永定二百里。于光墀先生处，得读尊函数道，敬悉种种。知贵省修谱，万九郎公以上世系，尚有疑点。光墀、梦瀛，亦暗然矣，嘱愚答覆。愚因俗务繁冗，无暇援管，罪甚。敝处合二县，上杭、武平。公推愚为总理。修谱亦于旧年起行，迄今未曾告成。愚素有是志，前数年采阅赣、赣州、南昌、吉安。粤（枚）［梅］县、大埔，俱七郎公后裔。二省，及敝邻县。永定梦瀛家亦到，都大同小异。愚再加采鉴史，与南昌兴国谱校正。入闽汀者，确悉忠简公之后裔乎？兹另抄世系一纸，康侯，敝省崇安县人。八族衣冠入闽，本姓亦有一族。供诸列列宗先生参阅，以备较正，庶增光于万一也。至忠简手泽轶事，难以详述，不过抄写一二。援管匆匆，不尽缕缕，肃此谨颂公安。贵省诸父昆均此问候。

上杭县第十四区公立第一高等小学校长及西一区森林保卫团董、杭武胡氏修谱总理、上杭县修志协理员荣光顿首上言。

十二年古三月十一日
民国十二年古四月十四日接得

广东胡贻孙弟兄致永南函

【提要】此为民国十二年（1923）八月广东胡贻孙致胡永南的信函。信中大意有三：一是胡贻孙弟兄就揽祥埂胡氏宗亲委托代管祖地洪公祠之事，表示愿意接受委托，妥善看护；二是胡永南等委托胡贻孙访查龙归洞温公溪胡氏宗亲及富顺县思敏公祠两事，经查无结果；三是胡贻孙介绍民国十二年（1923）广东党派战争、洪水、旱灾等导致交通阻隔、物价上升等情，反映了民国初期广东地方社会的真实状况。影印件见本书第194～196页。

绥珊、绮仙、（雨）〔与〕三列宗丈尊鉴：

春正初旬，奉到去十一月廿九日赐函并委托书一件、议案一件、素民先生函一件。次第捧读，仰见列宗丈关心族派，不惜旁搜远引剖释疑（终，团）〔团，终〕以求信今传后，无任钦佩。晚蒙过奖，愧不克当。复承列宗丈不弃，以保管祠址，郑重见委。晚自顾力量（棉）〔绵〕薄，本难胜任。重以列宗丈八千里路一片血诚，只得仰体守先之意，拜受来书，勉承委托。今后之保管有责，万不敢放弃职权，致劳远念。

所以久未答覆者，因敝省党派之战，潮汕及惠州，系彼此必争之点。五华适居惠、潮中间，此往彼来，甲退乙进。自二月至今，县局之变，反覆无常。县长一职，业更换七次。地方人民之备受兵祸，更不问可知。幸吾族地非冲要，尚少直接之害。然风声鹤唳，一夕数惊，均饱受恐慌矣。因而鱼鳞雁足，阻碍难通。久劳盼覆，殊深抱歉。承饬访求龙归洞温公溪，系广东何县辖境？此段历史，祖乡向无传闻。故不知龙归洞温公溪之地名，其是否有无？确在何县？实无凭考。

查所示富顺县思敏公祠谱载各节，晚所见者，祖乡无此传本。想系别井离乡之初，姑守此无稽之记载。混错之弊，窃恐难免。近查报载，贵省又罹兵祸与敝省同病。未识尊处有直接损害否？敝县今年兵祸而外，春夏亢旱，夏秋之交，一月三次洪水。旧六月十四，则洪水而兼风灾，农作物损失极大。现当水灾之后，八月复旱，百物奇贵。虽在收获时期，银币十毫，仅买米六升至七升。尚借芜米输入，始有接济。猪肉每斤价银四毫，牛肉每毫七两。生活程度，骤然增高。来日大难，令人心悸。贵处物产素丰，盖藏饶裕。比之祖乡，想不啻天堂地狱之分。引领蜀江，神驰左右。肃此抄覆，敬请联安，并候阖族鸿禧。

族晚俊渊、俊谋仝顿
八月廿一日
（民国十二年阴历九月廿日收到）

永悦覆胡素民函

【提要】 此为民国十二年（1923）九月胡永悦致胡素民函，主要将闽、粤两地来函寄送胡素民，请予以鉴核。

素民宗长执事大鉴：

日前奉到大函，未即裁覆，委因家绥兄大病初愈，一切函件均未呈阅。今幸病躬定全复旧，适值广东胡贻孙覆信由邮递到。即将大函暨贻孙函并前月奉到阅函一并呈请家绥兄鉴核，当饬依函照覆，并附呈闽粤两函，统希保存为荷。此请箸安不具。

绮仙胡永悦覆
旧历九月廿三日

附录一 民国二十七年铅印本
《新修胡氏族谱·蜀粤闽征信录》书影

蜀粤通信记

谨按科祖入蜀後。關山萬里。魚雁艱難。幼時竊聞諸先王父云。嘉道間，有別縣後人帶銀五十兩致粵。以為祖鄉祭祀費。彼時各先祖輩皆質樸。未作有候問祖鄉族父老書花椒客省。伐其名。常販於粵。今所傳手鈔族譜。皆其至長樂搞歸者。又於東年。託洎花椒客回川。第云，銀已帶到。亦禾掣有回據。於此見古風之厚矣。花椒客何名。永南兒時。曾詢之先祖父及族人。皆曰花椒客。花椒客而已。文獻無徵。徒喚奈何。誠憾事也。光緒建元。永南倡議科祖妣娶長樂之塘尾。譜既載有明文。年雖遠。應遷葬於蜀否。亦應派人旋粵省墓。俾泉下得免餒而稍慰追遠之思。屢議不果。十三年丁亥。乃由永南作書一緘。託賣粵煮代投長樂。此為蜀粵通信第一書也。書末具詳川省所在地。距成方道遠近。要求速覆。然其書達與未達。尚在未可知之數。丙戌，永南計偕赴京。寓宣武城南皮庫營。距嘉應會館僅二百步許。詢悉廣東長樂同年拔貢陳叔穎君名元煜者。寓於是館。隨驅車訪之。認同鄉焉。并獻川中土物。媵以古碑版數帖。極蒙款洽。既返，跟即踵答。相見既習。遂締交如故。就詢祖鄉風俗狀況。悃委

胡氏族譜

婉爲告。既朝考報罷。歸粵，託其帶付族人書。久未得報。械催詢。戊子夏。始於京得陳君械。內附祖鄉族人書。此爲祖鄉族人覆蜀第一函也。閱年二百。兩地始通音問。不得謂非一大快事也。己丑，又晤陳君於京師。據稱長樂幅員遼闊。而無族人所居在洑溪。距縣遠。又不當要衝。非赴試嘉應州。會面恆稀。前械之運遲始報者。因弟任輩赴嘉應試。飭其親投胡氏族人。旋得胡氏族人械覆。辛卯春永南復抵京。致陳君械。竟浮沉無著。任廂黃旗官學漢教習者年餘。亦未得陳君報甚哉，交通之不便也。冬，奉先嚴命返里。先母棄養。粵中音耗久隔絕。民國肇興。族自治會成立。創修本支族譜。於郵政雙掛號例。械託長樂陳叔穎君。旋得陳君報得覆械。催之，始得其子培煒答械。知陳君已物故。并稱祖鄉族人械已照轉。旋得祖鄉族人瀚公裔孫貽係者械覆、藉悉宗支源流。及本支一變公以下狀況。此爲粵蜀第二次通信也。族之人來觀者、循環諷誦。竟甚慷然。自是而後，源源不絕。及去械件。均著錄可備檢也。吾族祖鄉大有人仕、爲問隸蜀籍者。有如是謙謙君子。顧念宗文者乎。特彙誌粵蜀通信始末於篇。以兄新修族譜。發端於數十年前、而條分縷晰。勘定前人遺文。又歷數艱假。始勉強卒業。嘻，成功之難也如此。後之人能勿念乎。

附蜀粵閩徵信錄

永南致廣東陳叔穎函

叔穎仁兄同年大鑒 光緒己丑聚首金臺。暢談浹月。忽忽已三十年矣。滄海桑田。曷勝感喟。比以時局紛亂。月異而歲不同。循覽報章。彼此一轍。尚未識天心何日悔禍也。弟自返里後。蜷伏鄉間。毫無善狀。可告知已。惟于足下及慕柳，輯五，諸君。不無惓惓耳。珂鄉近日是否安謐。中夜起坐。我勞如何。足下箸述當日益鴻富。所恨道遠。未能先睹為快。悵悵。茲特有懇者。敝族集議修譜。亟思馳函貴縣敝祠。惟敝祠地點何在。執事何人。概無所知。當年京邸。由足下轉到敝族人函件。現因兵燹營遣，徒避無定。已不知遺失何處矣。是以仍求足下。將函內附信。轉致敝祠。不勝殷盼。拌懇 賜覆。附呈信貲郵票三分。希檢收。覆寄四川仁壽縣煎茶溪郵政代辦局。確交胡綏珊啟。瑣瑣遙瀆。惶愧萬分。翹首天南。神馳無暨。炎風日厲。努力加餐。恭賷寸楮。虔請 道安。

七年七月初四日 年懇弟 胡永南頓首

永南致廣東胡氏宗祠函

逕啟長樂縣 胡氏宗祠 列大宗長 臺前大鑒。永南有通公十九世孫也。前於清光緒戊子、己丑，年間。由貴縣拔貢陳叔穎同年。轉致燕函。荷蒙 各宗長覆函京邱。永南敬謹拜讀訖。即將賜函轉遞川祠。遍因民國反正。兵戈疊起。前賜函示。經喪亂已遺失矣。猶記 賜函中有數語云。阿玉二哥。係屬川族親房。即囑阿玉二哥查覆。旋阿玉二哥覆稱。照信開查湛公以下。至一變公。即不知其名。實在無從查覆。茲因本支宗人。議修族譜。函乞我宗祠。索取舊傳譜本。俟奉覆到後。即將郵貲謹呈。覆信即寄四川仁壽縣煎茶溪郵政代辦局。交永南手收。並附呈覆郵票三分。乞察收。外本支祖孫一氣圖一份。謹呈 臺端。以便各大宗長核對。將來川寄信長樂宗祠。其函面應如何書寫。希詳細 示知。瑣瑣遙瀆。書不盡言。將來川譜告竣。再行郵呈。虔請閣族 公安。（此函附託陳叔穎轉交族人）

胡永南頓首 七月初四

永南再致廣東陳叔穎函

廣東陳培瑋覆永南函

永南年伯大人尊鑒。舊歲鴻翰疊來。未貢隻字。懶惰之咎。何可辭耶。先父既於民國二年春。在家病終。侍奉無狀。不孝孰甚。尊處寄 貴族諸公大函。不日便將奉上。貴族諸公^合弟兄四人^任。家長兄培琪。在江西候補知事。家二兄早逝。姪其第三。虛度十六載。毫無學識。現肆業縣立中學。^令弟培珩。現肆業縣立高小學校。望時賜函。指教一切。肅此敬請 大安。

八年正月廿二日 陳培瑋謹稟^{年愚姪}

永南覆廣東陳培瑋函

培瑋年尊兄 史席。陰歷二月念四日。接奉正月 手書。痛悉 尊大人叔穎同年。已分袂三十年。滄桑頓異。海天南望。引領為勞。昨七月初旬。郵呈掛號燕函。蒙給秋官第陳收條。日望覆音。如飢如渴。茲因日長至節。敝族冬祭開會。僉議 尊處覆函既未奉到。應仍懇 尊處依照前函。示知一切。無任盼禱。專此懇覆。示逕遞四川仁壽縣煎茶溪郵局。轉交弟永南手。臨楮不聲縷縷。順候于民國二年仙逝。永南遠隔。未獲一臨弔唁。囘憶歷年舊雨。諸叨　教誨。無任悵然。祗請足下於展墓時。敬謹祝告。代輸下忱耳。尊大人。積德種福、叢桂留芬。後嗣當然食報。　令兄筮仕江西。足下及令弟肄業中高各校。雲程萬里。定當有以光大門廬也。去年郵寄敝族信函。荷蒙代收。轉交敝族。示稱敝族行當郵覆。距今日久。尚未接到敝族郵函。專此佈懇。足下。於校課暇日。飭將函內附寄敝族人信函。人馳寄敝族。馳寄腳費若干。乞函示知。即當由郵呈繳。瑣瑣煩瀆。不勝屏營之至。春風料峭。珍衞爲宜。遙望天南。臨楮翹祝。順候吟祺。統希　亮鑒不莊。

年愚弟　胡永南頓首　八年三月初九日付郵

永南致廣東胡氏宗祠函

巡啟長樂縣。胡氏宗祠。列列大宗長　閣下。去歲中元節前。郵呈燕函一通。並附胡氏一氣連珠圖考。巡寄　貴縣秋官第陳。代收轉交各宗長先生。昨陰曆二月。山貴縣秋官第陳培瑋君覆函。據稱去歲燕函。確已交塵　貴族、幷云我族覆函。不日可到。瞬逾兼旬。魚雁仍渺。敝族現屆修譜。相需甚殷。亦相望甚切。擬懇　各宗長先生。刻期覆示。並懇將舊傳譜本。付郵彙寄。譜本擬由敝族照抄完畢。即當奉璧。決不致誤。郵費若干。俟奉郵後。即由郵匯繳。秋官第陳培瑋君。即乙酉科貴縣拔貢陳叔穎之二公子。叔穎與永南誼屬同年。前清光緒戊子。永南寄呈之函。同年代寄者也。各宗長先生覆函。亦由叔穎同年交永南京邸。惟覆函因叠遭兵亂。遺失無從檢查。以致各宗長先生台號。及長樂祖居鄉貫。末由洵知。是以此次去歲寄呈之函。仍乞秋官第陳代收轉交。合並聲敘。蜀江粵嶺。天各一方。無任翹企。

順候

各宗長先生 台安不具。

此函係空投遞
廣東胡氏宗祠 族人 胡永南 叩 八年三月初九日

廣東胡俊謀覆永南函

永南叔祖先生惠鑒。謀妙齡時。即承父老。轉相傳述。皆云塘尾之一變公派。遠徙入川。究亦無從證實。其川中現象若何。更莫能揣測。戊子己丑間。由陳叔穎先生轉到大函。族中人始確信一變公之後。蕃衍蜀中。彼時謀正在讀書時期。未與族事。因未捧讀登函。惟知各族長。囑亞玉二叔祖照函開各節。詳查具覆。內容謀亦未悉。茲承函示。在川族人。議修本支族譜。因特索舊傳譜本。仰見 先生敬宗收族。注意水木本源。至為景佩。惜本處向無人組織公團。經修家譜。所留譜本。極罕。皆係私人纂輯。手抄成帙。無不萬分珍祕。且彼此互相缺點。未集大成。不免有東鱗西爪之象。近雖有族人提倡通修。尚在語論時代。未及實行。積此種種原因。以致欲覓一舊傳譜本。依（諒）命奉寄。藉慰殷誠。在藏譜族人。皆疑世亂途遙。萬有一失。無可做抄。不肯輕付。當此際。直覺彼此為難。輾轉思維。只得變通辦理。先將世系源流及近代支派。摘要簡抄一紙。奉達　左右。雖非全璧。異具大端。如必欲索原譜全本。除由此間雇人抄寄外。無從設法。負託之處。希為鑒原。然鈞意如何。仍可函示。俾照辦理。（敝縣）自入民國。改五華。本族世居葵嶺。泮溪。二處。最久最多。均離城一百二十里。塘尾係葵嶺上村。（諒）住最近。原來葵嶺一鄉。係雜處胡，余，陳，李，丘，封，各姓。五十年來。完全我族。惟僻在一隅。向憂人滿。近百年間不過將族內此漲彼落。人口總數。並無繁殖。現所存者。俱瀚公一脉。各種事業。無甚過人之處。其泮溪本族。（諒）泰代表全族。因族中未設有總機關。將來由川寄信。當寫廣東汕頭。橫流渡。交胡昌記號。轉葵嶺（貽孫）手收。便妥。查來函未將川中本支情形。臚以寧公派占多數。

廣東陳培瑋覆永南函

永南年伯大人尊鑒。舊曆四月十三。接三月初九日 瑤函。敬悉種種。函內附寄貴族大函。既飭人馳送。幸勿爲慮。家伯父號再蘓。名元焯。既于民國元年。疾終于家。年伯近來諒必康健。第不知有幾位 公郎。是否在家讀書。年來檢閱報章。知悉 貴省。疊經戰禍。不知 潭府安否。望 來函達知。敝縣年來亦歷經兵禍。兩歲三荒。戶口零落。飢民載道。若再月餘無大宗振款。則將不堪設想矣。手此敬請 台安。

年愚姪 陳培瑋謹啟 陰四月二十三日

永南覆廣東胡俊謀函

示。究竟 貴派入川以來。人口現若干。占地方若何。係眾處。抑雜處。他姓。各種事業若何。現狀若何。希爲詳細示知。以致景仰。專此奉覆。惟鑒不備。敬請 大安。並請 閤族聯安。另附摘要簡抄世系源流一紙。附片奉候。

又任 胡俊謀（字貽孫）謹覆

貽孫宗先生大鑒。舊曆五月二十日。奉到橫流渡。陽曆五月十八日。惠寄郵函並大束。及胡氏世系源流。仰見惠顧宗人。不憚煩勞。萬里一堂。如親面語。合宗拜謝。感激莫名。而答覆稍遲。則以永南主任木場高小校教員。又兼鄰縣高小校教員。適值試驗期間。刻無暇晷故也。又恭讀 大函。辦理抄譜一事。永南兩次命人赴省。登與郵局接洽。擬暫匯龍洋十元。由郵交付橫流渡胡昌記號。轉付查收。以為抄寫譜本手數料。殊該郵局。向接洽員聲言。銀元只能匯至嘉應州郵局。或汕頭郵局。其橫流渡郵政。係代辦分局。絕不能照匯等語。永南復思。當交付何人。此項銀元。不如匯至嘉應州。或汕頭。並乞詳 示知。匯交手續費於嘉應。永南復思。當交付何人。如兩處俱無熟識商號代為收檢。退一步言之。則祇有匯寄郵票一法。惟郵票至十元之多。不識我 祖鄉能通用否。今暫附寄郵票百分。藉為此後來往函件郵費。乞 簽收。至抄寫譜本。勢非旦夕所能蔵事。擬乞代顧書手。預先照抄。至紙張及手數料。將來必設法完全匯呈。有通公以下宗派圖。附說明書。並懇詳 示我宗現時生計狀況。及政學商各界。是否有獨立貴格。抑或服農力穡。各安耕鑿。純為無懷葛天之民。無防晰縷而陳。以光家乘。錦江嶺海。天各一方。遙望葡雲。縷縷不盡。揮汗書覆。

即頌

箸安

永南頓首 八年陰七月初四日

一川省民俗。住屋概係自由構建。居住并無村落。爲何景象，無論何人，均可隨地建屋。街市統名曰場。即如敝處地名煎茶溪。亦場名也。各場集會期。或一四七。二五八。三六九。均有一定時間。場期百貨雲集。各視其土產爲貿易。每場相距約二十里上下。本場煎茶溪。在省會東偏。距成都省東門八十里而弱。距大江僅十二里。向稱爲省城小東路要衝。場之人赴省者。率陸行。歸者率乘船。族人附居場區。或二三里。或五六里不等。均散居。我祖 登科府君。即一變公曾孫。據舊傳手抄譜本。均稱 登科府君。率其子 燦英府君。於雍正五六年間。由粵遷蜀。艱難轉徙。約數年。或十餘年。始達於仁壽之煎茶溪。地名攬祥埂。賃耕爲業。至乾隆二十七年壬午歲。登科府君年九十八歲。卒於攬祥埂。即向田主傅姓。討地安葬。葬越後十年許。即由其子 燦英府君。開始契買煎茶溪地名理嘉壩田地數十畝。又三年許。永南祖之父。即分受是處。房子孫。均由是宅分出。合計全族男丁女口。約達二千上下。全族之盛。莫盛於嘉慶道光。莫不盛於同治光緒。道光末年。合族所有粮田。幾達七千畝。（川省民俗。貧富以田畝多寡計。）

古田旅記

（凡田一畝。授佃耕作。田主年收谷一石。石價約值銅錢三四千文。四五千文不等。）自是而後。男婦老幼。食租衣稅。盡變先人勤苦之習。坐享安逸。而生殖日繁。人口日衆。馴至入不敷出。富者不富。而貧者愈貧。今則前人所買各業。已失去大半矣。其所存各業。終日不食者。率以胡氏爲守禮舊資農業。今田少人多。食力者居其多數。甚且有地無立錐。鄉之人。惟我族素敦禮教。二百年來。子孫皆服農力稿。尚無蕩檢犯法行爲。至政界，軍界，商界，均恂族。恆奉爲模楷焉。此則差可以告慰祖鄉同宗父老者也。前請撥青衿共九人。將此見恂有古君子風。邇來在各種學堂畢業及肆業者。尚有二十餘人。族人生計，工界，均無一人焉。即如永南者。亦僅與優考。弟姪輩。服務學界而已。人之樸且厚也。

一本族除散居煎茶溪外。於距煎茶溪二十里之藉田舖。（距省東門百里）亦現住有八九十戶。此外零星散居各縣者。約有一二十戶。族祠則建在登科府君瑩側、百步而近。現在草創。一切未遽告厥成功。常款年可收龍洋三百元許。除春多展墓祭祀。及賚助族人學費外。所剩已無幾矣。以上皆我族現時在川實在情形也。近如永悅號綺仙。號握綱。紹齡號與三。皆學界畢業，再者登科府君胞弟。名登金者。遷居四川省北門外之新繁縣。（距省北門五十里）其子孫亦蕃衍。人丁口約計千許。貧苦者居多數。聞僅有一家年可得谷千石。該支亦有數戶散居煎茶溪。其餘殊少往來，概未識面。登金公墳。在藉田舖。此亦一變公後裔。列得備告。惟永南有不能不瑣瑣者。祖鄉之蔡嶺，汰溪、塘尾，嵩頭。其相距道里遠近。究有若干。有通公以下。各祖墳墓。每年仍照例祭祀否。殊深懸系。至福建長汀縣祠堂。祖鄉族人尚通信否。長汀距祖鄉。其道里遠近若何。能詳告否。至革命以後。各省迭兵燹。祖鄉族人。有無受禍。年歲收成。不至荒歉否。函復時。均懇備示。吾鄉本年雨暘時若。拉刲亦覺稍靖。知關錦注。故併郵知。一祖鄉傳抄之譜。究係抄自何省。尚能知其源委否。歷年久遠。世數有無參差。就乞足下素所知者。一一詳 示為禱。 永南再拜。詔植代筆。八年陰七月初四日。

永南等覆廣東俊謀函

貽孫宗長先生 大鑒。初四日。郵呈一函。並附郵票百分。世系表一紙。計已在途。茲疊據附近各族人來函。聲詢一切。並指出種種疑點。囑為函詢。即前無函所稱。我族譜本。抄自何省何人。祖鄉各房譜本。是一律之意也。但前函弟渾括言之。未經一一指駁。夫皇王世紀。歷年久遠。徵信猶難。區區家乘。更何足道。卽如銓公。忠義炳如日星。當時樵夫牧豎。無不知有其人。今考宋史列傳、與楊萬里行狀、周必大神道碑。其事實及所記年月。同出一時。亦復時有參差。其他更可知矣。惟是為子孫者。疑以傳疑。固不敢不信前人。亦不敢厚誣前人也。謹就其所知所疑者。貢之左方。

一胡公滿以後。備見經傳。姑不具論。自第二十一世胡公澄。以後如二十四世胡公弘。為秦始皇祕書監。考祕書監。官名。始於三國曹魏。始皇時實無其官。又第三十二世胡公建。為渭城令尹。令尹官名，漢時無徵。又第四十八世胡公威。及其子胡公奕。其孫胡公遵。其曾孫胡公奮。四世均為西晉頭等顯宦。史載西晉歷年五十有二。而舊公身仕武帝。武帝為晉第一代君主。亦事武帝可知矣。武帝僅在位二十五年。而四代醫事一帝。殊多疑義。至吉州第九世胡公銓。考銓公於宋南渡。建炎二年應試。年僅二十二歲。史載南宋傳位一百五十年。而自銓公。至廣東豐順。湯坑。肇基始祖。胡公有通。已十有九世。譜在有通公。生於元朝大德三年。山大德三年。逆溯銓公之生。僅一百九十餘年。而歷世十有九代。此必有錯誤也明矣。

一川省各縣族人。其先輩由長樂遷來者。率各有手抄譜本。皆云其先人展轉自長樂抄來。永南調集譜本十餘部。詳細校核。其有通公以下。條分縷晰。均與郵示圖表無異。惟有通以上。其名諱。其世代。均參差不一。惟皆以福建始祖胡公諱時。字子俊。著述甚富。幷摘抄七言詩數首。且稱永定，長汀，兩縣。志均有傳。惟譜本不一。有以時公至有通公為七世者。有以時公至有通公為五世者。郵示圖表。獨無其名。覺同源而異流耶。懇代為詳查示知。幷摘抄各譜圖系附呈。又敝縣另有寶公後裔一支。距永南所居僅三十里許。查其手抄譜本。係乾隆五十二三年間。始由長樂遷蜀。其譜本以宋末萬九郎。為福建第一世始祖。幷云其先為贛之寧都人。由萬九郎遷福建汀州府。長汀縣。故福建稱為始祖。其萬九郎。至有通公。共九代。其名諱與郵示或間同者。惟世系衍輩。則相差遠甚。然亦列有胡公時之名。故川中族人。於胡公時。甚注意也。

一誠公遺囑。及分撥單。幷余祖妣分關。與族規及譜序等。敝處抄傳之本。訛誤滋多

卷六　　五一　　成都福民印刷公司代印

錯奪不能是正。乞完全抄示。

一威遠縣族人。（與仁壽連界）胡翼號素民。係前清舉人。於民國初元。即為該縣省議員。接連至本年省議會改選。復當選為省議員。其人聲望素優。學問俱有根柢。謹將其寄來函。附抄呈閱。

以上所開瑣瑣。冬箭諸勞　清神。至為歉仄。秋風淒厲。天南引領。不盡神馳。專佈

• 卽請　道安。並叩　閣族公祜。　附片恭候

永南頓首

永悅世鼎紹齡同叩　八年七月

永南致威遠胡素民函

素民宗長先生大鑒。不親道範。已數年於茲矣。昨遣堂姪握綱等。晉謁。藉候　起居。並代達微忱。荷蒙　訓示周詳。復叩　鈞駕。親臨榮太店兩次。均承與握綱晤面。握綱等已於日内返里。面述一切。無殷拳拳。忠簡公列傳。（周必大撰）及其子泳公墓誌。均在圖書館。現尚調查各書。詳為校對。現已寄函五華。浼求族人胡貽孫。雁抄我族歷代所遺全譜。全數抄歸。不識何時始能奉到。敝族所修譜本。範圍極小。但就

入川第一世祖以下。修明之耳。聞見不富。學問淺陋。毫無著迹之才。中秋前後。秋風涼爽。永南定當親持 忠簡公傳奉訪。并求指示一切。手此佈達。卽請公安。諸惟 亮鑒不備。附片致候。

族人 永南頓首。七月初二日。

永南覆廣東陳培瑋函

培瑋年兄 文鑒。奉到舊曆四月二十三郵寄華函。藉悉種切。尊伯再蓀。痛終於民國元年。捧讀之餘。曷勝於邑。明德有後。喆嗣繼定當頭角嶄然。與 令昆仲比肩並美也。永南年已六十有八。服務學界。啖啖如常。向僅一子。於光緒二十八年病歿矣。秘抱三孫。近均成立。長孫廢讀。照料家務。第二第三兩孫。肄業中校。農民屢獲單名雍。號仲弓。叨 君之福。將來學業可望有成。第二孫。雨暘時苦。有秋。惟革命以後。匪風遍地。拉刧甚盛。近仗軍隊清鄉。敝處連年。稍覺弭息。但將來不知如何耳。貴處近歲。天年不順。深代杞憂。兵燹以後。四民常安分否。為一鄉代表。其造福桑梓。至麋涯矣。敝族人。渥荷 鼎力。代達草函。頃以叠次接到族人胡貽孫覆函矣。譜綱撮抄寄到。知關綺注。持佈區區。遙望嶺雲。神馳左右

永南等覆廣東俊謀函

逕啟者。去歲五月二十日奉到手書。在祠同人。始悉祖鄉族衆。聚居洑溪、葵嶺、塘尾等處、而敝宗近派。仍安住於洑溪一隅。入川二百年後。子孫幾于數典而忘。自得函告。藉悉祖鄉大概情形。盥誦之餘。無任忻慰。承詢各節。已于去前兩次函復。均擊有橫流渡郵據。亮已入覽矣。不贅。惟前函託雇抄胥。代抄譜牒。本擬由郵暫匯龍洋拾枚。託交尊處。以便支付。委因路遠。恐致浮沈。多匯或虞疏失。年例祀祖族人均以匯費太少爲嫌。協議由祭祀項下。撥支龍洋貳拾枚。匯寄尊處。查郵章。橫流渡及五華縣、均三等郵局。照例不能匯銀圓。惟汕頭及加應州郵局。可以代匯銀圓。汕頭距祖鄉稍遠。不識有無足下知好代收。加應當然距祖鄉稍近。足下爲簡界巨子。熟識必有其人。究竟此款或匯汕頭。或匯加應。交與何人代收。轉交何處。始克繳呈台端。不致稍有遺誤、新春多暇。務期撥冗迅復。藉慰渴懷。想足下瞻懷同氣。必能俯如所請也。海天南望。無任神馳。此請貽孫宗先生大安。并候

。手此復達。卽請 撰安。不備。

年愚弟 胡永南頓首。八年陰七月初四日

春祺不具。并候 祖鄉同宗老少輩 年禧。族人望復函甚切 速賜復 示、至要至要。

族人永南 永悅 世鼎 世銈 紹齡 紹燮 紹植 同叩 九年陰一月廿四日。

廣東胡俊謀覆永南函

綏珊宗丈先生惠鑒。八年八月二十八日。九月四日。登奉 大函。及郵票百分。世系表一紙。素民先生原函。各房圖系表。握綱。綺仙。宗先生芳片。臨風展拜。次第敬領。合族傳觀。莫名欽佩。各宗長。關心族事。不厭求詳。真有如尊函所云。萬里一堂。如親面語。而勤懇篤愛之至。誠藹然流露。更有令我神謀於墾楮之外者。當擬奉覆。因九月四日。所奉函內。指示各節。均未能草草塞責。應詳加研究。應便覆命。適函到半月間。謀急遽外出。至舊歷年底。始得回舍。勘詳明。識力超卓。知 宗丈所注意者。有通公以上譜系。而敝處不完不備之手抄私譜。多詳有通公以下。貿貿抄寄。恐致大失 宗丈之希望。故尚須再行詳覆。以待後 命。至敝處之譜。所以脫略有通公以上。而不能詳者。約有數端
久勞。盼望。慚愧奚如。承示抄譜一節。本應遵辦。因讀續接之函。見指駁各節。校

胡日旋訊

（一）有通公。由閩之上杭。遷粵之湯坑。旋以有通公之曾孫聞聰公。即遷長樂，改今五華。至其子澄公。澄澄海三公取名俱從水旁。我遺賜僅上追有通公。後人遂奉有通公爲族現多用此誠字。想係延誤。始祖。當時由長樂而溯祖鄉。則爲湯坑。誰不知湯坑族人。亦俱忘有通公之所自來。欲再上溯焉。舍閩之上杭。他無可考。而當時省縣區分。不免守閉關主義。且迭經播遷之餘。止知保守。斷無遠識。此一原因也。（二）長樂前代。皆相安耕鑿。即較優秀者。不過讀書識字。知禮守分而已。雖數百里之上杭。祖鄉亦無交通。其他可知。此一原因也。（三）我國民性。最富守舊。非有超羣軼類之才。不能爲賢智先人之事業者。而無功名富貴之勢力可憑。終亦有志未逮。此又一原因也。積此種種原因。至今我遠祖之久失稽考。愈流愈遠。愈畏其難。因陋就簡。賢者不免。雖間有抱大思想日有負宗丈之所求。我 祖有知。當不爲五華族人恕也。錦江春色。塵我遐思。翹首西瞻。依依不盡。率此奉覆。敬請 春安。 族晚 俊謀鞠躬

握綱綺仙 宗先生均此候安。並請 閤宗聯安。 素民宗丈先生處祈代候安。

再家兄蔘波。連年在外辦學。辦醫。族事雖由謀担任。此次發函。適家兄在家喝筆。並附片通候。

列宗長 承訓之項。另紙條覆。承詢各節。謹條覆如左。

並附圖一紙。抄件外寄。

陰曆九年正月二十七日

一、我族長樂（今改五華）之基業。開創澄公兄弟。其締造之艱難。詳於遺囑、及撥單序文內。無容贅。流傳至今。幾族人占籍之地。如葵嶺。汶溪。嵩頭。皆權與於澄公不過當日為託足一枝。今則葵嶺是全境我有。汶溪僅雜少數張陳二姓。嵩頭亦占五分一之均勢。三處嶺斷雲連。約踞大都（葵嶺嵩頭汶溪二約。敝縣區域以約計。統計二十八。約五華將達三十里之遙。汶溪以寧公派為最多。葵嶺完全容公派之瀚公一脈。嵩頭以湜公派為多數。統計男丁女口。五千有餘。溯而上之。約在十二三世時代。已達此數。即各種事業。亦於彼時為盛。近貳百餘年來。遷贛。遷桂。遷本粵之惠州者。每到一處。經過三四傳。輒以千計。獨祖鄉不外此漲彼落。總數並無增加。此關於生齒一方之情形也。

一、我族所占地位。在五華縣治之東南邊陲。離城百里。外接近潮州境界。地屬山僻。世守農業。惜汶溪俱水患較難。靠葵嶺嵩頭。在嵩螺嶂下。雖山多田少。地頗肥饒（木炭鐵礦蔥芋。閩前清乾嘉間。民俗勤樸。地無曠棄。山利大興（雜糧為大宗）。康榮之風。談之心醉。吾族之頗占地利。於此可見一斑。惟近數十年來。習染華靡。人趨懈怠。遍地童山。幾類不毛。出產之退化。比前減半。加以前去戊巳二年。凶荒薦告。中戶以下。皆入難境。間有上戶。亦供過於求。窮於應付。尚幸吾族洑葵二處世代不絕殷富。敝處家產。以穀多少計。二千石以上。至三千石者。吾族在乾嘉道間。一家之穀有逾近數十年。至多不過千石。未至待給於異姓。現屈物極必反之時。風氣稍見轉機。經營山利。種植爲大宗。由議論而入實行。既接踵而起矣。此關於生產一方之情形也。

一五華之上。山區域地。占十約之廣。以安流約。橫流渡市爲最繁盛。商務不頗旺。離橫流一里許。即有吾族。即洑溪不過距十里。葵嶺距三十里。雙頭距四十里。嵩葵至橫流。必由洑溪經過。吾族營商者甚少。有則多在渡市。吾族在渡。亦能占五分一之均勢。惟工藝一門。多習笨拙。洑溪限於田少人多。不能不出外謀生。查所習者。不外石匠髮匠。及在典質舖爲經紀。葵嶺爲木料出產。兼多鍋廠。習工藝者。非農兼木匠。則農兼鍋工。此關於工商一方之情形也。

一吾族文化。因僻處一方。勢難發達。向來都係隨一縣文風之盛衰爲盛衰。不能過人。亦不至遠不及人。統計前清科舉人物。撥青衿者。雖不及百。亦以數十計。如廩如庠。如貢。若斷若續。亦覺代不絕人。至科第則蓋斷鴻溝矣。惟科第無人。因之入政界者甚少。間有一二。亦間世一見。幾如鳳毛麟角矣。現廢科舉十六年。青衿舊學。更嘆晨星。今沝葵計之。僅一廩二庠。三人而已。學制改後。因二家兄廩生號菱波。在縣城官校辦學多年。介紹子姪輩。入學校畢業者甚多。在中等以上學校畢業。及現仍修業者。亦有數人。此關於政學一方之情形也。

一吾族向來忠厚傳家。至今日鄰居異姓。論及我族人格。無不美以忠厚之名。證之來示。鄉之人率以胡氏爲守禮舊族。恆奉爲模楷。足見我祖之遺澤長矣。辛亥革命時。通族設有家族自治會於青公潭。離橫流渡市二里許。借以保全不少。民國七年。潮梅用兵。爲兵禍最逼近之時。吾族亦毫不受驚。秋毫無犯。此關於風俗禍患之情形也。

一葵嶺。沝溪。雙頭。大概地勢已詳。生產一節。茲再詳細言之。塘尾係在葵嶺境內。佔一最小地址。今成荒墟。譜載余祖妣之母家。亦在葵嶺境內。雙頭距葵嶺十里。譜載李塘徑者。在雙頭境內。近葵嶺一方。雙頭。葵嶺。同是大都約。沝溪則自爲一約。即名沝溪約。與大都約接壤。距嵩頭三十里弱。距葵嶺二十里。另附最簡單地圖一章。閱之更爲了了。惟長汀。永定。金豐。各族人。向無交通。近祇知永定有一南洋華僑。胡子春。爲大資本家。然亦客南洋之族人。方與之交通。由此間以道里計之。大約距四百里。至五百里之度。本非甚遠。亦至斷絕交通。曷勝浩嘆。此關於地勢之情形也。

一吾族祭祀墳墓。以三世祖妣陳一墓。四世祖妣溫一墓。五世澄公一墓。余夫人一墓。四墓輪值合祭。年祭一墓。輪周復始。法至盡善。至今遵行。惟向定清明前九日。七日。五日。三日。現行於春分前九日。七日。五日。三日。其改自何時。亦無從稽考。咸豐以前。各房嘗款之豐歉。不得而知。惟經過咸同之亂。各族械鬥。嘗款耗銷既盡。從前之公嘗。分毫無存。十之九。都是後來湊集所成。此關於祀典之情形也。

一澄公遺囑撥單。余祖妣分關。與族規。因流傳數百年。轉相傳抄。魯魚亥豕。在所不免。茲照抄奉寄。希為查核。至簿序則前後錯出。殊甚複雜。欲摘抄。則未承指定。不知能否與尊處相符。欲抄則卷帙太繁。姑暫從缺。

一查胡時字子俊。譜中略見。惟確係何支派。何世輩。則不敢臆斷。有謂係長汀始祖七郎公之四世孫。據此則是百八郎公兄弟。有謂永定誌載胡公子俊。淳良忠厚。以明經進士教授于鄉。洪武八年。杭尹劉亨。薦任杭庠儒學訓導。岐山陳倪。段關等

永南致福建汀州府胡氏家廟函

福建汀州府。胡氏家廟。列列首士宗先生大鑒。永南係廣東始祖。有通公第十九世孫也。譜載有通公。由汀州府長汀縣。清大里。胡家坊。移居永定。金豐。中坑。下洋也。於元時由閩遷居廣東之長樂縣。長樂縣名五華縣今有通公。第十四世孫。爲登科公。即永南太高祖也。於清雍正初年。由廣東長樂縣。遷於四川之仁壽縣煎茶溪。煎茶溪係地名通郵政距省城八十里。現在煎茶溪族人。議修胡氏族譜。屢郵廣東長樂縣。抄取胡氏舊譜。蒙五華縣族人。胡貽孫弟兄。疊次覆函。并節抄譜系。大略見示。族中人士。均額首忻幸。惟抄寄譜系。於福建汀州府肇基始祖。胡七郎公下。至第八世胡有通公。率多簡略。而於七郎公以上統系。又與敝省族人抄譜。互有異同。莫衷一是。爲此疑莫能決。素稔宗廟列列先生。誼重同宗。是以不揣冒昧。擬乞推同本之愛。代覓鈔胥。節抄有通以

永南致福建汀州府胡炳堂函

逕啟者。去年陰曆七月二十六日。卽陽曆九月八號。由郵寄呈汀州 祖鄉胡氏家廟一函。幷附件。旋於陰曆九月二十六日。由郵代間收執據。蒙 祖鄉胡炳堂宗長先生鑒收。幷印蓋胡守道篆文黑章一方。藉悉 炳堂先生。顧念同本。不棄遠人至意。敝族同宗。額手稱慶。鵠候 回音。延至本年清明節。敝族祠開會。禮貌或有未周。致各 金玉。敦促永南。沐浴齋戒。由郵函催 炳堂宗長先生。草 示數行。著不嫌簡藝。撥冗詳細示 知。則敝處族人。如親晤對。九頓首以謝矣。特肅燕函。祇請復 示。海山萬里。無

族中父老。均以永南候問 祖鄉同宗父老起居。尚未奉到尊處函諭。敝族

四川仁壽縣煎茶溪胡氏族會全體代表胡永南頓首片候 九年九月八號陰七月廿日

頌
列列首士寮先生 均安。幷叩 同宗父老暨諸姑伯姊。萬福不具。

上。七郎公以下。譜系示知。俾敝省族人得悉其水源木本所在。不勝頂感。其抄脊手續料。俟覆示到日。卽購郵票函寄。茲敬附呈郵票拾三分。以作雙掛號覆函之費。幷將廣東抄寄七郎公節略。另錄附呈。閩山蜀嶺。天各一方。臨穎依依。曷禁翹望。卽

福建胡炳堂覆永南函

四川仁壽縣煎茶溪胡氏族會全體代表胡永南頓首片候

綏珊宗先生大鑒。迴啟者，去秋華翰遠來。適校學生胡守道。寄居祠內。代收交悶。藉稔所寄函件。應交七郎公房裔查收。但該房嗣裔。皆籍隸永定。並無在汀城居住者。炳堂係五郎公房嗣裔。與永定伯叔兄弟。素未謀面。音問不通。無從寄達。竊思上杭本家胡榮光。與永定本家。夙有來往。立將貴函付郵掛號。寄邑榮光處代轉。不料杭城。因戰事發生。榮光外避。又由郵將原函退回。遲之又久。有友人魏姓者。籍居永定洞雷鄉。訪詢永定同宗父老居址。據言永定中坑胡姓甚多。常至湖雷趕集。又將貴函並附件。託魏友轉達中坑。當時因校務糾纏。未暇偕楮奉聞。疏忽之罪。其何能辭。頃讀來書。知中坑尚無回音。幾令尊處父老。望眼欲穿。是或堂所託非人。致貴函遺失耶。抑中坑伯姊兄弟。置而不答耶。中心耿耿。歉仄奚如。茲由敝處。另函中坑。跟詢如何情形。並函問魏友。曾否轉任懇企。即頌炳堂宗長先生升安並頌祖鄉闔族福安不具。

十年陰曆三月初八日即陽曆四月十五號

达。草草答复。本勿见责。敬敬 大安。誌维 垂照不宣。

宗愚姪 炳堂（字光埠）沐片候 十年旧历四月初十日

永南等覆福建胡炳堂函

光埠宗长先生大鉴。旧历五月初十日。奉到四月初十日长汀大函。薰香盥诵。感莫可言。立即遍示族人。均南望九顿首以谢。比稔起居笃祜。春风化雨。濡溉祖乡。诸符遐视。昨经族众公议。暂由敝祠族人。探购真正峨眉金刚藤手镯。帐钩。各式双。武侯祠唐碑貳张。千里鹅毛。由邮敬寄。藉鸣寸悃。伏希 洒纳。惟藤质稍细。因近年该山军队林立。採掘者均望而却步。将来军事告竣。再行採购肥壮者。邮贡左右。区区微物。殊难达万一也。去秋邮函。荷蒙 贵学生胡守道君代收交阅。示知 尊房。系 五郎公后裔。敝房系七郎公后裔。两公伯仲。各居一方。与贵房音问不通。荷蒙 左右。笃念族谊。託上杭本家。胡荣光转寄永定。因兵事发生。将原函退回，又蒙託魏姓友人。便递中坑。虽未取有回音，而叠费 清神。敝族人咖感无暨。拟恳於 讲授暇时。代顾抄胥？将 五郎 七郎公以上。历代相传谱系。详抄见示。其抄胥一手数料。应若干。统俟示知。立即邮呈。若刻本邮寄。郵寄全部。藉免抄胥之苦。尤为感缴。照绣后。即当邮壁。兹特将民国七八年间。广东五华县族人。胡贻孙公二巨房子孙。合建祠于汀州府城内。门楣上。有胡氏家庙四字等语。是否不虚。乞为详示。尔后邮信往返。所需票费必多。特附呈邮票壹百分。作为往返邮费。伏乞抄来。万九郎公。七郎公。二祖谱系。另录附呈。中有清道光二十七年六月间。七郎五郎公代访族人住居地点。是否通邮。迅恳邮示。以便敝祠逡寄。更有恳者。现由敝祠族人。书函一封。呈上杭或永定本支族人。惟住所及衔名均所未知。乞设法代询邮递不情之请。冒昧殊甚。至如尊处。本系我祖万九郎公故乡。敝族人虽远隶偏隅。遥望松楸。不无霜露之感。可否于星期暇日。或命在校同族子弟、或迳由贵乡风土人情。及贵族近年爵秩里居。与职业生活各项。略示一二。籍饷敝族人追远之意。实深殷盼。前接收大函时。永南与族人永悦号绮仙。绍龄号与三。世鼎号挺纲。绍燮号公三。均为仁寿煎茶溪高小校教职员。正值办理试验。及暑假毕业期间・象以永南不学。年已七十。又象任华阳县高小校教员。路隔三十里。往返劳瘁。其

永南託福建胡炳堂轉湖雷鄉族人函

逕啟者。永南係萬九郎公第廿七世孫也。譜載萬九郎公第八世孫。有祖賢。通。賢祖守祖通，均由永定遷粵。祖通遷粵之肇州。有通遷粵之長樂縣

試驗畢業。亦與仁壽煎茶溪高小校同時。先後舉行。邇來事蔵。是以敬謹詳覆。敕省自光復後。疊遭兵患。去今兩年更劇。現稍平靜。幸敝處僻居省城東門外八十里。路非孔道。尚未大受損失。年來雨暘時若。農忙於野。惟生活程度過高耳。粵中族人。前清二百餘年前。遷蜀者纍纍。散居各縣。大約農民苦力居多。本支族人。務農者亦居大多數。自清雍乾間。著籍仁壽聚多。居煎茶溪地名附近。雖無巨商大富。而代傳詩書。素爲鄉人尊仰。清時子衿十有餘人。永南不學。濫竊光緒乙酉科拔貢。留京五年。前任鑲黃旗官學漢教習員缺。貴省林解元旭。向晤於嘉應會館。惟各操鄉音。接談終未暢然。自奉諱歸蜀後。即裹足於一鄉一邑間。素稔祖鄉。文教昌明。又得 左右提倡。新舊各學。海雲糾縵。族里爲輝。遜聽傾風。欲言不罄。祇候

謹安

萬九郎公第二十七世孫胡永南

又啟者。永南係萬九郎公第廿七世孫也。譜載萬九郎公第八世孫。有祖通，均由永定遷粵業。仍居永定。

永南卽有通裔孫。伏考有通與祖賢通。本係同胞弟兄。由萬九郎一脈。傳至三公。廣東抄來譜本。與蜀中原有譜本。間有異同。其最差異者。則蜀譜有大書永定胡時。爲本支祖人者。並雜撥永定縣誌。古今體詩若干首。及門弟子。提學檢事。叚某譜序。而別出譜本。又以爲非是。上年函詢廣東祖鄉族人。而族人覆函。亦僅曰書缺有間。莫爲是正。今將廣東抄譜本。另紙抄呈。萬懇顧念同宗之誼。將萬九郎公至敝賢有通一脈相傳譜系。函抄郵示。並將萬九郎以上譜系抄示。更爲感激。去秋已由敝祠郵函長汀。荷蒙五郎公裔孫胡炳堂。號光埧校長。宗先生。接收函件。並蒙光埧宗長示知。將敝祠函件。轉達上杭永定。屬軍事發生。魚雁浮沉。仍將原函壁返長汀。不揣冒昧。特託光埧宗長。墳注函面。由郵直接逕寄。祖鄉父老子弟。接閱本信後。卽照抄。郵寄四川仁壽縣煎茶溪胡永南查收。至爲殷盼。祇請上杭永定兩縣。祖鄉列宗長先生大人・福安。

　　　　　　　　　　　　　　　　　　　　　　　　　　　　　　　　　　　　　　萬九郎公第二十七世裔孫 胡永南頓首謹啟 片候

再者煎茶溪仁壽縣錫名也。猶貴省集名也。距省城東郭東八十里。敝祠卽在煎茶溪附近。又附呈萬九郎至永南一系並譜。十年七月十八卽舊六月十四日

函面箋注內函煩詢明上杭族人及住居地點卽請代填函面交郵此請 光埧宗長先生鑒

逕啟者永南係萬九郎公第廿七世孫也。此信照上函原文書至仍將雷鄉。祖籍通郵中坑通郵。否并詢。惟族中父老名字。原函壁返長汀此後節改爲茲檢閱郵章。始悉湖侯接覆音後。再由做祠補呈郵票。并將遷粵遷蜀事實。無由探悉。是以函面僅爲通稱之詞。直接逕郵。不盡欲言。祇請 湖雷鄉族父老子弟列列先生大人。詳細函告。今不揣冒昧。
附書三項。均照上式。 福安不具。
　　　　　　　　　　　　　　　　　　　　　　年月日及名同前

威遠胡素民致永南函

綏珊宗伯先生 道鑒。不領 教言。瞬逾數載。雖古心古貌。尙與夢魂相通。顧兼葭在望。霜露迭更。所謂伊人。終祇得之想像。愛而不見。我勞如何。易地以觀。想同之也。月前握綱諸宗兄來省。審知 康健逢吉。心爲之慰。今又遠勞手筆。預 示來期。唔語有時。尤爲悅懌。所示函寄五華鈔錄全譜。私心竊禱。早日郵來。俾得一觀。藉明世系。惟尙有懷疑二端。一威遠，內江，富順各譜。皆由長樂抄來，亦皆有胡時及胡鐵緣各遠祖之名。今貽縣所寄。名號殊稱。倘非證據鑿然。未可遽廢舊譜。二往年閩內江族譜。其序文係明初人作。內有金丰。永定。皆康侯之裔之語。今貽孫

永南等致廣東胡俊謀弟兄函

俊貽縣

波兩宗長 大鑒。去歲春三月初旬。接奉 兩昆玉年假手函。並條覆附圖。及大片盥讀之餘。望南翹拜。藉悉 祖德之深厚。族人之發達。以及墳墓蒸嘗。鄉風土俗。無不一臚陳。仰見 兩昆玉大同宗之誼。無分畛域。視同一脈。清明祀祖。同宗父老。皆九頓首以謝。自慚遠隔萬里。莫由身親祭享。長為祖宗罪人。九泉有知。能無深責。附圖鄉約分明。恍如身歷。非近年新科學有得於心者。必不能倉卒辦此。將來來登諸譜本。藉增家乘之輝。拜服佩服。本擬迅即覆謝。旋因軍事。未即郵覆。茲敬郵呈 真正峨眉山金剛藤手鐲二雙。帳鈎二對。伏希 哂納。惟峨山側近。軍隊林

所錄譜。又屬忠簡。雖次序井然。斷無疑義。但兩說既有參差。即宜折衷一是。以上所陳。關係有通支派。最為緊要。 貴祠既再函貽孫。鈔錄譜牒。鄙意附以此意。請其查攷。蓋同源異流。不可人執一說。況巽同之點。皆由長樂傳來。繫鈴解鈴。還須求之長樂。以 公明達。當不河漢余言。伏冀代為致詢。是所切禱。暑氣侵人。法當靜養。善自保護。藉慰下情。此覆。恭請 道安。 各宗先生均此。

族晚 翼言 八年七月△日

立。每有拉夫惡習。探藤者。均望而却步。郵呈之件。體質稍細。甚爲抱歉。俟軍事稍竣。另採購肥壯者郵呈。藉抒寸悃。武侯祠唐碑一份。乞察收。敝省去今兩年。屢與滇黔兩軍。大生齟齬。戰禍延至本年春夏間。始漸漸結束。鄉人士飽受驚恐。敝族僻居一隅。雖未受兵禍。而踢蹷籌餉。已羅雀及鼠矣。誰生厲階。此後尚不知伊于胡底。屢閱報章。揭載。粵省亦迭生戰禍。不識祖鄉父老。尚安靖否。此後臨風南望。不勝焦思。去秋七月。由永南名義。遂由郵致函福建長汀縣。旋于中秋前後。接到收條。但未得覆函耳。本年春間。又專函催覆。舊曆五月初十日。接奉長汀縣立第一高小校長胡炳堂號光垾手覆。藉悉本支。有通公。係七郎公後裔。在七郎公生時。舉家已遷上杭及永定矣。光垾係五郎公後裔。現尚聚居長汀縣。與上杭永定。雖壤地相接。尚未與兩縣族人謀面。故不通往來。七郎公後裔近況。光垾無從探示。蒙將敝函掛號。轉寄永定。又值上永兩邑。發生兵禍。族人多牛徙避。郵局仍將原函壁汀。現由光垾覓覔汀友人魏姓者。便寄永定。尚未得覆。各等因。永南伏考七郎二公。均爲萬九郎公子。復郵函長汀。敬請光垾宗先生。抄寄萬九郎公以上譜糸。又附上杭永定函各一封。均託光垾專郵選寄。務期達其目的而後已。俟上永兩函覆到時。再

福建胡炳堂覆永南函

綏珊宗長 先生大鑒。前月初十。捧讀來書。領悉一是。郵票百分。拜收到。蒙惠金剛纂鐲諸件。因路途遙遠。郵遞維艱。故至今尚未收到。俟收到時。再行函謝。所寄永定之函。即代書明。交胡 *挹汀。友琴。初提。紹鄉。慧坡。道存。文波。友三。戴杏。* 諸少齊函。述明其事。交郵雙掛號。本日接永定覆函。據言。將世系考察批明。仍囑由敝處轉寄。青鑒。將來敝支譜本脫稿時。定當郵寄全份。乞兩昆玉代為 斧正也。暑假多暇。特覯縷陳之。祖鄉雨暘順遂否。稻米價值。較之向來增減何若。時錫南鍼。俾敝支族人。奉為 圭臬。有所遵循。則兩昆玉之惠我。不啻若祖若宗之詔我也。嶺雲在望。母任神馳。祗請 鈞安。並 列列同宗父老大人 崇禧。諸希 荃鑒不具。

再者。敝支族譜。從容公以下。敝處傳抄譜本。均付闕如。尊處抄示譜系亦略。洪公起。至一變公。北族系播衍不齊。尚可探詢否。前歲函託覓抄之件。其手數料。應匯呈若干之華。迄今尚未奉明示。請明白覆知。以便照辦。

十年七月初九日付郵 族人 *紹齡。紹悅。紹植。紹勤。紹雙。世鏗。世鼎。* 同叩

○代寄貴處。姪遙諗 宗長列列先生。修譜心誠。望眼欲穿。故不敢稍延時日。立將該函送郵奉達。刻因校務繁冗。未暇詳陳。容後再申。此後若欲直接永定。函面上可書明福建永定縣。金豐下洋忠坑。交胡夢瀛先生。當必不誤。想懋函內。亦必註明奉告也。此覆。順敬鐸安。

（九月初九奉到）宗愚姪炳堂頓首。十年舊八月十三日

福建胡義汀等致永南函

永南宗兄先生 偉鑒。兩奉郵函。均已拜誦。惟地分閩蜀。魚雁鮮通。時以不得修書問候爲憾。此次細讀來函。皆爲木本水源起見。族人等。安敢不悉心考證。詳細覆明。至於修譜。敞處亦提議。辦事人員。亦皆舉定。惟欵尚未籌。是以開局。尚需時日。修譜總局。設在上杭胡家祠內。特此奉覆。順請潭安。（附炳堂函內幷到）

十年舊八月 弟 義汀 友澤 少雲 道存 仝頓首

永南覆福建胡義汀等函

來函七郎公以下世系。毫厘不差。惟胡時公與十二郎公派。不相聯貫。我汀。友琴。少雲。道存。各位宗長執事先生鑒。去年舊曆十月初九日。奉到長

汀祖鄉縣立第一高小校炳堂宗先生郵寄。內附永定祖鄉。金豐下洋。峨汀。友琴。少雲。道存。手函。盥誦一是。曷禁雀躍。仰見宗先生等。誼篤同宗。不棄鄙遠。萬里一堂。如相告語。閤宗老幼。無任欽佩。感激之至。本擬迅覆。藉釋遙注。惟合宗人士傳觀。率貢疑竇。剔出錯誤。略有討論。是以覆函稍遲。承示忠簡公。至萬九郎公世系。較之粵東郵寄譜系。按之時代最合。此祖鄉長汀永定。所傳宗譜確鑒。可信。毫無疑義者也。佩服佩服。惟萬九郎公以下。敝祠尚有請教之處。特條呈左右。仰懇指正。以資修改。（二）示稱胡時公為七郎公派下之四世孫。明洪武間為上杭訓導。後又稱七郎公之九世孫。鐵緣公移居中坑。係洪武初年伏考胡時公為七郎公四世孫。即為洪武初年。而鐵緣公為七郎公九世孫。移居中坑。亦在洪武年間。一則僅七郎公四世。便為洪武。一則至七郎公九世。始為洪武。此當求指正者一也。（二）函示旁注七郎公以下世系。粵譜文辭蕪雜。毫釐不差。惟胡時公。與十二郎公派。不相聯貫。仰懇祖鄉各執事先生。代覓抄胥。將全譜以下世系。一則至七郎公九世。與十二郎公派。始為洪武。不相聯貫。尤見祖鄉父老。篤念遠人厚意。至抄胥手數料。敬希示知。以便匯奉。敬懇將譜本全份抄示。敬稱胡時公與十二郎公不相聯貫。語意渾含。驟讀殊難領解。

祠人士。即不敢咻咻也。（一）近年粤中郵寄譜本。大書七郎公第八世孫。有通公。由永定金豐中坑下洋。移居廣東揭揚縣湯坑。旋移長樂縣。為廣東第一世之始祖。伏按有通公。為彥發公之子。譜載彥發公。生三子。長賢通。次祖通。三有通。我族遷粤者。僅有通。祖通。二支。其伯祖賢通。撥冗代訪賢通公後裔。刻下住居何處。尚有後裔否。敬懇少雲。我汀。友琴。道存。各宗長。至賢通。祖通。兩伯祖。時代世系。詳為示知。丁口若干。生計何若。並懇將七郎公以下世系。毫厘不差。伏按七郎公八世鄙懷。不勝鵠望。（二）示稱抄呈粤譜。七郎公以下世系。自閩遷粤。生於元朝大德三年己亥歲。距 忠簡公之甍。僅百廿年許。七郎公。為忠簡公玄孫之子。雖生年失傳。約略計之。當在宋寧宗。理宗。時代。順遞至元朝大德三年。不過六七十年。或七八十年耳。其世系何至有八九代之多。即比較推之。來示謂胡時為七郎公四世孫。已筮仕明朝洪武。則七郎公。至敝族遷粤之始祖。有通公。當亦僅四五世而已。而粤譜乃日。有通公為七郎公八世孫。此最宜研究者也。但有通公後裔。既已遷粤。則永定舊鄉。當然無有存者。今擬究研此項問題。惟訪問有通伯兄賢通。仍守祖業後裔。便知梗概。永定祖鄉。既能糾正萬九郎公。

威遠胡素民致握綱函

至忠簡公溢出數代錯誤。則七郎公至有通公之世系。有無溢出錯誤。尊處修譜。既已開局。諒亦必能代為糾正也。此條連上一條。最為主要。（一）忠簡公以上世系。粵譜拉雜蕪穢。徵信為難。永定祖鄉。既糾正萬九郎公以上錯誤。是歷代所傳譜本。自較粵譜完善。仰懇完全抄寄。手數料照付。（二）永定風俗習慣。社會近狀。萬里遠隔。做處人士。貿貿然一無所知。仰懇貴祠。修譜餘暇。一二示知。以開茅塞。（二）下洋為祖鄉發祥地。而中坑亦為鐵緣公發祥地。下洋宗祠。中坑之祠。亦鐵緣公豐沛也。兩祠宗支世系。均懇詳細抄示。以上條懇各件。務希逐項郵覆。將來做譜告成。即將復件。逐一登載。藉光家乘。並郵寄永定祖鄉各父老斧正。嶠雲蜀水。天各一方。臨穎縷縷。不盡欲言。祇叩道安。并候　永定祖鄉閤族父老金安。　諸姑伯姊。萬福不備。

永南等頓首謹上 十一年舊二月廿日

附呈郵票郵百分。以為將來覆示之費。照粵譜郵呈。萬九郎公至有通公世系圖。有無錯誤。希正之。覆示。函面請書郵寄四川仁壽縣煎茶溪。交拔貢胡永南手收。

握綱宗丈執事。夏間。文旌抵省。得相晤語。藉知閩粵族中消息。甚幸甚幸。自時厥後。素民即回籍省墓。每念執事。函託長汀總祠。與中坑本支。開具七郎公前後各先人名諱。為時既久。必有書來。輒欲先睹為快。又念蜀中。吾族譜牒。趙宋一代。文獻已不足徵。即有通公下至澄公。生卒年月。證諸貽孫鈔單。亦多錯誤。猶幸大祠修譜諸公。獨具隻眼。遠溯源頭。不厭求詳。期成信史。素民忝屬枝葉之親。久叨根本之蔭。固嘗竊聞高誼。跂望來書。尤期示我好音。用特專函佈達。伏乞執事。將最近閩粵情形。約略相告。此致。即請 撰安不一。

綏珊宗丈附筆問安

族晚素民鞠躬。

十年舊十二月。自少城永興街六十六號上。

永南覆廣東胡夢瀛函

夢瀛宗先生大鑒。民國十一年。夏曆二月廿日。由永南等名義。繕呈一函。並附訊件若干條。掛號付郵。此時計將達覽矣。茲啟者。敝省本屆勸業會。永南等。躬預其盛。比即選購敝省峨山金剛藤六雙。武侯祠唐碑塌帖四份。由郵奉呈。聊作芹獻。藉鳴謝忱。惟武侯祠唐碑。現已被政府封禁。不准塌賣。此後將無從價買。至峨眉山金剛

永南致福建胡光墀函

光墀宗先生大鑒。去秋九月下澣。奉到八月十三手函。祗悉一是。敝支族人修譜。煞費淸神矣。譜成登諸簡端。定爲家乘。發一異常光彩。夢瀛宗先生所寄之函。語意簡略。僅八行書一頁而已。外附一紙。糾正萬九郞公以上溢出各世系。族人士同聲贊歎。佩服無旣。惟萬九郞公以下世系。族人士頗懷疑點。已于民國十一年二月廿日郵函永定。恭求夢瀛各宗先生。解釋指正矣。至 忠簡公以上世系。除函懇永定祖鄕抄示外。懇足下將長汀族譜。忠簡公以上世系。另抄一份。郵便示知。以便對正。抄胥手數料。候示匯奉。滄趎集。尊處有存本否。 忠簡公手澤。尊處尙有遺留否。此

藤。向年賒買頗易。近因該山前後。軍隊林立。採藤者。望而卻步。是以購選亦艱。將來時局稍靖。再購多份。以作 祖鄕各宗先生修譜紀念。伏望 左右。俯照二月廿日寄呈函件。依次條答。示知。藉慰敝族人士渴望。不勝企禱之至。手此肅佈。卽候
大安。 祖鄕宗先生統此。
外附郵包一件。內裹藤鐲六雙。唐碑四份。乞 簽收。

十一年舊三月十八日。族人永悅南等叩。

外患簡公牘事。尚可示知一二否。敝處僅在知不足齋叢書內。檢出經筵玉音問答一帙而已。頗恨學問疏淺。不能發揚先德。甚自愧也。海天萬里。無任神馳。手此蕭佈。即頌 譔安。儲希 亮鑒。不莊。

族人永悅等叩 十一年三月十八日

威遠胡素民致永南函

綏珊宗丈大鑒。前聞 文旌抵省。屢往榮太店問訊。終不得要領。至今猶悵悵也。日昨得江西覆函。所言取譜辦法。均窒礙難行。鄙意祇宜將閩粵所抄自澹安公至萬九郎二者。就是。請其查考。倘萬九郎不載於江西譜牒。亦請其眞確答覆。至捐款可否承認贊助。聽公裁奪。此間自當照辦。握綱事。已得高檢廳允許照准。已有函到雅矣。知關錦注。並聞。此請 近安。 綺仙宗丈均此。族晚素民再拜。即陰三月廿七日。

威遠胡素民轉寄福建胡志安等函

素民家先生。賜電。言祖有自鄒子見師於仲尼。數典忘祖。藉父受譏於周王。祖姓之不可忘。古之縉紳君子。所爲三致意也。先生冠世文英。清代躬膺鄉薦。改革後。

迭允 貴省議會議員。國事勞午。處之裕如。學問富。經濟優。異日名芳史册。想當然耳。乃者燕居之暇。悠然而興追報之念。溯厥水木。以固宗盟。此其孝思。為何如哉。同人等 雖未覩然明之面。固已識磯蔑之心矣。感甚慕甚。夫吾族之大。莫之與京。子姓蕃衍。無遠弗屆。亦先人之遺澤者遠也。貴派源流。由閩而粵。由粵而川。至何祖分系。究未詳告。考 澹菴公故里。及子派譜牒。入閩入粵者。寶繁有族代遠年湮。寶難稽察。來書所敘。霸勝雄茂混璉愷載。諸祖名字固是。次序亦同。至由藜城以溯華林。生歿葬雖有。然不甚詳。先生欲求 澹菴公以上各祖。憑者。刊發簡明譜系，分送諸族。意至渥也。本擬謹遵 台命。將譜系郵寄。助成美舉。適大忠祠。公務會議。謹將 鈞函表示大衆。僉云非我族類。雖富貴不敢慕。凡我的派。即貧賤不敢棄。譜例嚴載。宜慎從事。我贛與川。路途迢遙。山河阻隔。用郵傳遞。難免不無遺誤。以各父老意見。務取直接主義。若非 先生親來領取。即同人等派人專送。兩者均聽 尊便。靜候覆示。所可嘆者。道院(澹菴公生地)故里。寥落不堪。近今所存。母子相依。民國乙卯。洪水為災。祖宗寢廟。全被傾圮。賴 澹菴公在天之靈。離像(即澹菴公)及盾琴。(宋孝宗賜的)雖被水衝。汎乎中流。幾有漂没之虞。然久在波中盤旋。仍逆轉內向。幸得無恙。當其時。王君澤寰。（即太史王龍文祖。居籍吉安。）適回吉。主任纂修縣志。聞其事而謁其墓。旋作記以致慨。並銘琴而懷古。欽慕感慨者久之。同人等覩此異族崇拜之殷。而於祖敬宗。修祠妥靈之念。亦勃發難遏。爰草簡章。製訂捐册。聯合數百里之的派。欽集數千金之巨款。自丙辰迄辛酉。經營六載。工始告成。今雖故里廟貌。頗有可觀。遭滿代兵燹。猶厲荒圮。以致地方官祭祀。從茲消滅。嗟嗟。宮室禾黍。祭祀不修。爲忠臣苗裔者。能無愾乎。且澁菴公文集。及春秋經解。版籍腐朽。亦欲補修印行分佈。於澁菴公諸事。亦當欣然贊勷。子來勸相之心。定較同人等而彌殷焉。臨穎神馳不盡依依。肅此敬覆。並頌勳安。

先生仁孝念切。數千里寄書祖派。追韵譜牒。想以闡幽光。奈苦無資。有志未逮。

附呈王君澤寰謁故里記。及修祠募捐小引。

綏珊　綺仙　握綱　家先生均此。

名片　胡志安。　詠仁。胡心田。惠民。胡嘉瑞　荆山。胡秉剛。衞寰。

再啓者。道院故里附近之子居。名寨前村。清乾隆間。乾祖遷徙於貴省洪雅縣。羅

族晚名正蕭。陰歷十一年二月廿九日上書。

謁胡忠簡公故里記。

賜函江西吉安縣屬值夏市。道院胡大忠堂。修理值夏大忠堂。總局胡珏。族晚等又及。

壩場村。爲始祖。光緒中葉。猶有函遞往來。聲氣相通。數十年來。音問久虛。未諳狀況如何。希費神探詢。惠我數行。爲禱。

廬陵長老。數爲予言胡忠簡祠。凡三棟。棟各異向。始築時。本於篤松楊氏。在今純化鄉。七十五都。地名值夏。舊所稱癭城道院也。頃予由青原山。策馬渡瀧瀧水。抵其地。時方暑。少憩。寓邸。食已。復渡。拜公墓。松山。在天梁山下坡。與道院隔江。對岸相距里許。其距水濱。才數十丈耳。邑志。但言公墓在天梁山者略也。予按公祖塋。多葬松山者。皆面水南向。惟公墓獨西。家封甃甎。所謂松山院者甃爲之。而以石柱環其外域。翁仲石獸。僅僅有存。求當日飯僧守視。公裔嘗重修焉。卒邈乎莫得其跡。蓋南宋去今久矣。歷元明兵燹之害。力無能復贍者。吁可嘅已。拜畢微雨。旋渡邊。親拜公祠。下門悟南向。如長老所云。其本於楊氏與否。未足信也。比連歲大水。坍礦幾半。木主數百乘。版置廳事。去地尺許。公雕像儼然。架寢室龕中。天光穿漏。殆不可支。予觀之。不覺愴然泣下也。檐際有舊額。

古氏族譜

相傳爲朱子所書。其文曰光爭日月。既點昧就滅。僅可辨識。會曰暮。不能細審焉。問其遺嗣。僅母子二人。家無有。獨宋孝宗所賜公盾琴。及舊譜尚在。予取其琴瓿之。徽絃皆絕。叩以指甲。其聲鏘然。爰爲詞以銘之。閱其譜。則公子五八。長泳。次澥。浹、瀇、冲。泳子槻、架。皆官至尚書。曾孫埜。中咸淳辛未進士。徙邑之永陽院背。其世居薌城道院者，則澥後也。浹、瀇、冲之裔。或徙吉水祭上。或徙永新北郭。或徙龍泉新溪。其徙泰和者。曰城東。曰淘金洲。曰小源溪。曰千秋鄉。曰赤岡背。曰凍溪。曰凫塘。不一其族。又有徙敖城楚園者。譜不繫縣名。豈卽宣化之敖城歟。今公祠被水幾壞。彼徙他邑者。既視同泰越。卽近在永陽數十里之間。亦復不聞鳩工庇材。重新廟貌。以歆公祀。冀無怨恫者。是則吉俗崇重基祖。昧所自生之過也。人誰無祖。豈果啟石生禹。伊尹產於空桑與。蓋又與於不仁之甚者矣。世乃謬言。忠臣之後。類多微末不振。若將懲先賢赤忠。以阻夫人爲善之志者。大非予所敢知也。舊史氏官田王補。

重修值夏胡忠簡公祠。勸捐小引。

敬宗尊祖。人有同情。修祠安靈。責無旁貸。我祖忠簡公。仕宋高宗朝。請斬秦檜王伦。以悬藁街。其忠毅刚直之气。朱子谓其光争日月。故后世追崇先烈。以妥忠灵。不特 公所居值夏蓣城道院。蒸尝代颁。祀生。即郡城祠庙。由地方官岁行祭典。此国家崇祀忠臣。以树万古之纲常也。自国变以来。官祭不举。族绅相聚亦稀。至使郡城之祠。朽腐污秽。值夏大忠堂。为 公根本之地。濒废悽凉。为日已久。加以大水为灾。墙壁坍塌。日光穿漏。神龛倾欹。主位无所。失今不修。殆成荒圯。岁月过週。竟无一人提倡其事者。幸蒙我邑志局总纂。王泽寰先生。编辑之暇。缅怀往哲。於去岁孟夏。偕同人赴值夏。亲临展敬。询及遗裔。现居本村者。仅母子二人。先作记以志慨。又数寄声我族。速为整理。王公原籍搢绅。尚景仰前贤。拳拳不置。况我本族人士。岂能漠然无动於中。且乙卯被水时。大浸稽天。浪惊涛骇。锐不可禦。公雕像及盾琴。既因水溢。祠屋淘汰。挟涌汛乎中流。几有漂没之虞。幸波沦盘旋。辗转内向。卒得无恙。非公在天之灵。惓惓桑梓。不忍遽去。何至神异若此。以示后。凡我子孙忠臣苗裔。实则祖宗罪人。岂不愧哉。岂不愧哉。後嗣等。同属 忠简公的派。因读王公记文。不觉潸然泪下。惟兹事体大。非一手一足之力。当合衆志。始可成城。现理宜激发天良。共图规复。倘任祠宇倾圯。毫不加恤。是为忘本。何以

胡氏族谱 卷六 六七 成都福民印刷公司代印

經察看情形。祠址正當水濱。不求工堅料實。斷難持久。約計工程在三千緡上下。所賴我同派孝子慈孫。共擔義務。量力捐輸。襄成美舉。既復根本之基業。徐圖郡祠之秩序。庶祖宗得無怨恫。而子孫永沾福蔭矣。是為引。

發起人 麟勳。高陞。嘉瑞。學言。章禮。鑫。繡青。蕙元。仁湧。亨祺。葆初。
文泉。珏。敬五。廷冠。嘉會。志安。世汲。倬雲。篤甫。秉剛。春和。
聖禎。相賢。公啟

民國六年丁巳春月吉日

永南致威遠胡素民函

素民宗先生大鑒。二十三日傍晚。奉到 惠函。并附贛省函件。誦悉一是。永南前在省垣。自以兩耳重聽。逡囑舍弟綺仙走候。恕未晉謁 光儀。旋即移寓友人處。高軒賁臨。未獲躬迓。至以為歉。比稔吟躬篤祜。舍姪握綱諸事。又費 清神。肅箋致謝。贛祠捐款。應即日召集族會安議。無論如何。務當竭盡棉薄。勉効涓埃。先此敬覆。縷縷不一。此請 籌安。

十一年四月初 日 永南頓首

永南致廣東胡貽孫函

贻孙菱波宗先生大鉴。去秋七月。奉呈手函。外邮包壹件。至今未奉
覆收手谕。殊繁念也。多间接福建长汀县立第一高小校长炳堂宗先生函。始知我宗全支移住永定
上杭。二县。旋接上。永。两祖乡邮函。敬识七郎公子孙。<small>万九郎公子。彩居於福</small>
建永定县之金丰。下洋。忠坑一带等处。丁口约三四千许。别出十四世。至
梦瀛函。蒙将 尊处邮寄胡氏世系表。纠出错误。由 忠简公以下。甚觉相合。至
十八世。以为均系误添。永南等"按诸宋末年数时代。亦滋疑点。已函恳永定族人胡
通公。按之宋元时代年数。在广东老龙鹤树下。光绪间。曾通函本家。胡克仁云云。但不知老龙鹤
称胡时后裔。为广东何县所辖。是否通邮。撥冗调查。谨将福建永
树下。及驳正各条。照缮呈正。即希指教。拟恳 阁下撥冗调查。谨将福建永
定胡梦瀛原函。一则熟悉懋迁。讲求商政。伏望於 吟坛稍暇。备将转呈各件。就足下所
普涯乡邦。一则熟悉懋迁。讲求商政。伏望於 吟坛稍暇。备将转呈各件。就足下所
知者。条示一二。并乞将祖乡宗人习惯情形。拉杂 示知。以广见闻。毋任渴望。永
南等。依然服务各校。覆函仍寄四川仁寿县煎茶溪高小校。永南手。万不致误。书不
尽言。此布即请 箸安。<small>抄呈梦瀛十年七月来函并图</small>　　<small>十一年旧四月初一日永悦仝叩</small>

胡日旅諳

再者我攬祥宗祠一支。係一變公後裔。謹按一變公子三人。長顒。次項。顒公四子。拱瑄，拱暉，拱瑛，拱暘。拱暘五子。登科，登試，登會，登金，登榜。敬支攬祥垽合族。卽登科後裔。譜載登科遷蜀。其妣廖。殁於塘尾老宅。卽葬於老宅側近榮園內。登科僅一子。名燦英。幼隨登科入蜀。是登科血派。並無留粵者矣。永南等為登科公第六世孫。今距登科公入蜀時。約二百年許。永南年過古稀。族中後裔。尚有四世。光緒初葉。及光緒十三四年間。迭函 祖鄉。諄求代訪。科妣廖孺人墳葬處。盡躬暇時。或春秋為登科公第六世孫。今蒙 兩先生篤念宗盟。不棄鄙遠。合無仰懇。聚族合祭。廣為探訪。若能將做支嫡派。及科妣廖葬所。由略得詳。非致望也。實所願所，均不得要領。今蒙 兩先生篤念宗盟。不棄鄙遠。合無仰懇也。特以誼屬同宗。故恃愛覼縷及之。希 亮恕譽焉。 永南 悅 等又筆

永南致福建胡光墀函 同時並致函 福建胡夢瀛

光墀宗先生 大鑒。舊曆三月十八日。由郵寄呈一函。諒達 典籤。遙稔 吟祺篤祜。為頌。茲由敝處修譜諸君。查閱鄰縣族人譜載。明胡時詩序。有金豐胡氏。為康侯後裔等語。並稱胡時。載在永定。上杭縣志。序為明人所作。或不盡屬無稽。而粵族

福建胡夢瀛致永南函

綺仙
梭珊 宗先生，及我 蜀中列列父老兄弟仝鑒。本年夏曆三月底。奉到 尊處二月杪郵

抄示譜系。又確爲忠簡後裔。豈胡時詩序。出諸揣度耶。其於貴省文獻。諒所深悉。況一脈淵源。必能洞鑒本末。原擬函求永定夢瀛各君。解釋此項疑義。惟去年寄示郵函。語太簡單。諸不明瞭。是以仍求 足下詳爲解釋。豈永定金豐胡氏。不僅我祖 萬九郎公一系耶。抑或另有康侯一系也否。或胡時係康侯後裔。我族係 忠簡公後耶。去年夢瀛函示。其於胡時一系。亦混含不明。以上各項疑義。除一面函求永定夢瀛解釋外。敬懇足下。篤念宗誼。詳爲解釋。迅速示知。近接江西吉安族人公函。聲稱。年來募款培修 忠簡公專祠。敝處向索譜牒。各不抄示。本欲竭奉涓埃。又有我族係康侯後裔之疑。 尊處與贛省較近。究竟長汀。上杭。永定。金豐一族。或是康侯後裔。或是 忠簡後裔。必能了然。數典忘祖。昔人所譏。臨潁依依。佇候 明示。海天萬里。不罄欲言。此候 筹祺。統希 亮鑒不一。

十一年陰五月廿四日 族人胡永南頓首

函。垂詢一切。已於四月初。逐條分繕。敬依答覆。管蠡之見。未審當否。隨即付郵投遞。諒於五月初旬。可邀 鈞覽。刻又捧讀三月十八日來書。並蒙厚 賜各件。足見 列宗親。情深桑梓。誼切同胞。瀛何人斯。敢不再拜登受。惟是藤已付諸洪喬。碑亦等之薦福。所賜各物。概未收到。亦不知失落何處。但區區此心。已經銘篆。刻下譜局同事，弟與 友琴 紹棠 瑞文 敝處 寶離其人。儲人。費絀事繁。莫名其苦。求所爲如 列宗親之熱心公益、纉念梓桑者。繞念梓桑者。
另付小詩兩章。以博吟壇一哂。

一藤珍重值千緡。無限遙情託此身。可惜峨眉山上月。祇今空自照南閩。

森森老柏舊祠堂。一紙碑文遠寄將。方幸高人能嗜古。引迴風雨返巫陽。

　　　　　　民國十一年舊五月初三日。弟 夢瀛拜泐。 此函又五月初五日收到。來函地批。如前便姿。

福建胡夢瀛致永南函

永南悅 紹齡列宗親台鑒。頃於三月二十五日。得接來諭。並郵票一百分。盥誦之餘。殊深感佩。足見 列宗親。留心祖籍。誼篤本支。不特敝處人士稱道勿衰。即我先公在天有靈。亦當默爲憑式。敝局譜務。刻甚繁難。而經費又屬支絀。現時駐局五人。各處調查。自去歲九月至今。不外十分之七。通盤計算。當在明年春季。方可告成。而長樂本家。客獵來函。有云彼處已設分局。貳叄月間。一定派人前來商議。附回總局辦理。刻猶未到。僕等以爲邀集愈遠。事務愈繁。亦姑聽之。如何之處。現尚未知。承詢一切。略爲逐條上覆。倘有謬誤。崇望 列宗親。時賜教言。幸甚。即請 道安。

民國十一年三月廿九日。夢瀛頓上。

蜀水閩山幾萬里。欲攀高躅恨無從。水宗星宿原同派。山祖崐崙只一峯。彩筆傳來聊當晤。瑤函飛到急開封。可憐漢史多殘缺。愁悵當時范蔚宗。纘纂之。未免有缺略之歎。今無恨深情托置郵。錦江何日得來遊。人於渭北殷翹望。書到石城勿漫投。兩字平安千里共。百年譜牒一時脩。吾家事業歸忠簡。都借文山筆下留。文文山有忠簡公序。

附奉俚詞兩章。以貢我蜀中 父老兄弟。尚祈指政。爲盼。

愚弟 夢瀛拜稿

蒙詢祖鄉風俗習慣。社會近狀。作此答之。

依稀屋角聚魚鱗。一萬丁男一本親。試向沿村十里望。家家都是姓胡人。此純參用玳瑁前纘忠抗竹枝詞。

某山某水說佳城。此地原來閱變更。幸有祖功宗德在。至今猶不負虛聲。鐵綫祠名爲虎形。附近頗有

卷六　七〇　成都福民印刷公司代印

古巴旅記

亦多有篤信風水者。現在祖鄉風俗。虛名。

不因瑣事便增華。風氣由來惡尙賒。只爲有朱曾奪紫。已將裝飾換家家。近來服食各品。大不如前。

迢迢江水下趨潮。無奈灘高不泛船。商賈勢難沾厚利。多因販負與肩挑。金丰河道下通潮州。然舟相（商）

士多砥礪飭廉隅。只說詩書可愈愚。一片青氈甘自守。故應牛馬任人呼。祖鄉人士不甚守溥貧。（士）

十畝高田半種菸。家家生計在菖蓆。年年師旅加饑饉。無復隣封告糴書。祖鄉雖山多田少。同光以前。（農）

攻木攻金亦有時。每於農隙偶爲之。年來價比春潮漲。一月能求半歲貲。現在百業俱失。惟工價最高。（工）

乘風破浪渡重洋。橐載歸來甫卸裝。不道故山風味好。祗將佳景說檳榔。檳榔嶼。地名。祖鄉南洋人

五行雖自貢菁華。物產年來不見加。百貨至今騰貴甚。米珠薪桂實堪嗟。祖鄉自戊午年。兵亂後。貨物

避來學校漸如林。費盡綢繆百計心。文教尙云悲失墜。喜將歌曲拍胡琴。學校雖設。人才日少。以後人

曰見䏎貴。曰見䏎文字一途。將不堪言狀。

（一）胡時公爲上杭訓導。舊譜載在洪武八年。而鐡緣公生於洪武二十七年。卒於正統十二年。計洪武卽位。不過三十一年。以此推之。則鐡緣公之移居忠坑。當在永樂以後。所云洪武肇基者。亦祠中聯對云云。習以爲常。無人校正耳。至胡時公爲七郞公派下之四世孫。亦有譜無系。其祖若父、不知何人。但憑下洋總祠現在安奉神牌。其左側大書有四世宗伯。鄉賢時公字樣。卽所蕐墳墓。近在總祠門外。名爲白象捲湖。碑記亦但書官爵姓字。不書某世。總之世遠年湮。無從深考。來示謂年代可疑。初閱無足深怪。細心推之。譬如敝處本家。現在與僕曾祖同行者。年紀尙在仲下。一則爲嘉道時人。一則爲同光時人。相去何啻數代。此當無甚疑義者也。

（二）胡時公。與十二郞公派。不相聯貫。蓋十二郞公。爲七郞公之子。而總祠神牌。但書四世宗伯。鄉賢時公字樣。附在左側。則胡時公。已爲十二郞之姪孫輩。又

不知其祖若父爲何人。卽以吾宗之四世而論。止有三一。五六兩郞。而上一代。止有念七念八兩郞。三一嗣孫。現在同安縣住。念七嗣孫。現在峯市街住。其家譜亦無言及時公者。由是言之。則胡時公。當在七郞公以上之別派、雖無故典、亦理所必然也。

（三）粵中舊譜。抄襲相沿。間有錯誤。有通公爲七郞之八世孫。卽爲七世彥發公之長子。祖鄕家譜載彥發二子。長名子通。移住長樂。次名子福。仍居下洋。蓋有通卽是子通。賢通卽是子福。所云祖通者。原係溢出。且子通之移居長樂時。原由下洋。非由忠坑。粵譜之誤。緣由下洋忠坑混而言之。以致有鉄緣之子三大房。誤會彥發之子亦爲三大房。甚至有濮溪本家。謂有通。子通。賢通。卽鉄緣公之子者。亦有謂其非是者。齟齬聚訟。莫衷一是。付來圖系。一覽便明。

（四）賢通之裔。卽子福。現住下洋。離忠坑不過五里。蓋下洋。金豐之一集場也。地面頗闊。居民屬少。店舖生理。皆屬忠坑本家。而下洋土著。除曹楊數十家之外。仍有數家。賢通之裔。亦不過十餘家。丁男不外三四十人。但百十公 卽百八之弟 裔。

無甚知書識字者。大率皆近市人家。略傲小頭經紀。暇則耕田種於。以資生活耳故。其所存譜本。全無次序。而又無文獻之可徵。此次修譜。念在同祖。催其將稿付局。拉雜荒蕪。所以來示謂詳達時代世系。尚需時日耳。

(五) 粵譜載有通公。爲自閩遷粵之始祖。生於元朝大德三年已亥歲。祖鄉無譜可攷。現在賢通之裔。年齒稍加者。惟贊清。受大。二人耳。已不知書。又不諳於故實賈之二人。亦茫無以對。或者令祖播遷之始。紀載未甚詳明。而後人特附會之沿訛襲謬。以迄於今。亦未可知。不然自七郎公以下。世系分明。坟墓尚在。夫何溢出之有。又不然。即令祖生年無誤。而胡時公。爲七郎公之四世孫。筮仕洪武。亦必稍有出入。除此別無疑。

(六) 永定祖鄉。風俗習慣。社會近狀。現在無善可陳。蓋祖鄉山多田少。民居頗密。而經紀一途。又無交通之便。所恃者。惟出洋一道耳。其中小節。縷縷難言。另付小詩數絕。以紀其實。

(七) 所付譜圖。遠則始自滿公。近則始忠簡。皆光緒初年。由江右本家。抄傳入閩者。雖近簡略。亦姑存之。以備後人參攷。

（八）七郎之六世孫。名明通者。移住本里下村。傳至十餘世孫。有胡萃仁者。爲廷亮公之三子。八歲時。隨父母遷居潼川府之中江縣。公家口。與揚場。入籍開基。逐中乾隆癸酉科四川解元。曾任江南來安知縣。而其子璵。亦登鄉科。見於胡氏及京都汀州會館志。仁壽爲中江鄰邑。是否皆隸同郡。一本之親望爲撥冗探訪。將其近狀詳細覆示。未必無神家乘。

（九）貴處自登科公由粵入蜀。則仁壽已爲我族發祥之地。迄今年代若干。丁口若干。住址若干。科名仕宦若干。懇爲一一詳示。以慰鄙懷。

附胡氏世系三字文。 以此授學童誦讀。便於上口。頗能背誦。故不嫌淺俗。祖鄉小兒

木有本　水有源　人始祖　物本天　我胡氏　宋末年　自江右　入閩汀　建祠宇
在汀州　考世系　知有由　萬九郎　胡家坊　生三子　號稏郎　五六七　各分房
五城東　六在坊　七金豐　住下洋　建祠宇　闢土疆　生一子　十二郎　念七八
兩分張　念八郎　二大房　一鍋尾 在同安縣　一下洋　我嫡派　五六郎　七八十
　　　　衍三房　百八郎　住下洋　傳四代　有通房　負公骨　濮溪鄉　暨百十
亦稏郎　百七派　子二雙　輝廣通 明輝。明通　是三公　亮生兒 胡亮　即彥聰
指百七百八百十　　　　　　輝廣通廣。

永南等致廣東胡貽孫弟兄函

貽孫波兩宗長先生大鑒。計去年舊曆七月初九日。奉呈郵函。及郵包各一件。本年舊四月初一日。復奉呈函。均未接奉覆示。殊深懸念。比稔吟壇篤祜。囍籌延釐。為禱為頌。啟者舊曆五月間。奉到閩永定胡氏修譜局。前後兩函。及條答各件。另錄呈電。惟郵筒在途漬水。其所印忠簡公遺像。已茫茫不可瞻仰矣。并言通信長樂本家。而長樂有已設分局。統迄敝處示知。敝處因鄰縣族人。抄示明萬曆壬辰廣東按察司副使。迭函來訽。據尊處抄示之譜。永南等。不敢妄為駮詰。當即具函永定。詳求解釋。又萬九郎公。至有通公。據尊處抄示之譜。及永定寄到之牒。共係九世。以當時年代考之。其世系亦似有溢出者。現均函知永定矣。

貽孫

我明廣 生彥成 傳二子 各成人 曰宗貴 曰宗華 弟移徙兄在家始祖興
祠宇建 開忠坑 是鐵線 余廣二 景玉光 三淸明 各相傳 從此後 瓜瓞綿
爾小子 莫忘前 　　　　　　　　　　　　　　十一年三月廿九日 夢瀛寄

尚未得覆。又有通公名下。尊處抄示之譜。大書有通公。共十一子。我族一支。實為第十子。十郎公。名宗叔。譜載生於元仁宗延祐七年庚申歲。而有通公。係大德三年已亥歲生。相距僅廿三年耳。此處必有大誤。敬求指政。我族自有通公以後。閩族無從知其世系。非兩昆玉詳為指正。何以信今而傳後。統希迅覆。外抄附永定五月來函。并摘抄譜牒一份。藉塵清鑒。想尊處已設修譜分局。與報章所載。粵省兵禍略同。諒不以瑣處紛紛擾擾。為多事也。川中軍事發生。激戰劇烈。兩昆玉又篤念宗盟。彼此皆同深警惕。暑伏炎蒸。翹首嶺雲。伏希珍攝。祇此蕭佈。卽候 玉安。并叩 祖鄉父老弟兄 萬福。

攬祥胡氏族自治會會員 永悅 紹齡 同叩
前清舉人。現充省議會議員。 南植

再者。正繕函間。復接鄰邑威遠縣族人。胡素民手書。拜轉付江西吉安府胡忠簡公總祠函。另附贛省志書局刋印。謁胡忠簡公故里記一紙，又刋印重修值夏胡忠簡公祠。勸捐引一紙。并 胡鈺。秉剛。心田。志安。嘉瑞。各名片。合亟并抄呈閲。祖鄉長樂。鉅長汀永定。約有若干里。可得聞乎。并乞 示知。

再者。胡時公後裔。永定來函。稱其住居粵省老龍鶴樹下。前已由永南等。函懇 尊處詳查。示知。乞留意。

計附閩省函牒各件。

再者。長樂上歲寄來譜。示我族爲忠簡公第四子。濾公後裔。二省譜牒。互有出入。究竟何去何從。今據閩牒。則我族爲忠簡公長子。泳公後裔。恭請是正。爲幸。

十一年六月初六日 攬祥胡氏族自治會會員 紹永 悅尙 植齡 同叩。

永南致福建胡夢瀛函

夢瀛宗先生大鑒。桐方添葉。函適披瑤。浣誦再三。彌增愧悚。昨閏五月。奉到尊處五月初三惠函。始知舊曆四月初間。覆示各條。諸承厚愛。悉依燕函詳答。具徵一脈淵源。無遠弗屆。盛意惟邇日軍書倥偬。魚雁尙不知浮沉何處。將來郵足到時。定當召集族人。瓣香雉誦。隨即祭告入川之列祖列宗。藉紓冥念。聊當芹獻。藉表微忱。何足掛齒。而掛號郵包。均係永南等。親手裹交。乃歷兩月之久。迄今尙未收到。該郵局應負完全責任。敝處郵政代辦局。係綺仙胞姪主任。除由代辦局。專函該是否掛號。如果掛號。萬無遺失。至郵呈區區兩項土物。

永南致福建胡少雲函

少雲宗長先生 大鑒。閏五月覆呈一函。此時計當入覽。旋於十四日。由郵寄到前五月惠函。并 大作。條答及歷代譜牒各份。惟郵函漬水。忠簡公遺像。已模糊不可瞻仰。餘紙綢褶糜爛。尚可綴輯盥讀。山川萬里。魚雁艱難。曷勝浩歎。大作言言珠玉。以文言道俗情。可備輶軒之探。拜服拜服。至胡時公一支。誠如 尊諭。年湮代遠。稽攷維艱。既非我支嫡派。姑付闕如可也。而我族本支譜牒。由瀍公至有通公。 尊函申稱。歷世墳墓均在。當然不敢滋疑。惟事關先代。不厭求詳。率滋疑竇。局追詢所在。必有着落。萬不致稍有遺失也。惟是報載各省郵包。均有搶劫情事。卽或稍有意外。該局必有切實知照。敝處郵員。萬不致一任消滅失信。中西 大作。迩情勝概。李杜遺音。諷誦未終。齒芬四溢。匪但吾宗之秀。抑亦家乘之光。俟奉到四月初間覆示。再詳函拜謝。茲因五月初 覆示。草此奉佈。翹首海南。不勝縷縷。祇頌道安。友琴。紹棠。瑞文。同此。 閣宗長幼。均此致意。

民國十一年又五月廿日 永南頓首。

愚陋之見所及。謹貢於左。祈指正爲幸。（一）濂公爲忠簡公第四子。譜牒未載生卒。據忠簡公手箸經筵玉音問答。自稱第三子。浹生於宋紹興二十四年甲戌歲。濂公爲忠簡第四子，必後於浹公一二年。謹按浹公。至我族遷粵始祖有通公。共計十二世。今假定各祖。均二十歲生子。及六子分撥單。當在明洪武十餘年間。伏按有通第五世孫胡澄。簽仕南京。手書遺囑。則有通公之生。必不在明洪武年間文元年已卯歲。澄爲有通公玄孫。均著於遺囑中。均稱生於建當信而有徵。粵譜載有通公。生於元大德三年已亥。其子其曾孫。生於某某年間。均大書特書。絕無游移影響之語。譜本經手輾轉抄錄。或有奪誤。而誠公手著遺囑。萬不致誤也。自當與忠簡公所著玉音問答。同爲我族譜本鐵證。此敝處前呈各函。所以疑七郎公以下世系。稱歷代墳墓。恭讀來示。均在在可攷。而譜牒亦圖系分明。則安得起泉下各祖而一問之耶。亦付之疑以傳疑而已。（二）足下係七郎公第幾世世系。足下第八世祖。有無生卒年月可考。藉證做支第八世有通公生平。當亦可得影響我族攬祥始祖登科公。依據閩粵譜系。的爲七郎公二十一世裔孫。永南等。爲登科公第六世裔孫。川粵兩省。均譜系分明可按。永南於族中輩行最高。年齒差長、老朽無似。今年已七十有一矣。族中均系弟姪孫曾輩。丁口約二千許。此就攩祥敝支一族而言也。敝處左右前後數十里間。廣東長樂籍。尚有十餘起。多在七郎公後。十二十三分支。或可考。或不可考。然其為有通公子孫。則確而可稽也。科第惟寧公後最盛。寧公為遺囑之澄公第三子，我攩祥為誠公季子名容。清光緒末。華陽縣故翰林編修胡雨嵐名峻。卽寧公後裔。雨嵐在日。與亡弟永堪頗熟。其父則與永南熟識。而雨嵐則永南未謀面也。惜雨嵐父子均亡矣。敝支族人。專以務農為業。讀書者少。前清㢜生。僅先嚴元鼎。亡弟永堪。先堂叔元第。故堂兄永恬故堂侄世家。及今現在之堂侄鳳昌。均係附生。永南光緒乙酉科拔貢、提學即閩省邵寶孚。名積誠。官至雲南巡撫前后赴京二次。留京五年。任鑲黃旗官學漢敎習、丁憂囘里。在京之日。與粤省紳宦。聯為同鄕。往來頗密。是時尙不知為閩籍也。故同閩籍紳宦。絕少來往。僅與閩省林解元旭。在宣武門外。廣東嘉應會館。晤面兩次。因彼此各操鄕音。言語不通。接談數句而止。歸里後。專意敎育。及門仕者。亦有數人。現在敝支族人。僅世鼎堂侄。業生法政畢於本年四月。由法庭委任天全縣管獄官而已。其餘紹齡紹燮。歷充任本縣高小校長。永悅及永南。歷充縣高小敎職。及兼任鄰縣敎職而已。中學畢業。及現在肄業者。約十餘人。此外法政畢業。尚有永南胞侄蜀金一人。約計全族讀書成就者。僅百分之二而已。可歎也。祖鄉族人。自前數世。即爲詩書門第。前清科名何若。及現時存在者。尚有若干。新學發明。中高小校。肄業者約計共有若干。能一一見示否。示囑查中江興揚場。貴支族人（中江在省城東北。敝縣在省城東南。相距四五百里。及門謝生。前任中江知事。現爲閬中法官。渠任該縣年餘。或知興揚場地點所在。除函詢謝生外。俟覆即專函奉告。又查省通志乾隆十八年。癸酉科解元胡萃仁。此省志之可考者也。（二）我族攬祥始祖名登科。係清雍查乾嘉兩朝鄉榜。並無其名。場集名。地名攬祥埂。歷代務農。男耕女織。自是而後。雲礽崇起。建正五六年間入蜀。始則佃耕瀘州。繼遷新繁。繼遷簡州。其住址年月。都無可考。後乾隆三十六七年間。始置產業於煎茶溪側近。地名理嘉壩。均係零星散居。並無村落之名。祖輩禮讓爲胡氏老宅。全族均由此分派。敝處鄉風。傳家。鄉閭敬重。里人今猶健羨不衰。當前清道咸盛時。合計數房產業。約有數千畝。招佃承租。每歲年可收租穀一石。計十斗。斗米約三十斤。每石可得淨米五斗。斗米約值銀四五錢。或五六錢不等。每戶約耕三四十畝。餘田率招佃取租。今則生齒日繁。而產業不加增。生計愈形困難。前人所貽留者。或轉不能保守。游手無業者眾。當特傭工一項。以補其乏、昔年傭價平。而衣食足。今則傭價超過往年三四倍。或四五倍。而事畜尚覺無資。總以生活程度過高故也。今將徵處傭價。就前清及民國、分農忙農隙差點。列表于上。

前清時代傭價		民國以來傭價	
工名	每日傭價	工名	每日傭價
農（農忙農隙）	六十文	農（農忙農隙）	三百廿文
土（農隙農忙）	四十文	土（農隙農忙）	一百六十文
木	六十文	木	三百廿文
石	六十文	石	三百廿文
金	六十文	金	三百廿文

就上表觀之。近日傭價之昂。已可概見。然昔日傭價低。而應僱者夥。近日傭價昂。而應僱者無人。此亦可以觀世變矣。大抵軍事發生後。鄉人入伍者多。其餘或被軍隊強拉。作為搬運夫役，臨戰驅之禦敵。非傷亡即道斃。歸里者寥寥。其不伍者、則游手務閒。流而為匪。此傭價昂貴一大原因也。承詢社會狀況。敝省向來沿用生銀。並未知有銀圓一項。自清末改用銀圓。鄉人均以成色太低。銀價遂大為變遷。其後改用銅

福建胡少雲覆永南函 （陰曆六月初七日奉到）

永南宗先生大鑒。昨承惠各件。刻已收到。蓋因郵局包裹。照常躭擱。以至延及廿餘日有所增益。而預征田賦。則民國十二三四年。均已照數勒收。近且預征十五年田賦矣。而事尚無所底止。將來結果。正復不知何若。誰生厲階。職今為梗。武人專柄。古今來大抵如斯。可歎也已。加以匪徒充斥。閭里為墟。薪桂米珠。四民無所措其手足。所幸連年。雨暘時若。差足慰耳。祖鄉尚寧謐乎。敬訊拉拉雜雜。觀縷臚陳。尚希鈞覆。藉定南針。閩海岷江。萬里一室。暑熱逼人。伏希珍衛不宣。蕭此祗候　箸安。幷叩　祖鄉閤族福安不具。

十一年舊六月初七日　七郎公系下第二十六世孫永南百拜上叩。

元。前清制錢。半為鑄幣廠。及奸民銷煅鎔化。今更鑄當百當二百大銅元。遂致物價益漲。生計益艱。清末斗米僅值錢五六百文。或六七百文。本年斗米。漲至五千餘文矣。清末改用銀元。定價每元千文。軍隊則籌餉也。墊借也。今則每元值二千五百餘文矣。即此一端。已可概見。軍隊勒收。刻不容緩。政府則公債也。加稅也。日有所增益。而預征田賦。則民國十二三四年。均已照數勒收。

永南致威遠胡素民函

素民宗先生 大鑒。五月由天全轉到手函。示稱明人序文。有金豐胡氏康侯後裔之說。比卽函詢永定。求修譜局詳細指示。連同贛省吉安函信各件。一幷抄寄。永定茲接到永定前後兩函。幷摘取本支譜牒。一幷呈鑒。均原函。惟寄雖各項。均乞保存統俟舍弟以先赴省。走謁領取。更乞指示一切疑義。以便遵循。暑熱逼人。諸惟珍攝。不宣。卽請 箸安。

十一年陰曆六月初七日 永南上言。

福建胡少雲覆永南函（陰六月廿八日收到）。

永南宗先生鑒。蜀閩遠隔。魚雁鮮通。問候之疎。殊深愧歉。前次三月杪。接讀列宗親二月間所發郵示。以遠道宗人。縈懷祖籍。逐條問訊。弟雖謭劣迂拘。敢不竭盡天之久。方始付交。弟思遠物難求。應宜珍惜。又不自私所惠。將碑文藤錫。分送局中醫人。俱格深感。前次郵遞各函。諒已妥收。敬復數言。以免 錦注。卽請 道安。

十一年歲又五月初五日 弟 少雲拜上。

綿力。是以於四月初旬。已逐條答覆。付郵呈覽。諒於前五月初十後。可以上達鈞座。後又接讀三月間所發郵諭。幷賜各物。當經收妥。現時未曾隨函交付。遲銘感之情。無從投報。現讀來諭。是前五月廿四發者似乎敝處計上三次條陳。並未收到一次。或者盡付洪喬。仰或道遠難通。一切投遞函件。俱未可以時日計。疑甚駭甚。伏查來諭。內開各節。不厭詳求。足見關心譜牒。大爲吾宗克家肖子。但長汀。武平。上杭。永定。金豐。而播遷廣東惠州。嘉應諸族人。世居建寧。宋代中葉。已爲建寧望族。吾家一脈係宋末萬九郎。何者。蓋康侯卽安國。忠簡後裔。絕無疑義。與康侯一派。並不相聯。乃由贛入汀。以汀郡胡家坊爲發祥之地。且萬九郎。爲忠簡第四代孫。係瀅公舊譜昭然。有何錯誤。至胡時詩序。未審何人所作。敝處並未出現。通望欽一郵寄之派。有謂胡時爲康侯後裔。顯是出諸揣度。他不遑顧。卽敝處原修舊譜。萬歷間。同邑沈觀察孟化作序。亦有謂胡氏爲康侯後裔始現今條譜行改正。詩序之意。亦猶云。不足引爲考據。況杭永各誌。亦並未載胡時詩序。只載杭州八景。及南山隱居諸詩而已。以訛傳訛。古今難免。細微之處。前信已詳。萬里海天。欲言不盡。統希原鑒。幷請列宗親均好。

十一年又五月廿八日愚弟。少雲等謹復。

一胡時。即子俊。明歲貢生。以縣尹劉亨。薦授上杭訓導。舊譜所載。時在洪武八年。以年代計之。則令祖有通公。已移居粵屬。且下洋祠牌。只書四世叔祖。亦俊人所奉。並無配氏。亦不知其祖若父為何人。即其所肇地。隆慶間。六戶始行建立。嘉慶間。復行重修。孫名字。迄今祭掃。亦六戶內遞年擔任。查舊譜所載。有謂公為金豐人。生於下洋。卒於杭學。葬於下洋。又有謂公為長汀人，隱居南山。我祖十二郎。從而遷居者。言論紛紛不一。遍查其子孫遺迹。毫無足據。近日只於各家私藏殘譜內。偶閱有公子孫。移住上杭城內。并囑後人查訪之語。但刻下杭城。並無胡姓。即有一二家族人。亦是同治間。始由白沙移麗者。公俱五郎。與胡時又不相屬。總之代遠年湮。文殘獻謝。無從深考。是否為七郎傳派。亦未敢必。尊處已為有通公後嗣。自當以忠簡為始祖。康侯胡時。特吾宗之潤色耳。

二胡時詩序。祖鄉並無明文。但有萬歷間。同邑沈觀察孟化。為胡春郊作族譜序。內有金豐胡氏。世為康侯之裔。源流遠矣。至國朝有子俊名儒出等語。或者尊處所謂詩序。即譜序之誤。亦未可知。望寄一通。即能分辨。

三敝處雖與贛郡相近。現年來。並無宗人來此地者。十餘年前。有興國縣。西椒源坑

廣東胡貽孫弟兄覆永南函

綏珊宗丈老先生鈞鑒。去八月十一日奉
諭。監讀。過蒙獎藉。並惠方物。再後旬餘
。珍奉。包裹。臨風拜嘉。感謝不盡。當擬答覆。因來諭有囑探洪公起。至一變公族
之本家。名濬賓者。能知堪輿。曾到敝舍。小住半月。至後不復相晤。據云係有通
公之裔。由廣東連平。移居興邑。近日重修忠簡專祠。敝處尚未函達。亦未卜後
日有無通信否。
四汀州胡氏。原有二派。一為東胡係。萬九郎之裔。與上杭武平。同一為西胡係。白
沙公之裔。各建祠宇。並不相涉。前次科舉時代。雖與西胡本家。常有過從之雅。
但其時譜務未與。無暇問訊。或係 忠簡一脉與否。亦未可知。刻煩函問光埡家先
生。必能剖晰。
五下洋祖籍。有通公伯兄之裔。現屬稀少。蓼蓼十餘家、大抵皆不諳世務。又未知文
字。此次修譜。再三邀集。渠只以無力拒之。觀其意。似無心於故實者。故敝局未
敢勉強。聽其自便。然終有不忍割愛之意。列宗親。尚其諒之。 名泐正柬

系蕃衍一節。尚待查詢。未得詳確。延至今年四月二十八日。復奉 手諭。抄閩永定夢瀛君原函。及駁正各條。附函賜商。並承託代訪登科公妣廖孺人墳塋處所。正在遵諭查訪。適敝省孫陳黨爭。省局反覆。影響外府。地方不免多故。又延未奉覆。致勞懸錦。私衷歉愧。莫可言宣。七月初四日。又奉 手示。附閩省函牒。及贛函記引各件。盥展之下。次第誦悉。仰見宗丈。篤念本支。必求信今傳後。亦人後。疏忽至此。感愧奚如。茲統計前後之函。備承 垂詢。及囑託之項。頭緒紛繁。勢非分條不便答覆。謹就管見。及耳目能及者。條列於後。藉呈 察核。如 宗丈關懷水木積誠所感。金石爲開。況 遠祖在天有靈。當不惜神之來告。將來 貴處譜成。定垂爲吾家信史。凡屬同宗。莫不先睹爲快。若得惠及祖鄉。惜祖鄉僻陋。文獻無存。不足備求野之資。惟有慙對 宗丈。及地下 先人耳，晚承厚貺。久盧瑤報。擬貢方物。地無名產。聊繪葵嶺詳圖一紙。藉塵 左右。尺幅披尋。祖鄉形勢。儼在目前。亦 宗丈及列 宗台所無限歡迎也。晚兄弟菱。現籌辦五華私立三江中學既屆成立。謀在橫流渡。襄辦警務。知念奉聞。蜀山粵海。兩地懸懸。秋氣迫人。惟希 珍重。統此肅覆。敬請 道安。綺仙輿三 握綱 紹植 列宗台先生均候并頌

闔族覃禧

附葵嶺詳圖一紙條答說帖一紙

族晚俊淵
俊謀仝叩 舊曆七月二十九日

再有呈者。貽孫住葵嶺上村。樹德樓。係貽手菱波住葵嶺中村觀治樓。係菱手樹德樓。雖最近塘尾。該處地權易主。轉相授受。不知經過幾多。現在實無方寸之土。足留誌百年前之故主矣。惟觀治樓右方。洪公祠宇。係甲子洪水為災。始受衝毀。至今遺址。完全橫約肆丈。直約貳丈七八。原日祠後小墩。橫約數丈。直約十餘丈。據現在情形。祠後小墩。祇供就近耕作族人。用作農事收穫場。祠址因原日祠外粗田。係先父管業。經甲子之變。中村全壞。俱屯積砂坭及丈。洪公祠址。亦同至癸酉以後。先父積極墾荒。每逢大雨。亦連帶經先父督工人鑿溜。漸次平復。至丙子丁丑。稍復原狀。屯積之砂坭。親督工人鑿溜。得成平垣之荒地。現不至受他人侵蝕。洪公祠地。屯積之砂坭。亦連帶經先父督工掃盪。及附呈葵嶺詳圖。所載洪公墓。（原無碑誌）特世變不測。後事難言。如前所述。洪公祠遺址。及安看守之處。仰候均裁。篤孝如宗丈。定所關懷。究應如何設法保存。及交安看守之處。仰候均裁。

在祖鄉今日均為無主之物。最近如晚未承囑託。亦無權保管

俊淵
俊謀 又筆。此函係十一年陰九月初一日本到。

胡氏族譜 卷六 八〇 成都福民印刷公司代印

兹將去年八月來。前後奉到之函。應行答覆。各節分條說明。呈候　察核。

一承詢祖鄉兵禍。廣東自龍陸相繼入粤。省局迭變。潮梅一隅。雖未大受龍禍。至民國七年。桂軍討莫擎南。九年粤軍由閩返粤。二次戰禍。潮梅俱受驚擾不少。幸祖鄉僻處。向非軍事要衝。尚免直接之害。

一承詢祖鄉歲收。近來水旱頻仍。我族僅洑溪一部。備受天災，葵嶺尚無受害。惟民國九年以前。每形荒歉。十年以下。稍見蘇困。

一承囑抄寄全譜。祖鄉譜本之拉雜。曾經聲敍。因有通公以上。無確實可靠之本。有通公以下。又各自繼續。未經彙修。現無通譜。貴處欲考求有通公以上。則抄奉譜略。足供參考。若欲周知有通公以下。必候徐為彙輯。方堪抄奉。

一承詢洪公起。至一變公族系。祖鄉故老傳聞。祇知一變公後裔入川。他無所聞。其留祖鄉之洪公遺裔。向屬微弱。閩前清同治甲子年。洪水為災。洪公祠右。公隔坑山崩。壓毀全祠。牌爐狼藉。僅有一出嗣瀚公派之洪公遺裔。收拾別處安置。據此推之。六十年前之祖鄉。已無洪公之後。今當時遠年湮。實無憑稽考。即查祖鄉譜載。自登科公輩以下。繼續登載者亦少。俟查有較之譜自曉。特別抄奉。（洪公祠

遺址事略。詳見再函。）以上係答覆去八月所奉　函示各節

一承囑將夢瀛君原函。及駁正各條。就所知者呈明。　查忠簡公以下。世居江西。至萬九郎公。始移汀州。則萬九郎公以上世系。似應憑江西舊譜為標準。故祖鄉族譜即宗江西傳來之譜。並未稍存疑義。細加考察。今得夢瀛君駁剔出來。按之年數時代。實滋疑點。再搜尋鄉中。由閩抄來之譜。適與瀛君條列。忠簡公至萬九郎一派。代數名字姓氏。無不相符。此中謬誤。大有研究之價值。宗丈識高學博。留心族系。望再詳加考慮。確定正統。如晚諛陋。對於此點。實無所貢獻。

一承詢老隆鶴樹下。係廣東何縣。是否通郵。　查老隆鶴樹下。係惠州龍川縣轄境。地可通郵。龍川與五華本鄰縣。惟龍川為惠屬。五華為梅屬。

一承詢老隆鶴樹下。自汕埠開後。潮梅與惠。各分門戶。漸少交通。而祖鄉又界五華南極。近惠潮邊界。對於龍川族居。雖不大詳。然向祗聞龍川之雉雞窟。有本族數百人聚處一村。從未聞鶴樹下有本族。且查鶴樹下居民。不外黃葉陳數姓而已。容俟再查詳明。隨即專覆。

一承詢祖鄉習慣情形。　五華風俗。在五十年前。淳樸有古風。光緒後。漸趨澆蕩。

至近年人心險詐。信義淪亡。既不堪究詰。祖鄉因居山僻地。染受惡習。幸未太甚。親友往來。在新年及吉凶弔賀。婦女歸甯。多在四八月農隙。掃墓多在春分。祭事多在冬節。嫁娶多早婚。十之乙三。係童養媳。十之三四。自三五歲。至十二歲成婚。十之三四(約十五歲至十七歲)。成人始娶。再醮婦者不等。財產厚薄。以收入租谷計。一家千石租以上者。鳳毛麟角。三五百至六七百石者。爲尋常。富家祖嘗。有百租以上。或向人能創三五百租者。在前清均撥立學租。以獎勵讀書子弟進庠者。按名均收。入民國後。此項漸撥入學校作常費。婦人操作勤勞。中下之家。凡日用柴薪。井臼場圃。及己身兒女衣履等等。皆婦人負責。向無女學。婦人識字者絕少。近漸漸進步。歲收兩造。驚蟄春分下種。穀雨前後插田。夏至後收穫。晚造立夏小滿下種。立秋前後插田。立冬後收穫。間有山田一造。立夏下種。山利以木炭爲種後插田。霜降後收穫。其稻種日大多。祖鄉除收稻外。別無出產。至姓界之爭。常有械鬥惡習。卽房界之爭。亦間有之。惟本族從未有內爭械鬥。平常鼠牙雀角。有族老大宗。對外分姓界。對內分房界。大小強弱之勢。釐然不混。或鄰紳排解。五華習俗多好訟。本族尚少此種習染。演戲。建醮。迎神。舊習相沿。

。皆屬迷信，婦女尤甚。近新學雖興。因種族之故。仍未盡破除。喪事修齋。亦係迷信之一種情形。同前塋親。必先求穴吉。迷信風水。積習更深。尤覺破除之難。拉雜摘呈。恨多未盡。

一承囑探訪登科公妣。廖孺人塋所。據云廖孺人。歿於塘尾老宅，即塋於老宅側近塋園內。現詢及族內。八十歲老人。都云傳聞一變公。在塘尾住。僅知其故址。未見其屋宇。今則遍地皆成塋園。茫不辨其誰為宅側之塋園。且查該處塋園內。並未見有墳墓故迹。想登科公遷蜀。定際境遇流離。廖孺人之葬。必係草草了事。無碑誌留記。再越百餘年來。時局人事。變遷無常。致失祖宗墳墓。雖孝子順親如宗丈。亦付之無可如何耳。以上係答覆本四月所奉函示各節。

一承詢設局修譜。附入閩局。去十一月間，接閩永胡氏修譜局來函。邀請情形。函覆閩局。並索閱辦事章程。嗣接到章例。詳加討論。聞有未能得族衆贊同之處。事遂擱置。因此亦未函知 尊處。

一承指駁譜載十郎公。為有通公第十子之誤。此點之誤。一經電察。明如指掌。茲查各譜。登載澄公遺囑。有足取然者即明知傳訛。非有確實之證佐。亦無憑釋疑。

證此點之謬誤者。前抄奉澄公遺囑。其追溯有通公歷史處。有云。（生曾伯祖七郎公。次生水幽勝。遂世家焉。生曾祖十郎。姚劉氏。）別譜有云。（生曾伯祖七郎公。次生曾祖十郎公）者。據此則十郎公。實爲有通公次子。似較足信。質之明達。以爲然否。

一承詢五華。距長汀里數。閩之汀漳。與粵之潮梅。雖屬毗連祖鄉。實較近惠屬。去長汀稍遠。約略計之。總在六百里以上。

一承詢粵閩二譜歧出我派。於泳瀟二公。究竟何從。即粵譜中。亦顯歧分。查其原因。由贛抄來之譜。從泳公。由閩抄來之譜。從瀟公。此中去從。管見難決。仍請費錦。詳察而部晰之。以上係答覆本月初四日所奉函示各節。

福建胡夢瀛覆永南函

瑗珊宗先生大鑒。昨于六月廿八日。得接瑤函。恍如五朵雲來。祥光四照。令人目不暇給。弟即召集譜父老。盟手維誦。覺足下綣懷祖籍。篤念宗親。爲吾族廿世紀後所僅見。前書所以再提前議者。意謂三月杪一函。已付石城。無從摹擬。不得已。悉心搜索。再爲申詳。來札謂函件潰水。縐褶糜爛。即忠簡公像。亦模糊不可瞻仰。殊深太息。所付大忠堂各序記。亦經捧讀。爲歆獻感慨者久之。承詢各節。前信已陳。不敢多贅。茲略將 足下所研究者。謹爲呈覆如左

一潙公生年無譜可攷。惟令祖有通公。係百八公曾孫。即敏祖鐵緣公之堂叔。而百七公。又係百八公胞兄。伏查百七之子明廣。即善卿從兄弟。生元延祐六年己未歲。卒明洪武己亥年。其子彥成。（即鐵緣公之父賢通。再堂兄弟。）有通生元順帝六年戊寅。卒明洪武二十五年壬申。其孫榮貴。生元順帝二十三年癸卯。卒未詳。又鐵緣公。生明洪武二十七年甲戌。卒正統十二年丁卯。以此推之。當知令祖有通公之生年。無出入。餘無可攷。

二僕輩爲七郎公之二十四世孫。行輩亦不甚高。又非甚下。大約二十一世。亦還有存者。二十四（三）。其數最多。二十六七。亦漸次興起。正未有艾。

三我忠坑一族。全是鐵緣公之派。下村一族。全是明通公之派。並無夾雜。自明迄今。僕輩爲第十六世。科名亦不甚盛。惟明代正德以後。列膠庠者八九人。內有世濟賢者。（即敏凱。曾任襄陽教諭。）餘則淸代登賢書者二人。（一樓生。一大年。均任知縣。副貢一人

○欽賜鄉科者四人。解元一人。即萃仁。省中江者。籍貴武舉約十餘人。亦有任教職者。現在為僕一人而已。廩，增，附，通共一百捌十餘名。現存者六人。除僕外。仍有附生武生約有百人。現存武舉一人。武生六人。字戴庚。錫光。五光。抱審。榮榮。宏姿。登武科者。約十餘人。間有任遊擊守備千總。獎瓊汀名錫元。友琴名贊庚。雨壇名照朝。炎臣名炎。一碧池名。各校畢業及肄業者。難以枚舉。然世易風移。卓然爾雅者。實難其選。吁可慨已。

四廬陵太史王公澤寰。作有我祖忠簡公琴銘。又在近代。未審有錄寄貴處否。如有存稿。請郵遞一紙。以光譜牒。僕不自量。自接函後。曾作有蕻城忠簡公祠跋。及琴詩盾詩各一絕。惟詞近荒蕪。不敢呈貢。

五胡峻為七郎公第幾世孫。某科登賢書。某科捷南宮。某科入詞館。曾任某職。可一一詳示否。

六翠仁之子名琪。登嘉慶丁卯鄉科。見于京都汀洲會館志。來示謂貴省通志。並無其名。定有遺漏。

七自革命以來。敝處風氣之變遷。物價之騰貴。民生之憔悴。大約與貴處相同。一治一亂。自古惟然。世運昇平。非吾輩所能見及。僕日有吟詠。無非傷今思古之詞。

誰階之厲。于今爲烈。一讀來札。一爲咨嗟。肅此敬叩　道安。拜候

合族伯叔兄弟姪均好。

此函係八月廿九奉到。

中元後二日。夢瀛拜覆。

永悅等致廣東胡貽孫弟兄函

貽孫菱波昆玉兩宗長執事　偉鑒。重陽前一奉到七月　大函。幷法繪葵嶺圖。詳睇莊誦。意與神馳。非菱君于新學圖畫科。卓有心得。必不能含毫渺然。納須彌于介子。非貽君德信服人。必不能保安閭里。捍衛鄉人。瞬見　祖鄉。文明進步。月異而歲不同。合族人士。感受卵育矣。至佩至慰。條答各件。審愼周詳。無微不至。迴環莊誦。亦付諸無可奈何。瞻仰昊天。徒呼負負。惟本年春間。函懇永定族人。徵求有通公。自閩入粵始末。昨據永定函覆。有通即係子通。賢通即係子福。並稱弟兄實止二人。幷非三人。有通移住廣東。後曾將此函後。殊滋疑點。伏按譜載賢通，子通，有通，實係三人。有通移住廣東。獨族人得五六郎公骨。殖移葬廣東。龍歸洞。溫公溪。均見之第四世五六郎公。第七世彥發公系下細註。鄙意擬懇　貴昆玉。訪求龍歸洞。溫公溪地點。係廣東何縣所轄。距葵嶺

地方。遠近若干。並移葬之五六郎墳墓尚在否。年時子孫照常奠祭否。其墓有無碑碣可攷。若查確其地。與墓所在。再徵求當日移葬之人。其名為有通。抑名為子通。必應尋出眞實證據。則吾族嫡派。乃不至別祖子通。此不但蜀族所切為禱求。亦粵族所急欲確知者也。再者四川富順縣。思敏公祠。其譜載有思敏公。上距南京分支二十一世。中距萬九郎公十六世。距有通公十五世。並聲稱其譜。係由長樂攜來。惟離奇太甚。殊難徵信。不審祖鄉果有此種傳本否。暇時希查示為禱。外有威遠縣族人胡素民。上年致敝處函。曾轉呈左右。寄來函信。原柬附呈。至我族祖洪公祠宇。自其嫡派子孫。全體入川。數十年前。湮祀卽以斷絕。又經洪水冲沒。祠宇倒塌。歷蒙尊大人以地段附近。連帶濬治。稍復舊觀。是我祖洪公祠地。未為人侵蝕者。皆賢父子之力也。謹望南九頓首以謝。冬月初一。連日開會。議決此案。不揣冒昧。跪對神碑。繕具委託書。連議決案全份。郵乞 貴昆玉。念同宗之誼。妥為保管祠址。及祠後荒墩。此後該地所有權。相應給付 貴昆玉完全享受。任何外人。不得干涉。委託書議案另呈。嶺雲溪雨。天各一方。翹首南瞻。毋任馳係。肅此敬請籌安。諸惟 亮鑒不一。同宗老幼統此。

胡氏攬祥族自治會 正會長 永悅
副會長 紹酩 同拜

計附委託書及議案各一又素民國一。

陳請建議案

前會長 永南 十一年陰十一月廿九日

民國十一年。十一月初一日。冬祭開會。前會長永南。陳請建議案。查本年八月。奉到廣東葵嶺族人貽孫菱波弟兄函開。我支第七世祖洪公專祠。年久失修。五十年前。山水暴發。祠宇塌毀。經貽孫菱波之父。家近祠地。水退雇工淘濬。稍復舊觀。幸有瀚公裔孫。△△因其前人。係由洪公裔孫。撫承瀚公系下者。將神主牌位。檢存另室。年一臨祭。今又歷數世矣。香火闃然。幾同若敖之鬼。查祠址約兩三分許。祠後高墩。約歉許。蔓草荒煙。已同無主之物。久成廢地。尚賴其弟兄。繼續照料。未爲他族攙據。年節祭祀。頗能上體父志。廣續進行。推其原因。委由我祖洪公系下子孫。完全遷居川省。以致每年無人上祠。而墳墓祭掃。亦春秋關如。倘非貽孫菱波父親死後。子。篤念宗盟。代爲照料。則我輩爲子孫者。罪尙可逭耶。現在祠址。及祠後荒墩貽孫菱波父其所有權。應如何處理。事關法制。請衆討論。表決。以便函覆。

提議者永南。

同意者永光。紹植。

八五一成都福民印刷公司代印

公佈議案

胡氏攬祥族自治會。爲公佈議案事。民國十一年。陰十一月初一日。對衆朗讀建議醫訖。經各職員。再三討論。僉稱我祖洪公祠宇墳墓。爲之後者。自應遵守禮教。年節致祭。以展孝思。惟川粵相距數千里。不但跋涉艱難。而瀘地兵戈。沿途亦多障礙。一再籌思。不如以我祖洪公建祠地址。及祠後荒墩。託菱波貽孫弟兄等。暫時就近完全享受。他族不得藉詞爭攘。俟海宇承平。再由本會安籌的款。酌派得力子孫。直接返粵。修復祠宇。廣購祭田。培築墳墓。遍值松楸。以爲永遠之計。合亟由本會繕寄委託書一份。郵交菱波貽孫執照。等由。當經本會長付衆表決。一致贊成。但事關法制。所有權。異常重大。復於次日。開第二度第三度會議。均經各職員。請履行前議。相應議決。照案宣佈。執行無異。此佈。

正副會長胡紹齡_{永悅} 民國十一年陰十一月廿八日。錄寄。

正副會長_{紹齡}永悅。

委託書

四川仁壽尖茶溪。攬祥胡氏族自治會。爲委託事。中華民國十一年八月。華粵五華縣葵嶺函開。我族第七世祖。洪公祠堂。滿時被水冲沒。僅存廢址。並祠後荒墩一段。兩項合計。約歆許。瞬將成虛。經本會提案討論。復經三度會議表決。亟將洪公祠址。及祠後荒墩。一切所有權。暫行委託近族人 貽孫 蔟波。完全享受。無任外族攙蹈。須是爲重要。此後 洪公祠墓。年時享祭。統由 貽孫弟兄。妥爲照料。寶級厚誼。須至委託者。

正 會長胡 永悅
副 紹齡

中華民國十一年舊曆十一月初三日謹具。

永悅致福建胡少雲函

少雲大宗長執事 德鑒。八月奉到中元後二日函。迴環莊誦。闔宗雀躍。承示徹支入粵始祖有通。即是子通。蜀族對此。率滋疑竇。伏讀 尊處抄示三字文。已大書曰有通房。則有通二字。早經閩族承認。有定名矣。三字文之作。以其文截然止於鐵緣公之子。而知其爲明初人所作。顧何以有通二字。當在明時。今日有通。即是子通。當然確有依據。足下爲祖鄉泰斗。博覽羣書。而於譜牒流傳。自必卓有鐵證。始以見示。望將有通改名之緣由。詳細示知。以袪族人疑竇。再者萬九郎公以下 妣考 閩粤兩省。抄示譜牒。均無生卒年月。不識 祖鄉譜牒。尚有記載否。至萬九郎公。或稱泳公後。或稱淵公後。確有徵實否。乞詳示知。此爲最要。昨接

八六一 成都福民印刷公司代印

胡氏族譜

長汀胡炳堂函。又稱我族為冲公之後云。係由其鄉人自贛抄歸者。且於萬九郎前。多出一代。永南按忠簡公行狀。及墓誌。均箸明冲天無嗣。則此項抄回譜牒。似無研究之價值。姑置不論可也。大作祠跋。及琴銘。定當輝映譜牒。付梓錄示。先睹為快。贛王太史盾琴銘。未錄寄。暇當函索轉呈。及琴銘。胡琠中式嘉慶庚申恩科。更名有齡。通志朗載。至中江胡氏。遵即託人調查。胡俊與胞弟永堉最熟。現在胞弟已亡。俊之科分無從查詢。第知其充任本省高等學堂校長而已。未出仕也。今其家無有通顯者。閩雲蜀水。天各一方。滿地兵戈。伏希 保重。臨穎縷縷。不罄欲言。即頌 德安。伏希 荃鑒不具。 同宗父老統此致候。

再賢通後裔。現住下洋。函示無知書者。其譜本亦拉雜無次序。然愈俗愈足資攷證。擬請 飭索原本寄蜀。否則擇要抄示。有通弟兄。究係幾人。幷遷粵始末。則銘感無既矣。 覆函仍寄四川仁壽縣煎茶溪

族自治會 正會長 紹齡
　　　　 副會長
族侄 永悅附筆 同拜

民國十二年陰十一月廿九日。

福建胡夢瀛覆永南函

綏珊綺仙宗先生 大鑒。昨於元月十六日。得接手書。拜領一切。閩山迢邐。蜀水迢遙。情與俱長。人猶相隔。臨池悵惘。曷深翹企。承詢各節。敢不竭盡心力、旁搜遠紹。以貢於諸父老之前。惟是賢通公裔。世居下洋者。寥寥無幾。即有譜本。亦已遺佚無存。接函後。與敝門人紹棠者。親往贊清家檢取。止得道光廿八年。益颺手抄舊本。付胥抄錄。擇要奉呈。至萬九郎公以下。考妣均無生卒年月。祖鄉舊譜。本為濂公之裔。嗣因江西堪輿。有本家名林者。抄錄入閩。又稱泳公之後。但以南宋年代計之。祇有一百五十餘載。泳公至萬九郎。將近十世。卜年已不下三百。由是推之。當以濂公為是。來札謂炳堂宗長函稱。我族為沖公之後。當然無據。不必提議。敝局前呈三字經文。乃光緒初年。祖鄉前輩名樹奎者所作。以忠坑一族。鐵緣公為始祖。以下便分支派別。無關全族。故其文即此而止。非明人手筆也。 忠簡公行狀墓志祖鄉人士。尚未一見。有暇懇即郵寄一通。俾得載諸譜牒。以光先德。 王太史盾琴銘。現尚未密覓得否。如已覓就。亦一拜付郵。則銘感無似矣。歲序迭更。春風又度。

胡氏族譜

諸希珍重、肅此。敬候。覃安。蜀中諸宗長。均此致意。弟夢瀛泐。正月廿三日。

再者祖鄉舊譜，起於前明一忠一桂、諸先輩。其譜雖遵歐陽文忠公遺制，而過於簡略。每人名下，但書配氏生子，並有無官爵，並不書生卒年月。無論遠祖即近支。亦莫不然。現在修譜，略有添注。亦皆從私譜中得來。非固有也。

茲將下洋百八公裔。盆厥。道光二十八年戊申。手抄舊譜，擇要錄呈。

四世祖五六郎公。鄧太婆 葬在忠坑腸長窠仔尾。被子通挖出。移帶去龍歸洞。溫公溪安葬。生三子 百七。百八。百十。

五世祖可七公。吳婆太 卓婆太 二氏合塋下洋。其子孫移忠坑及下村。水口豹虎吐肉形。世代簪纓。 字曰新。葬花豬嶽。

百八公 字曰昌。公氏合塋下洋。水口墣仔上虎形。生四子。明輝通。明廣。明亮。

六世祖

百十公。 移朱公村住。

榮卿公。 生三子 善卿。榮卿。貴卿。

妣氏 生六子。萬四一郎。彥美賢。彥友基。

福建胡榮光致永南函

永南宗先生大鑒。山川阻隔。宗支莫認。遙維 公祺集吉。潭址凝祥，為頌。愚去歲臘月往汀。距離二百四十里。於光墀先生處。得讀尊函數道。敬悉種種。知貴省修譜。萬九郎公以上世系。尚有疑點。武平公推愚為總理。修譜亦於舊年起行。迄今未曾告成援管。罪甚。敝處 合二縣。上杭 夢瀗 光墀。亦暗然矣。曷愚答覆。愚因俗務繁冗。無暇

永悅宗先生大鑒。

七世祖

彥發公。塋在牛牯墣獅形。

許婆太。張婆太。生四子。彥發。玉生。彥裴。玉生移長樂縣。官田住。貴卿公無祠

善卿公。公氏合塋風朗裏。戴姓樓背。仙人獻掌形。

八世祖子福公。號賢通。公氏合葬嚴潭祉角裏。

張婆太氏被子通帶去龍歸洞溫公溪住。生二子子通子福。

池婆太。號有通。居長。生二子胡清。海。

子通公。深受：永和。貴通：貴深。生四子。移興寧縣。龍歸洞。溫公溪住。

此四名。未審有別字否。此函係民國十二年十二月二十五日接得。

。素有是志。前數年採閱贛_{贛州。南昌}粵_{校縣。大埔。}及敝鄰縣。_{永定}

家鑑史。到都大同小異。愚再加入閩汀者。確悉忠簡公之後裔乎。茲另抄世系一紙

探閱。與南昌興國譜校正。供諸 列列宗先生參閱。以備校正。庶增光於萬一也

廣侯敝省崇安縣人。八族衣

冠。入閩。本姓亦有一族。

至忠簡手澤軼事。難以詳述。不過抄寫一二。援管匆匆，不盡縷縷。蕭此謹頌公安

貴省諸父昆均此問候。

　　　　　　　　　　　　上杭縣第十四區公立第一高等小學校長及西一區森林保衛團董

　　　　　　　杭胡氏修譜總理。

　　　　　　　上杭縣修志協理員。　　榮光頓首上言。　　民國十二年古四月十四日接得。

廣東胡貽孫弟兄致永南函

綏珊　綺仙　雨三　列宗丈尊鑒。春正初旬。奉到去十一月廿九日，賜函并委託書一

件。議案一件。素民先生函一件。次第捧讀。仰見 列宗丈關心族派不惜旁搜遠引剖

釋疑終函以求信令傳後。無任欽佩。_晚蒙過獎。愧不克當。復承 列宗丈不棄。以

保管祠址。鄭重見_晚委。_晚自顧力量棉薄本難勝任。重以 列宗丈八千里路一片血誠

。只得仰體守先之意拜。受來書。勉承 委託。今後之保管有責。萬不敢放棄職權。

致勞 遠念。所以久未答覆者。因敝省黨派之戰。潮汕及惠州。係彼此必爭之點。五華適居惠潮中間。此往彼來。甲退乙進。自二月至今。縣局之變。反覆無常。縣長一職。業更換七次。地方人民之備受兵禍。更不問可知。幸吾族地非衝要。倘少直接之害。然風聲鶴唳。一夕數驚。均飽受恐慌矣。因而魚鱗雁足阻礙難通。久勞盼覆。殊深抱歉。承 飭訪求龍歸洞溫公溪之地名。係廣東何縣轄境。此段歷史。祖鄉向無傳聞。故不知龍歸洞溫公溪之地名。其是否有無。確在何縣。實無憑考。查所 示富順縣思敏公祠譜載各節。晚所見者。祖鄉無此傳本。想係別井離鄉之初。姑守此無稽之記載。混錯之弊。竊恐難免。近查報載。貴省又罹兵禍與敝省同病。未識 尊處有直接損害否。敝縣今年兵禍而外。春夏亢旱。夏秋之交。一月三次洪水。舊六月十四。則洪水而兼風災。農作物損失極大。現當水災之後。八月復旱。百物奇貴。雖在收穫時期。銀幣十兩。僅買米六升至七升。倘借燕米輸入。始有接濟。豬肉每斤價銀四毫。牛肉每毫七兩。生活程度。驟然增高。來日大難。令人心悸。 貴處物產素豐。蓋藏饒裕。比之祖鄉。想不啻天堂地獄之分。引領蜀江。神馳左右。肅此抄覆。敬請聯安。並候 閤族鴻禧。

胡氏族譜

族晚俊淵謀全頓。八月廿一日 民國十二年陰曆九月廿日敬到

素民宗長執事 大鑒日前奉到 大函未即裁覆委因家綏兄大病初愈一切函件均未呈閱今幸病躬定全復舊適值廣東胡貽孫覆信由郵遞到即將 大函曁貽孫函並前月奉到閩函一併呈請家綏兄鑒核當飭依函照覆并附呈閩粵兩函統希 保存為荷此請 籌安不具

綺仙胡永悅覆 福曆九月廿三日

附录二　清代泸州胡建章移川禀呈及与原乡往来信函

此为泸州衣锦乡喻寺熊桥《胡氏族谱》所载迁川禀呈及书信。据《谱》载，清康熙戊戌年（1718）八月［实为：雍正丙午年（1726）八月］胡有裕携孙胡顺生、胡俊生、胡兰生等前往四川泸州衣锦乡喻家寺落业。八年后，雍正十二年（1734）正月初八日，胡有裕之子胡建章由广东省长乐县携子胡茂生、胡捷生、胡嵩生全家迁川，与父亲及三子团聚。此为迁川后，胡氏家族往返广东与四川的书信及其他珍贵资料，是十分罕见的反映移民初期迁徙历史的乡土文献，特摘录于此。

移居四川禀呈（雍正十二年）

【提要】此为胡建章与茂生、捷生、嵩生三子于雍正十二年（1734）正月初八日由广东长乐启程上川，前往四川泸州与父亲胡有裕及顺生、俊生、兰生团聚而呈交官府的禀呈。

具禀状人胡建章：为禀明事。

切身家窘，因戊戌年（1718）八月①内，有父胡有裕帮带身男胡顺生、俊生、胡兰生，祖孙男妇前往四川成都省管下泸州衣锦乡地名喻家寺水洞子胡家大湾暗桥坎上居住。惟身尚同男三人在梓，各住天涯，父子两地悲思。今身念老父八十余旬，幸天庇佑康宁，男今旋益忆老父在川，欲图完聚无。现奉上宪饬行，严禁差着拦阻，只得禀明仁爷，恩准蚁身前往四川省，得以一家骨脉完聚。感沐天恩，诚非浅矣。为此沾恩，禀明老爷台前，恩准施行。

批：准尔禀明。

---

① 实为雍正丙午年（1726）八月。

顺生、俊生、兰生致广东长乐函

【提要】 此为胡顺生、俊生、兰生雍正丙午年（1726）迁川后，寄给父亲胡建章的信函。信函大意有三：一是介绍迁川置业经过。自长乐出发，一路先后与胡勤尧、邓任绅、胡君凤等同行，在湖广新坪产下一子，最后抵达隆昌县北门与表叔邓任英居住及买牛、置业等情；二是表达不能回乡侍奉父母左右的遗憾及思念之情，同时介绍了川内米价、迁川所带盘缠及迁川途中所见生离死别之事；三是代为转达妻家问候及同来或后来之乡亲近况，亦请代为向家人问候。此信作为清初移民大潮中的一份重要史料，对移民迁川路程、过程、落籍、置业及途中见闻着墨颇多，尤其对迁川与否的利弊分析更为到位，是一份难得的乡土文献。

字禀严父大人膝下：

不肖男自丙午年（1726）九月十四日在家起程，同叔勤尧共写①船只，长乐县前起岸，同伴至江西黄坳分手。我弟兄先行途中，遇及邓任绅兄弟、叔侄家眷，一路同伴。又兄胡君凤亦是同伴，至湖广新坪。十二月初七日酉时，不肖男顺生生下一男。在此打住五天，托天地祖宗庇佑，一家大小人口清吉平安无事。至丁未年（1727）正月三十日到此，在四川叙州府隆昌县北门［外］，离城不过四五里路，仝住系表叔邓任英。一下至二月初五，写有田，种一大担，租谷十担。依原乡之升斗，要三十担谷，方纳得过。值至七八月间，收完谷，有七十担，系原乡小斗。既尽此年耕作，意欲迁徙他乡。来岁未知何处耕种，或十里五里，未可晓耳？家乡带来银两，到川所剩八两，买牛一头去银五两，余置家物、人工，亦并未借银等情。入屋后，俊生在家耕种田土，顺生仝兰生在外生理。

---

① 写：方言词，租赁。

今不孝男远别家乡，不能朝夕侍奉，不知父母身体康健否？为子者朝夕思想，时里在怀；纵欲亲身回乡，究（境）[竟]山川遥远，非几日可到。所可恃者，尚有兄弟在家耳。兹因人回，禀上我父母在家宽心，不必因男远行而忧虑也。至若男之回家，或三年五载。

若目下看川世事，无甚好处。切勿父母因男在川，而思川之念更殷。还宜留心原乡为高，田无陂圳，水无坑源，亦未见有放鱼池塘。若问风水宅场，更不相干。若买田地，父母辞世有坟墓葬，否则难言之矣。独此一事忧虑更大！求衣食者得力者，不至饥寒妻子；生理[赎][换]银不及原乡，如米谷，有几县或三文、五文钱，可买原乡升子一升。若成都管下地方，米谷与原乡无异。

倘后转或有兄弟、亲戚要思来川，每人一口名下盘费银三两，所剩有牛本、食用亦不相干。或有银三百、四百两，仍然在原乡可买地方落业。况进川一事，路道岖崎，甚是难行。途中有父子、兄弟、妻儿埋怨者，不啻有千万矣。有风水之人，妻儿人口保全，不然丧失妻儿者亦有之，丧失父母者有之，非轻举也，非细故也。

兹因人便，特举草字，禀告双亲老人，保重身体，子之不能朝夕奉侍，实子之罪也！宽容几载，方能转原乡，亲身面禀。

再，我兄弟外行，亦不知家乡何如耳？望寄回音，男等始得宽心。

再，仝年弟陈亚满仝冯登龙仝伴至四月到，在予家住有几天后往内江，去陈文略处生理，亦未转知。余不尽言，特修字禀，奉上双亲大人膝下金安！

不肖男顺生、俊生、兰生字奉

广东长乐下湖寨恭文、裕文致四川泸州胡建章函（嘉庆十四年）

【提要】此为胡氏迁川一百年后，由广东长乐胡建章之侄胡恭文、胡裕文寄来的信函。信函大意有二：一是对胡建章及家人的深切问候；自受胡建章委托，原乡先祖宗祠及坟墓一直代为祭扫等情；二是胡建章曾寄书信，奈中途失落，盼再寄信函，以畅叙情感。

嘉庆十四年（1809）十二月内，广东省长乐县下湖寨十六世恭文、裕文之信：

一声云雁传信，几朵霜花坠地矣。际兹题糕令节采菊佳辰，伯父大人谅必福祉享嘉，特未由面晤，殊恨无缩地之方耳。忽五月内，有士德兄旋乡，愚询及知之伯父近年来福祉频嘉，合门财丁两旺，不禁幸甚！且伯父仁人也，当春露秋霜之余，应不忘木本水源之思，而耿耿以祖伯父、妣之坟茔，远隔故乡为念矣。虽然，要不必过虑焉。自交我祖代祀以来，至今每年祭扫无缺，所遗蒸尝亦俱存焉。语云："受人之托，忠人之事"，愚安敢负所托乎！况祖伯父讳严，与吾祖讳岂，本属同胞手足。代祀之责，愚兄弟义亦不诿矣！但七月内清月侄回家，说伯父处曾寄有音信并名单，俱概路途失落，并未交至愚手，祈另修寄音可也。至家乡之事，士德兄既知之悉，概可询问而知，无容愚之赘述者也。余不尽宣，仅此达上贵翁、信翁伯大人尊前，暨列前叔侄兄弟均览。

愚侄恭文、裕文仝拜

此信有劳十五世维华之子名士德，在广东下湖寨，自嘉庆十四年（1809）九月内起身，至十二月内到泸州。

嘉庆十三年（1808）十月内，有广东下湖寨十世祖讳时公子孙、十七世名清水，到四川泸州伏龙乡牛滩大山沟砖房家内，又至衣锦乡各房伯叔家下，问及原乡广东祖坟，系我十三世祖上川之时，交与岂公之子孙十五世胡辉华、胡光华、新华弟兄祭扫看守，买有祭田收谷。每年祭祀费用，有清月来川说知。光华弟兄三人俱故，只有新华一子名恭文，辉华一子名裕文，在下湖寨居住。川中子孙带信，要带与恭文、裕文。可知言光华子孙尽移居云南米粮坝去了。川中若要带信转广东下湖寨恭文、裕文二人，信内要写:"我川中带回银两,在下湖寨买有祭田,交与恭文、裕文父亲管耕、收租,子孙永远每年祭扫坟墓,费用不得有误。"

后录邕公之派时公之后。

嘉庆十五年(1810)二月廿八日敬文来川,至家所录。

附录三　胡氏家族发展史文存

民国仁寿煎茶溪揽祥埂新修胡氏族谱序

【提要】 本篇为四川省议员、威远县人胡素民于民国二十七年（1938）为仁寿煎茶溪揽祥埂《胡氏族谱》撰写的序文。在序中，胡素民回忆了与胡永南、胡永悦、胡世鼎十余年来讨论族谱编修的经历。胡素民披阅族谱后认为该谱"条例谨严，序次有法，既非虚造，又重本源"，是一部信谱。作为胡氏后裔，且对族谱颇有研究的胡素民在《序》中指出，胡氏自妫满受姓两千余年来，两汉世系多属伪造，以下之华林派、忠简、万九郎世系亦多错乱，实难折中，应存而不论。他进一步提出了"修谱要义，最重传真"的指导思想。将广东以上始祖，列出世系，留以备查；广东以下先祖，详列世系，视为信史。此举既"合神享其类之义，又无数典忘祖之憾"，为当今族谱编修提供了指导性建议。

仁寿粤系族人绶珊、绮仙、握纲诸先生，约十年前常持族谱来省，就商于予。时予正从事于此。讨论之余，更分函赣、闽、粤三大祠堂，往来书（扎）〔札〕，积久成帙。又聚族而谋去取，筹刊刻，今其谱成，嘱予为序。

予观其条例谨严，序次有法，所有征求各地文字，一律存录。既非向壁虚造，尤见郑重本源。披读一周，乃乐而为之叙。曰：

胡氏之所自出，见于文字者，以《蔡中郎集》为多。然观其《集》中《太傅胡广碑》《陈留太守胡硕碑》，一则曰："其先自妫姓建国南土，曰胡子，《春秋》书焉。"再则曰："其先与楚同姓，别封于胡，以国为氏。"同一家人，而溯源歧异若此，固尝叹其博而寡要，不足传信也已。今观外省抄来胡氏世系，妫满以下，证以《史记·陈世家》，固已纰缪百出；汉后更属伪造，不堪寓目。延及晋世胡藩，称为"华林源流"，其实藩字道序，不字通彦。其子见史者，有隆世、遵世、诞世、茂世，无名镇者。杜撰名号，尤其可笑。至忠简公后裔，粤谱以万九郎为忠简十代孙，闽谱以为玄孙，两谱悬绝，折衷实难，亦宜存而不论。虽吾入粤始祖有通公，闽粤谱皆指为七郎八世孙。两处同词，似乎可以依据。然查胡时[1]在明，筮仕洪武，其人确系七郎四世族孙。吾祖有通生于元初（1299年）[2]，辈次何至颠倒乃尔？况有通公次子十郎，上与堂曾祖父明广生年仅相差一岁，更万万无是理。

予意修谱要义，最重传真。有通父、祖名字犹未分明。固应以粤中开来生卒年月为断，以上世次，留以备查可也。昔狄青不祖梁公[3]，洪武不宗朱子，时代相距仅百数年，尚且郑重如此。设少许事实，犹待征求。信以传信，疑以传疑，亦只有断代为记之一法，既合神享其类之义，又无数典忘祖之愆。异日再有所得，由分而合，亦属易事。最足夸者，吾家谱牒，历年七百，日月联接，无或间断。而仁寿同宗，踵事增华，编纂多年，卒成信谱，予幸列名其中，窃自多已。

民国二十七年一月六日，威远县胡翼素民甫叙于四川省党部

新修揽祥埂胡氏族谱序

【提要】本文是胡永南所撰谱序。序文开篇对胡氏得姓之源、发展演变及家风略作阐述。在阐述修谱起因时，胡永南指出，清末民国之际，西学东渐，社会改良，家族子弟，沾染西学，抛弃传统。为"明血统，序昭穆"，胡氏家族自治会倡议修谱，历时九年，始告成功。序文将修谱人员

---

[1] 胡子俊，讳时。《永定志》载，其人淳良忠厚，以明经教授于乡。歧山陈倪、段阙等，皆其门徒。又云洪武八年己卯岁，杭尹刘享荐杭庠训导教人。
[2] 《谱》载有通生元成宗大德三年已亥岁（1299）。
[3] 狄青是宋代名将，曾有谄谀附阿之徒附会说他是唐朝名臣狄仁杰之后，狄青并不为改换门庭而冒认祖宗。他说："一时遭际，安敢自比梁公。"由此可见，攀附名贵为世人所不齿。

名单开列于后，再现了清末民初社会转型之际，胡氏家族希望通过修谱以凝聚人心，保持家族稳定的意愿。

惟帝舜绍尧而治，妫汭启祥，惟有周封陈开基，瓜瓞志瑞。亦越有宋，婺源学派，遂倡宗风。道学之椎轮，礼教之渊薮也。沿及民国，异学繁兴。社会改良，家庭革命。新学巨子，倡言于上，无知小民，响应于下。滔滔皆是，吾谁与归？族父老惧莠言之易惑也，圣教之渐夷也，因谋于余，创设族自治会。亟于会中俊秀，遴其学优而有智识者，分司修谱之任，凡以明血统，序昭穆也。余不敢以老朽辞，爰为之发凡起例，俾族中俊秀分纂之，而总其成于余。草创于七年（1918）夏，越十六年而竣事，刊印既毕，特志数言以弁首，俾后有考焉。

修谱名录

总修：永南

协修：永悦、永钰、世鼎、世烈、世炜、世品、世锃、绍龄、绍泽、绍沅、绍勤、绍植

采访：永悦、永钰、世鼎、世烈、绍龄、绍泽

核对：绍燮

誊录：永光、世堂、绍纹、绍江、绍鸿、绍魁、绍栗、绍箕、绍勋、宗蠡、宗彝、宗渎

族规小引

【提要】此文是揽祥埂《胡氏族谱》所载胡氏家族族规。原旧谱有骈文小引二百余字，因残缺不能识别。故将宗族族规十四条原样抄录于新谱之中。

阙。谨按原谱前列小引骈文，约二百余字，惜蠹蚀泰半，残缺不可卒读，未敢妄补，谨从阙。

一、宗牒宜法欧阳氏之例。上自高曾，下至玄孙，以五代为提，即

《礼》五服之义也。玄孙再提而为九世，又再提而为十三世。至于提之无穷，皆五服之义。由上而推，则见渊源之所自，由旁而推，则见子孙之多寡。

一、立家长①。家长当秉公仗义，剖断是非。临事不可徇私，当为族众解纷排难。或有误会，子侄辈进谏，必肃然起敬，毋稍激烈，致伤和气。为之长者，亦宜从谏如流，以期两有裨益。

一、崇科第。子弟游庠掇科，到祠祀祖，宜奖给花红，从优招待。以昭激劝，用光族党。

一、禁争斗。尊卑长幼，或因小纷而伤大体，轻则原情处息，重则鸣族处罚。如因田产、财谷不明，须善为处置，毋任尊凌卑，少侮长。陡生巨变，酿成奇祸，使当事者，辄逞武力，尤为至要。

一、守礼法。族内子孙，毋论士农工商，均应恪遵太祖皇帝六训，毋忽。

一、齐心志。外侮朋兴，或内乱迭启，毋任宵小辈澜言嫁煽。务须投明族众，公推族人之明白事理者，代为排解。

一、勤救济。族人本分，而或被外人无故欺侮，财尽力竭，势无如何。当宣告扶助，以拯救之。

一、谨嗜欲。族人不得任意欲色，多置姜婢，致家人勃溪，己身亦斫丧元气，后悔无及。

一、重嗣续。无子而抚嗣承挑，例应先尽亲房。如亲房无相当之人，始降而求诸从堂伯叔，循是类推，无稍紊越。服穷始得立爱，不许互相竞争。

一、谨职业。族内子孙，有为人义子，及为隶卒，或敢为盗贼；并妇女改嫁为人妾，或降为奴婢者。要宜削其名籍，毋任玷宗。

一、勤祭祀。祠堂之设，原以尊祖敬宗，序昭穆，辨尊卑。春冬举行

---

① 选家族族长。

祀典，咸宜诚肃。先期一日，演习礼仪。凡执事子弟，毋任托故不到。

一、订日期。历代祖坟，定期祭扫。或于清明佳节，冬至良辰，必齐必肃，藉报宗功。

一、严越葬。各处坟外空地，经族众认明，无碍风水。坟禁准予进葬者，族众始得旁葬。凡有限制处所，概禁进葬。违者，以盗葬论。

一、谨遗授。祖宅屋基，富贵之根，兴废攸关。凡居是宅者，不可任意建筑，伤龙坏脉，即生计所关，亦不得另卖于外姓。倘有设计图谋者，当鸣族众解决之。

以上各条，凡我族众，皆应世代遵行，苟或违此，不祥莫甚。

谨按各传抄本，讹误滋多。匪但字句各异，而所列各条，亦或此有彼无，此无彼有。且其言间有未雅驯处，谨略为点定存之。期不失本文之旧。僭妄非所计也。

迁蜀记

【提要】 此为胡永南所撰《迁蜀记》，记述了迁川始祖胡登科在蜀地遭受张献忠之乱，全面残破的时代背景下，因在广东生存艰难毅然携子及媳迁川创业的经历。文中对胡登科辗转迁徙、佣耕为生、艰辛度日、勤于奋进的历程记载颇详。至第三代，族分四房，家业千亩，成为当地大族。此例为千万迁川家庭之生动缩影，留下了珍贵的迁川记忆。

长乐为粤岩邑①，地硗确②，多不毛。居是者，率野不文，广之人嘲人之朴者，辄曰"长乐老"。太高祖登科世居是，农务自给。会明社墟，清主中国。献逆屠蜀，川东南（殁）[殆]遍，加以姚黄匪患、饥患、虎患、疾疫患，民无孑遗。牧斯地者，亟思招徕拯救。湖湘赣粤，民事赴焉如流水。科祖携子灿及媳谢入蜀。相传公迁蜀时，尚有亲生女一，然年湮代

---

① 指险要的城邑。
② 指土地坚硬瘠薄。

远，其寡女欤？抑处女欤？渺莫得其详矣。今钩稽参考，仅知科祖妣廖，殁葬于长之员山寨塘尾老宅，并水塘而已。

然俶装何日？戒行何日？迄无从起九泉而一一询之。默计当日，行李萧索，跋涉艰难。父女夫妻，谅必日筹夜度，久之又久之，而始出此一举也。偕行有无伴侣？负载有无同人？顾第弗深考，亦莫知其所出途。当必由长而赣、而康①、而衡、而湘、而转黔，迤逦而始达于泸州郡治，暂栖息附郭潘家沟，赁田耕作。未几又迁于新繁。繁邑距省较近，其膏沃为蜀冠，自邻省来者争趋（马）[焉]，佃耕不易。乃东徙于简州龙泉驿，地之沃次于繁，然附省近者亦益多，恒有竞争患。于乾隆八九年间（1743—1744），迁于仁寿县煎茶溪之揽祥埂。此地壤僻人稀，殖子孙者率不介意，公顾而乐之。灿祖辄曰："此吾食息佳处也，汝曹好自为之，毋令人笑予拙。"初至，佃耕傅姓业，耕作日恒倍，夜则偕家人纺织，不稍懈。镫尽而继以烛，烛跋而继以月光，无寒无暑，岁以为常。积久而生计稍裕，复积而丁口稍蕃，粤族人之来蜀者依焉。

相传族人有乳名叫猫贩子者，精青乌术②，暇与灿祖闲行屋右左邱垅间，谓灿祖曰："屋后不百步许，丛棘处，吉穴佃主傅姓荒山。也。曷礼讨之？以为若父寿域。"灿祖颔之。至乾隆二十七年（1762），科祖殁。灿祖遵猫贩子言，哀向佃主傅姓礼讨。傅姓人家慨然诺之无吝色，且欣助之，惟恐不葳事者。及开圹，穴左右皆古墓，中仅一席地，堪容棺。葬讫，举家向谢，复将古墓封殖之维谨。嗣是而家日益裕，业日益昌。至十年许，契购李家坝田房，今呼为"老宅"者是。沿至嘉庆十年间（1805），科祖孙遵汉等，四房分爨，已有水旱田千四百余亩矣。呜呼，盛哉！计灿祖侍科祖迁蜀，行李不过一肩。而灿祖末年，上距科祖之殁，仅三十年弱，而田地已千余亩。科祖生平艰苦，身享九十八岁上寿，则信乎天之报施若人

---

① 指清朝江西南康府。
② 即青乌之术，指阴阳地理风水。

者，在彼不在此也。《谱》成，谨补为之记，虽仅得之传闻，然皆确有可据。其他言不雅驯，及语之不根者，概略焉。

揽祥埂胡氏开基始末记

【提要】 此为胡永南所撰《揽祥埂胡氏开基始末记》，记述了迁川始祖胡登科及子胡灿英迁川后在揽祥埂开基立业之经过，主要阐述家族人口繁衍、产业发展、四房分居、科举功名及儿时与祖父、祖母共处的趣闻轶事等。

呜呼，盛衰贫富之理，虽曰天命，岂非人事哉？昔我太高祖登科府君之由粤而蜀也，筚路蓝缕，得以田园贻后代，有簪缨①，瓜瓞蕃衍，丁口多至千余。此固苍苍者报施之厚，昭昭不爽。抑亦我太高祖，及高祖之积累厚，而贻谋之远且长也。间尝就其可考者记之。伏考灿祖于泸州潘家沟生汉公，为清雍正七年己酉（1729）。而其生第二子潮公，则在新繁南门外王家碾，为乾隆二年丁巳（1737）。中间相距十年，是科祖在泸佃耕不过数岁。由新繁徙龙泉驿，亦仅数岁。以潮公生于繁为丁巳（1737）。而三子湘公之生，则在揽祥埂。传闻灿祖实生子五，其第三子，出抚于简州本宗，亦系新自粤来者。先辈简朴，《谱》未载其事，并失其名。且其名，且其为第三子，亦仅传诸老族人之口，并云"出抚子"。道虽远，其岁时亦或通往来。嗣因灿祖四子，正勃发未艾。而"出抚子"家尚如旧。谢祖妣，恐家人或有形迹嫌，遂于某年岁首来贺时，临去脱银手镯二赠之，挥泪嘱"勿复来"，自是遂绝。今其后嗣，闻亦蕃衍，家计亦裕。究居于简州何地何场？则其详不可得而闻矣。世传科公至泸，仅佃耕千钱地，日赁棉一斤，媳谢祖妣纺以佐饔飧，亦云苦矣。而迁徙靡定，大约乾隆八九年，始卜居仁寿煎茶溪之揽祥埂。计科祖入蜀，年已六十有三，又辗转几

---

① 指世代作官的人家。

二十年，而始达于揽祥埂，计年已八十许矣。居埂十有余年，至乾隆二十七年（1762）而殁，享寿九十有八。犹得亲见子孙蕃昌之盛，此殆有莫之致而致者欤？乾隆三十九年（1774），始著籍于煎茶溪附近理嘉坝。不三十年间，而田连阡陌，马腾于槽，车轰于市，俨然素封①焉。噫！是果操何道以致此？惎之者辄曰："掘有窖藏。"其然耶？其不然耶？嘉庆八年（1803），购石巩河包姓业约万金。事竣不年余间，汉公四弟兄遂分居。以潮公长女适华邑魏姓者，为嘉庆十二年（1807），生于籍田铺樊家坝证。证并旁考《魏氏族谱》，朗然可凭。吾故曰："著籍不三十年，而族以大发，类素封也。"当时风俗淳厚，男妇均勤苦耐劳。儿时先王母为述往事，详言四房剖居后，凡年时庆吊，各妯娌预期亲携刀匕，往为饮助馔具。先父上年偕永南赴饮建斋舍，辄指以示曰："某树，余儿时探鷇卵处；某舍，予儿时捉迷藏处，皆随母贺岁。至此，年以为常。今历历犹在目也，小子识之。"又元珍妣氏周言："幼为养媳，七八岁即来归。时则遵汉公四房尚未分产，犹聚理嘉坝老宅。每逢农忙日，辄偕家人赴溪西地耕作。溪水深，苦难涉，早晚皆以牛渡。午送馌焉，然伯叔母辈，皆怀置麻觑。耕者倦而憩，则乘隙绩不休。"并云："当日男子，只知外而耕，若家中以簸以扬，及溉艺蔬圃，则茫乎未知习也。"后人闻之，或以为怪。然岂知我祖之稼穑开（墓）[基]，克勤克俭，而乃得有今日也。今者诗书鼎盛，子孙备极文明矣。然抑知文明之启于元珍公乎？初，元珍公之奋于学也，时则家门殷富，族人济济，珍思以学自异也。于是键户读书，积久有得。出应试以发展所学，乃屡踬试场，旋仅以佾生送学官备。数公呲焉，遂以纳贡博堂上欢。而寤寐间，绝不设侥幸想，自是而族人知向学矣。迤逦而至于道光中叶，先严倔起弱冠，而即以雄于制艺闻。屡州县试，辄高列出侪辈，几获案首者数矣。清制："凡州县试，案首，必游庠。"入考者，健羡

---

① 无官爵封邑而富比封君。语出司马迁《史记·货殖列传》。

之。己酉（1849）赣吴禹门大令，宰邑事，擢先严案首，时称得人。庚戌（1850）游庠，遂为我族科第先声。未几而永恬而元第，相继采芹，文学为我场冠。邑称"读书世家"，辄以我族为最，相沿至于今日。而采芹，而食饩。或以经史小学名家，或以词章考订擅场；更或以畴人天算，见重于时。师法相承，代有其选，又不徒斤斤称快于侥来科第也。惟是文章盛矣，而族人之食指亦日增。为四房子弟，尚有嗜学如昔者乎？并各营职业，精选焉以为前人光乎？迩者新学说灌入人心，末学之士，间有醉心平等，而误入歧途，且有龈龈于权利，而不为纤毫让者，族之人其懔之。

揽祥埂开基以前社会状况

【提要】本文是胡氏开基前对揽祥埂社会状况的描述。经过明末战乱的四川社会，虽经移民披荆斩棘、艰苦创业，但仍人稀土旷。直至平定三藩之乱，民心始安。移民初来，一心农业，仅省城间有商贾，偏僻县城依然处于蛮荒状态。当时各地教育尚不发达，私塾仅授识字算术。嘉庆以后，揽祥埂始有邹君以学名显，为学子榜样。随后，胡氏一族取功名者辈出，皆以邹君为楷模。本篇概要描述了明末清初四川移民社会农业、教育等情，对于了解清初移民生存状态及社会文化演变有一定的史料价值。

献逆屠蜀后，荒芜满目。自邻省民麇集，为斩荆棘，辟污莱，沃壤渐出。获刈者，利倍蓰。惟人稀，恒有土满患。凡后来者，均殚心于农业，不暇他顾。加以康熙十余年①后，吴逆始平。居是土者，始获安枕。日出而作，日入而息。熙熙然，几不知耒锄外，尚有何事。会垣五方杂处，间有商贾托足。至偏僻县治，如吾仁犹在狉獉时代②。乡村童子学塾，亦只教以浅近文字，命识姓名，谙会计而已，逾是者靳焉。场属自嘉庆以还，前辈邹君仅弟

---

① 误。当为康熙二十年（1682）。
② 指草木丛杂、野兽出没的原始野蛮时代。

兄等，始以学名，所作制艺，颇有家法。虽平日提倡，专在帖括①，而当日风气未开，乡之人固奉为圭（闑）[臬]②也。春风时雨，化洽乡间。及门弟子，得以登贤书者数人，士人艳之，相率而习八股者，翕然宗焉。我族优秀份子稍后出，闻风兴起，俱以邹君伋弟兄为泰山北斗云。

揽祥埂开基以后学风通塞状况

【提要】胡永南以揽祥埂为缩影描述了四川近代以来学风演变脉络。他指出咸同以前，蜀人墨守旧说，既无师法，又缺典籍，且四川僻处西南，购书不易，士子多循旧辙，学风凋敝。同治以来，张之洞入蜀，整顿科场积弊，扭转士林颓风、振兴学术，培养人才。蜀人始知学，各有门径，学风丕变。这一时期西学东渐，士子多讲西学，中学荒芜，导致世人之忧。光绪以来，列强环伺，士子及世人知外国之事亦多，中西之学并举，孰优孰劣，难成定论。最后，胡永南指出，新旧之学各有优劣，士子应以"撷其精华，弃其糟粕"为原则，"以旧学为根本，以新学调剂之，补益之"，以期不失古圣先贤之意。本文虽描述近代四川学风之演变脉络，亦可见胡永南清末民初之人，深受新旧学说影响，对新旧之学采取的主张，足见其学识与创见，已远超同时代之人。

咸同以前，士人多墨守旧说。束发受学，皓首穷经。日汩没性灵于高头讲章，以为圣道毕在是矣。其稍能读书者，又苦于无师法；经史各学，不知从何书入门。且蜀僻西南，购书恒不易。弇陋者无论已，即聪颖者，亦第循行旧辄而已。学风凋敝，莫是为甚。自南皮③督蜀学，力倡读书稽古之说。

---

① 唐代举子把经书里难记的句子编成歌诀，以便诵读，称为帖括。后来通指科举的文字，比喻迂腐不切实用之言。
② 土圭和水臬。古人测日影，正四时和测度土地的仪器。比喻行为准则。
③ 张之洞（1837—1909），字孝达，号香涛，晚清名臣、清代洋务派代表人物，直隶南皮（今河北南皮）人。他任四川学政时，与四川总督吴棠一起在成都建立尊经书院，延请名儒，分科讲授，仿照阮元杭州诂经精舍、广州学海堂的例规，手订条教，并撰写《輶轩语》《书目答问》两书，以教导士子应读什么书，应怎样做学问以及修养品德等。

先从《说文》始，岁试后，刊发《輶轩语》《书目问答》二书。蜀人始知学，并知各学各有师承，各有门径。而南皮之宏奖风流，不遗余力，绩学之士，得以启其扃而窥其秘，学风丕变。南皮实百世不祧之祖，或謟南皮后，制艺稍衰，此者浅见寡闻者，藉以自文其谫陋也。惟自洋印盛行，而自古不经见中之秘书，遍散布于天下。有力之家，反因购书易，而学以渐芜而荒，渐荒而杂，此亦世道人心之忧矣。先是道咸间，魏默尔、何秋涛氏，最讲东西洋学。光绪以还，外力日益膨胀，海禁遂弛。而学人始知中国以外，尚有大于中国者，为某某等国。且附于东南一带，瓯脱①尚如是，其不可胜数。且轮轨机械之利，詟我神（洲）[州]，皆由其科学发达所致。戊戌变法，于是乎讲学者，又变而讲东西学。驯至今日，新学繁兴，旧学日以退化。舰世运者，或抱杞忧。而以平心而论，旧学固有缺点，而新学亦未必毫无偏长也。是在承学之士，撷其精华，而弃其糟粕。以旧学为根本，而以新学调剂之，补益之。以期无失乎古圣先贤之真意而已。此吾族开基以后之学风大凡也。所愧学殖荒落，语焉不详，谨缀其崖略，以为后世子孙读书者劝。若有意深造者，《輶轩》具在，曷购读之？

补志科祖圹记

【提要】此为胡永南补写的迁川始祖胡登科墓圹记。胡永南在文中全面回忆了胡登科定居揽祥埂后，在墓址选择、墓地培修、家族祭祀、墓地管理等方面的基本情况，最后撰铭文一篇，以赞扬先祖胡登科迁川创业、惠泽子孙的伟大贡献。

谨按公生于粤长乐，入蜀，殁葬今揽祥埂。族人所谓四房发福吉域也。相传公未殁时，有粤族名猫贩子者，随来川，逸其辈行，客于公最久。每谓"宅后田主傅姓荒山棘处，吉壤也，苟厝之，福无量。"及公殁，

---

① 边境荒地。

灿祖向田主情讨之，傅氏慨允无吝色。旋傅氏售业，属于墓四维数丈许，各折断树枝为记，即以为胡氏墓界，勿任买主侵占。越道光三年（1823），经仁瑞各祖，复将傅姓上年售业，完全购得。揽祥埂全山，始为胡氏所有。遍种松株，积年成林，迄今巨者围六七尺，若抱若拱把，何啻三四百株。蔚然大观，地灵人杰，土人呼为胡家大坟山云。墓穴左右。均前代古墓，隐不可辨。瘗处距古墓仅一二尺许，穴前后古墓，仿佛今犹存，惟相距稍远耳。距墓右稍上，约十余步，一墓岿然，相传为科公女墓；或又相传为灿祖殇女墓，又曰殇子墓。考之历代各房手抄谱本，亦未著有明文，盖世远年湮，老辈之沈寂也久矣。春冬二祭，合族上墓，相率致奠惟谨，亦有其举之莫敢废之之意也。墓左五六步，为灿祖及谢祖妣合葬墓。《谱》载：灿祖初葬梅家垮，道光三年癸未岁（1823）十月初八日，迁葬科祖墓左山麓。有前清道光十三年（1833）竖石，族人名曰"禁山碑"。碑刊："一禁四房子孙不得进葬；一禁砍伐墓树；一禁报换首士，不得推诿；一禁祭期不得改易。以上各条，后人应敬谨遵守。"惟首士名目一项已消灭，统由族自治会经营之，树株由族自治会管理之，祭期由族自治会变更之。祠在墓右百步而近，每年清明、冬至上墓，族会长即于祠率众举行两献祭礼，惟慎惟敬，不敢稍忽，礼毕开族自治会，依案议决，俾族人有所统系焉。《会章》另载。铭曰：

于铄我祖，导源长乐。服田力穑，胼手胝足。乃瞻蜀国，江水上游。古称天府，今号神州。土满人稀，地饶物阜。四海之冠，万宝之薮。乃谋于族，乃戒于涂。率西仙井，乃立室家。耒声破昼，机声达旦。饥不言劳，耄不言倦。铢积寸累，迪前人光。我疆我理，肯构肯堂。鹿水洋洋，丹山奕奕。瓜绵椒蕃，万世一系。

揽祥埂胡氏祠①记

【提要】 此为胡永南所撰《揽祥埂胡氏祠记》。胡永南在文中回忆了胡氏家族迁川以来，修建胡氏宗祠的过程。据文所言，胡氏一族，自雍正迁川至同治年间，祭祀先祖多为墓祭，四大房轮流承办，向无宗祠。同治之时，购买当地傅姓老宅，改建为祠，并于民国初年成立族自治会，成为全族的领导机构。最后，胡永南深情地嘱托后人要珍视宗祠，多加修葺。

吾族向无祠也。有之，自揽祥埂始。先是科祖既殁，诸孙辈清明、冬至循例上墓，少长咸集，岁有常期。洎灿祖殁，而汉、潮、湘、海各祖析居。远者，或十里、二十里不等。乃谋酿金为尝款，以款付主者生息。俾年备祭品有差，上墓者祭毕，得以享馂余焉，历遵无异。此墓侧"禁山碑"所以"垂报、换首事、不准推诿"之条也。旋以白莲教肆逆，匪乱不已，主其事者，以多金故有戒心。不知历几何年，各将酿金分领之，不置首事。春冬二祭，四房子孙轮流承备，无稍懈。上墓者得就食于承备者之家，又不知历几何年矣。永南儿时上墓，犹约略记之。岁月不居，人事代变，此制遂废不存。族之人屡议收族睦宗事不果。清同治间，长房裔孙世学等，倡议族人丁会，年久积成钜款。适傅氏价售其祖业，遂契购之。傅氏即科、灿二祖旧田主也。惟价钜款绌，屡谋之四房裔孙元榜等。永南适于乡试后还家，与闻其议，怂恿成之。款不足继之以贷，贷不足继之以会，不旬日间，而傅姓业遂转为胡姓所有。而揽祥埂祠基，即于是肇始焉。后经若干年，又购产若干亩。民国建元，国政迭变，乡之人率罹其祸。族父老见世道之日非，风气之坏也。恒悄悄焉，聚谋数次，乃仿国家地方自治例，特创立胡氏族自治会于祠。以维人心、裕生计为宗旨。族之不事事者，咸有所瞻顾，而不敢为非。（比）［此］固祖若宗在天呵护之

---

① 揽祥埂胡氏祠堂位于天府新区煎茶溪街道青松村二组，祠堂遗址及部分房屋仍在，权属已归村委会。

灵，抑亦吾辈为子孙者，世守懿训，不为祸首，不为罪魁，有以致之也。尝闻登祠后高山，旷然远嘱，为问虞雍公之遗风，今犹有存焉者乎？伯生瑞竹园，今何在也？龙昌期旧居，近在咫尺。虽胜迹不可考，而著述流传，穆然想见其为人。后之视今，亦犹今之视昔也。祠成，为书其崖略于此。后有贤子孙，葺而新之，则永南之厚望也。

民国九年（1920）六月吉日四房裔孙永南谨述

煎茶溪理嘉坝老宅记

【提要】本篇为胡永南所撰。他在描述其族胡登科、胡灿英创业理嘉坝老宅之前，首先对该地明末以来的移民插占土地情况予以介绍，当时此地仅存明代老民谢、李、戴三姓三人，互为婚姻。三姓占据良田，谢姓为最，半为李氏，故称李家坝。后来自湖南的毛姓因嫌其田土贫瘠，胡灿英顺势购买，披荆斩棘、引水筑渠，修建田宅，历数十年，胡氏田宅，栋宇相连，气象万千，成为胡氏肇基之地。

理嘉坝旧名李家坝，后以全坝均族业，故易今名。宅业购乾隆三十八年（1773）。先是蜀鼎革后，叠经大乱，满地荒芜。相传溪市仅于溪流深处，伏水逃出颁白叟谢姓一人。今其伏水处，犹名曰"老人沱"。外又不知地段处，逃出难妇李、戴各一人，男女共三人。为保种计议配，惟老人二妻共共，仅得子二。遂议以谢氏血胤为嫡传，李氏、戴氏则恒易其姓以为嗣，历承其绪，不敢紊。以故兵燹后，附近溪市周十余里或数里，均为谢姓插业地，所有权即属之谢氏。谢氏既据此。以故是地泰半属诸李，故名曰"李家坝"云。坝稍洼下，享其业者，又任其荆棘丛生，而无暇以剪剔而辟治之。旧筑草舍数椽，亦剥落欲欹，无过问者。宅邻毛姓祖，自湖湘来，拟置产，辄夷焉不屑。灿祖就购之，邻之人咄焉。乃灿祖为疏理水道，开辟阡陌，相其高下而埤之削之，不遗余力，入恒倍。旋于乾隆四十年（1775）诛茅为屋，至翌年落成。昔之蔓草荒烟、虫吟蛇窟之地，焕然而栋宇联云，气象一新，过者恒啧啧称羡焉。当灿祖经营此地也，已不知费几许心力，几许筹画，而卒为四房族人肇祥基。此岂非科祖在天默佑之灵，而又加以数十代之积德累仁，而始得有此区区肇祥基也。倘所谓天者，非耶？

揽祥埂新修族谱记事

【提要】此为胡永南所撰修谱历程之文。大意有二：一是修谱起因。族中先辈几欲修谱而未成，导致族谱传抄，参差不齐。时值民国建立，风气变异，族人不安。后族内成立自治会，订立章程，虽兵祸连结，而族人平安无事。基于此，族人希望由胡永南完成修谱之事，以联族谊，以聚人心。二是修谱原则。胡永南遍辑原乡旧谱，发现胡有通以上世系，谬误颇多，不敢苟同亦不敢反驳。修谱时将有通公以上世系汇总存异，以下世系条分缕析、一目了然。最后，历时三四年完成修谱，并殷切希望胡氏后世子孙续修族谱，以继先辈之志。

揽祥埂议修谱者屡矣。永南儿时上墓，既闻族父老聚谋之，卒不果行。几以传钞谱本参差各异，无从是正，故也。迩者国体变更，风教顿异，族之人咸凛凛焉。民国纪元二年（1913）春，族之人谋于永南，仿地方自治会规简章，创设族自治会于祠。其于自治制、自治职，略具雏形而已。而生斯、哭斯、聚斯之众，咸受治于是会，而无敢稍轶其范围。虽兵祸连年，政变迭异，族人咸谨守焉，而无一人罹其祸者。吁！是亦吾族之光也。族父老以永南服务学界，刻无暇晷。属于暑假日，督子弟之俊秀者，竭力成之。邮乞粤长乐同年陈叔颖君，转函祖乡族人，久之未得报。次年又邮催复，始知陈君物故。覆函由其子陈培（炜）［玮］代答。其转致祖乡函件，复得到陈君力代催，展转不已。遂于　年　月后，族人贻孙械已著录，不具论。

嗟乎！登、灿两祖，由粤迁蜀，已二百年于兹矣。交通不便，祖乡无片纸只字之饷贻。今得此械报，祖若宗在天灵爽，想亦忻然色喜也。族之人亦盈盈聚语曰："今而后，始悉祖乡风俗、族姓蕃衍也。"吁，幸矣哉。惟粤中谱本，亦系手抄，自有通公以上，传抄本讹谬处不具论。汇别之，约有两种：其一种称系宋忠简公后，其一种又称系宋康侯后。类皆自何世，至何世，详其统系，持之有故，言之成理，亦似显有据依。书阙有间，后人不敢疑，亦不敢议也。复函乞祖乡族人，遍征旧帙，亦卒莫得其真。数典而忘，不敢苟同，亦焉敢苟异？拟议者久之。爰以粤谱之始祖有通公为断，有通公以上，则据旧本而两存之。有通公以下，则爵位里居，曩谱备载，条分缕晰，一目瞭然。既万派之同源，亦历代而无谬。昭示后人，于今为烈。发凡起例，永南总其成。族中贤俊分其任，匡其不逮，贶我遗闻，历三四暑假而殆蒇事。噫！亦何成功之难也。犹冀后之续修者，竟余志焉，是则余之厚幸也。

揽祥埂先今丁口产业盈虚纪略

【提要】此为胡永南所撰揽祥埂人口产业兴衰变化的一篇文字。胡永南在文中深情回忆了胡氏迁川以来至民国年间家族发展历程。尤其对家族人口演变和产业发展的兴衰变化描述最为到位。胡氏迁川始祖胡登科（1665—1736）于雍正五年（1727）携子灿英及媳谢氏三人入川。数十年间，佃耕为业，居无定所，先泸州，再新繁，又龙泉，最后定居仁寿揽祥埂。胡灿英生五子，其中一子抱于同乡同族，其余之四子，发展为四大房。嘉庆初年，因人丁众多，方始分家。至民国初年，胡氏丁口已达千余，可谓地方大族。胡氏迁川初期佃耕为业，房无片瓦、地无一垄，至第三、四代，已人轰于屋，马轰于厩，阡陌云连。至道光末年，四房产业合计达六千亩，家族发展至鼎盛。从胡氏宗族发展历程看，胡永南认为家族先辈"勤职业"的艰苦奋斗精神是家族发展壮大的密钥。

科祖入蜀，随行者，仅子灿及子妇耳。此外则行李一肩，身无长物，其艰难困苦，概可相见。相传尚有一女随行，其确否？亦未可知也。同胞则登金、登试，亦迁蜀。或偕行耶，或先之耶，后之耶，均无可考。《谱》载科祖至蜀之泸州，赁耕为业，灿祖生子遵汉。不知历几岁月，迁于新繁，在繁亦以佃耕为业，灿祖生子遵潮。后又不知几何年，迁于简之龙泉驿。又不知何年，而始迁于仁寿县之揽祥埂。蛛丝马迹，今尚历历可考。遵湘、遵海皆生于揽祥埂者也。综计灿祖，实生丈夫子五：汉、潮、湘、海。尚有一子，不知何名，出抚于简州族人。相传族人亦系由粤来者，与吾族为近支。外但不知族人居于简之何地，系何名称。灿祖子若干岁出抚？《谱》均失载。询之简邑胡氏，率多有知其事者，而索阅其《谱》，则云"谱未载"。吁，此诚（撼）[憾]事也。简与仁，虽壤地相接，而（拔）[跋]来报往，殊劳顿甚。维时汉、潮、湘、海各祖，生计鼎盛，已人轰于屋，马轰于厩矣。孙曾代起，阡陌云连。灿祖妣悯其往返之艰也，坚嘱"毋再来"。临行赠以银手镯二，嘱之曰："以此为纪念物，好为之，毋贻予夫妇忧也。"自是迹遂绝。至嘉道间，简族亦殷富蕃衍。迄今犹绳绳如昔日。呜呼！灿祖之遗泽远矣。计灿祖四子清乾隆四十年（1775）许，始购筑理嘉坝老宅。自是而至嘉庆初年，相距计三十年，产业达千四百亩许，丁口亦日渐众，四祖始析居焉。遵潮迁居籍田铺，遵汉迁居石巩河，遵湘、遵海仍居老宅。斯时也，人勤职业，咸思自奋以异于众，不敢稍耽逸豫，又善为节省，故各以其业所赢者，广封殖以自雄。及道光末年，四房产业，合计达六千亩，此为吾族极盛时代。洎咸丰以后，惟四房遵海后裔，日益盛。然距今五六十年中，亦渐衰矣。谱修未竣业，丁口诚不可确计，惟近数年前，上墓开会，列筵席达八十余座，约计未到祠者，当尚有五与一之比例。生息日繁，而生计日绌。吁！是诚可虑也。

佚闻汇记

【提要】 本文系胡永南根据幼时所听的先辈口传族事而写下的关于家族历史的一篇佚文杂记，为的是使后人知晓先辈德行及创业的艰难。主要记述家族迁川后的辗转历程、修建宗祠、产业发展及与宋姓官司等情，并对本支系重要人物事迹及家族功名情况进行描述。作为一篇重要的家族发展史料，文中尤其记载了迁川祖胡登科写的《行路难》一书及祭祀先祖的一枚鹰洋，是一份难得的迁川亲历者的见闻经历及实物证据，惜未存于今。杂记同时还对迁川初期家族佃耕为业，先租后买傅姓田宅，构建宗祠及与宋姓诉讼官司等事进行了记载，再现了迁川初期移民家族间的矛盾及解决之法。最后，笔者对曾祖遵海、祖父仁昭及其弟兄之间的事迹进行了描述，并对家族取得的功名情况进行了记录。杂记着眼于记述先辈创业之艰难、历代先祖之德泽，希冀后人知晓家族历史，以奋进取之志。

吾族勤俭起家。二百年来，服农力穑，不遑厥居。三余偶暇，篝灯夜读，虽然造诣间有浅深，而常识或殊流俗。过庭庄训，辄拉杂书（乏）[之]，以志先德，以诒后人，作佚闻记。

祖灿入蜀，计年仅十八九岁，所著《行路难》一书，虽然不知成于何年，而书中历叙跋涉之艰，及蜀中荒芜之象，与其种种困难状况，历历如绘。意旨殷勤，允为后世子孙模范。惜得其书者，不知宝贵，永南幼时见之，霉烂不可卒读。揭而庄诵之，悉化灰飞矣。惜哉！

科祖率灿入川，一肩行李，别无长物，后世子孙熟知之。然随身川赀，今犹存鹰洋一枚。春冬两祭，庄列祠龛，允为祠中宗器，希世鸿宝。

科祖胞弟登金、登试，亦入川。或偕行，或先之，或后之，今均不可考。所可推测而知者，科祖率灿祖初到川时，暂住今之泸县。《谱》载雍正七年（1729），谢妣生遵汉于泸之潘家沟。沟距泸远近未著录，亦不知其为佣为耕也。由泸迁新繁，《谱》载遵潮生于新繁王家碾。知两祖已去泸而繁矣，惟迁居岁月不得而知耳。今新繁王家碾，登金裔孙之挚育于是者，计丁口达一千以上。由繁而迁居今之简阳龙泉驿，由驿而迁居仁寿之揽祥埂，虽无年月可资确证，而蛛丝马迹，今犹可一一寻也。相传科、灿两祖至揽祥埂，赁耕傅氏地，其住屋即今世所居宅，茅茨土阶，犹见先人矩㜅焉。

胡氏祠为傅氏旧宅，宅构于前明。为吾祖赁主傅氏屋，清同治间（旅）[族]人世学等契购之。民国七年（1918）拆旧屋，新建胡氏祠饗堂三楹，其余为傅氏旧屋也。十年（1921）增建后堂三楹，行当于《谱》成后力谋之。

灿祖诸子，遵汉年最长，风规态度，久已渺无闻。惟传灿祖第二子遵潮，理家政，性方正，家人妇子，咸严惮之。（折）[析]居后，迁籍田铺福嘉坝，远近咸尊礼焉。

清嘉庆初，与里人宋姓，因产业缪轕①，构讼连年。宋故虎而冠者，视诸祖初起家，良而懦，思噉陷之，计毒甚。时遵潮已老，凡操纵之术，捍御之方，惟遵海与仁瑞、仁泰三叔侄是赖。卒能战胜无形，使噉我者噤不敢声，事遂得解。其对付机变之方，神矣。

闻先王母言，海祖性和易，与人言，怡怡如也。里人赴诉者，排难解纷，双方皆餍所欲而去，毫无忤容。人皆服其德量之宏。以老宅前横溪，不利遄涉，乃创修跳蹬五十余步②，行人至今犹赖之。及先王母，诞吾父象州府君。海祖掀髯谓先王母曰："此修跳蹬之报也，汝善视之。"

吾族自乾隆二十七年（1762）卜葬科祖后，三十八年（1773）始购置煎茶溪侧近理嘉坝业数十亩，比即创筑新居，今名老屋。不四十年，购业达一千五百亩许，生计异常发达，此固科祖在天呵护之灵，抑亦各祖朴（盾）[质]勤劳之所致也。呜呼！盛矣哉。

---

① 缪轕：纠葛。
② 老宅基前今日跳蹬石仍在。

四房分居后，吾祖仁昭，奉曾祖海公命，废读理家政。又海祖殁时，已溢出分受业百余亩矣。乃不五十年，而新旧田业，共计达有一千五六百亩许。是亦可谓善承先志者矣。

　　四房分居后，汉与潮、湘各祖，嘉道间极盛时，各置业千亩而强，唯海祖房独赢。吾父象州府君入泮，遂开本族科名之始，吾族学子（萃）[莘]莘，萃归美于海祖及昭谋焉。

　　吾族入蜀，世世勤于农亩。自遵潮长孙元珍号泗亭，勤学不倦，而年又最长，文章憎命，志终不衰。族人知书，咸惟元珍为先导。

　　吾族读书之未得志，而文理清淳。最快炙人口者，长房则有若元相、元模、元华、永纯、永连、永喜、世传、绍虞；二房则有若元珍、永言、世臣；三房则有若永端、世济、德升；四房则有若仁昭、元亮、元著、永涵。类能摛藻扬葩，追踪曩哲，虽蛰伏不伸，而声名至今犹存噪也。补记于此，以志吾宗盛事，其他已青一衿者，不再此例。

　　先王父仁昭府君，性淳厚，与人无忤容。管家政三四十年，丝粟不苟。先王母常谓永南曰：汝祖当家，尺布寸缕，皆五昆仲五妯娌均分之。予为汝家妇五十年，未见有丝毫苟取也。汝曹得有今日，皆汝祖之赐也，小子识之。所为清贵绝俗，楷书仿赵孟頫《闲邪公》逼肖。

　　先伯祖仁恺府君，海祖陈妣出。陈妣于乾隆五十七年（1792）因产难卒，府君年十有四矣。痛母亡之惨，终身哀悼不稍衰。及后弟崛起，子侄盈庭，乃集家人告之曰：自今以后，著以年之岁除日，追悼陈妣，素食毋腥，万年不易，有悖此者，非其子孙也。弟侄辈唯唯奉命维谨。今犹行之不替也。

　　先伯祖仁恺，长于先王父仁昭十有六岁，待诸弟友于念笃，诸弟亦事之如父。庭以内，怡怡如也。每逢趁市之期，兄先弟后，雁行维谨，晚归亦如之。今乡父老犹啧啧称道之不衰。

揽祥埂族自治会缘起

【提要】民国二年（1913），全国趋于安定。西方学说东渐，面对百年未有之大变局，胡氏宗族恐族中青年子弟为西学所惑，难以教导。故在揽祥埂创设胡氏宗族自治会，其宗旨在于"扩生计、维礼教"。自治会订立简章，选举正副族会长，定期召开会议。每年春冬举行祭祀大会，处理族内事务，筹备族团，保护族众。至1920年，自治会已运行7年，族内平安，效果良好。胡氏族自治会是清末民初特殊历史条件下成立的宗族组织，为研究清末民初四川地方宗族自治与地方政权关系提供了生动案例。

民国建元之二年（1913），大乱渐平。民权之学说士炽，对于一般人的家庭不无影响。族父老恐青年子弟或为所惑也，陷溺既深，则援拯不易。乃仿地方自治会，创立胡氏族自治会于揽祥埂，俾族之人咸统于会。藉以扩生计，维礼教，意甚殷，法甚善也。订立简章，集族中贤达者于祠，用无名选举法，票选正副族会长及各职员，定期在祠开成立会。盖已几经拟议，几经筹度矣。嗣以匪风大炽，又于族自治会，附设族团，凡为族人之生命财产计者，无微不至。以春冬二祭为经常会期，有不理于众者，咸就质焉。事钜者，得特别开会处理之。已七年于兹矣，差幸族人咸守规则，尚无轶出范围之事。暑假多暇，乃谋修谱，刊劂既竣，因书其缘起于此。

附录四 胡氏家族重要人物传记

胡铨列传

【提要】 此为宋代胡氏家族著名代表人物胡铨的传记。胡铨传载于《宋史》，胡氏后裔以《宋史》为参照多抄录入谱。此为揽祥埂《胡氏家谱》中所载《胡铨列传》。比对《宋史·胡铨传》，族谱中讹误较多。综合两者可知：胡铨（1102—1180），字邦衡，号澹庵，吉州庐陵芗城（今江西省吉安市青原区值夏镇）人，庐陵"五忠一节"之一，与李纲、赵鼎、李光并称"南宋四名臣"。

建炎二年（1128），胡铨登进士第。初授抚州军事判官，他招募乡丁，助官军捍御金军。后除枢密院编修官。绍兴八年（1138），秦桧主和，胡铨抗疏力斥，乞斩秦桧与参政孙近、使臣王伦，声振朝野。但遭除名，编管昭州，移谪吉阳军。秦桧死后，内移衡州。宋孝宗即位，复任奉议郎，知饶州。历国史院编修官、兵部侍郎，晚年以资政殿学士致仕。淳熙七年（1180），胡铨去世，追赠通议大夫，谥号忠简。著有《澹庵集》等传世。

胡铨，字邦衡，庐陵人。建炎二年（1128），高宗策士淮海，铨因御题问"治道本天，天道本民"，答云："汤、武听民而兴，桀、纣听天而亡。今陛下起干戈锋镝间，外乱内（虹）[讧]，而策臣数十条，皆质之天，不听于民。"又谓："今宰相非晏殊，枢（蜜）[密]、参政非韩琦、杜衍、范仲淹。"策万余言，高宗见而异之，将冠之多士，有忌其直者，移置第五。授抚州军事判官，未上，会隆祐太后避兵赣州，金人蹑之。铨以漕檄摄本州幕，募乡丁助官军捍御，第赏转承直郎。丁父忧，从乡先生萧楚学《春秋》。

绍兴五年（1135），张浚开督府，辟湖北仓属，不赴。有诏赴都堂审察，兵部尚书吕祉以贤良方正荐，赐对，除枢（蜜）[密]院编修官。八年（1138），宰相秦桧决策主和，金使以"诏谕江南"为名，中外汹汹。铨抗疏言曰：

臣谨案，王伦本一狎邪小人，市井无赖，顷缘宰相无识，遂举以使虏。专务诈诞，欺罔天听，骤得美官，天下之人切齿唾骂。今者无故诱致虏使，以"诏谕江南"为名，是欲臣妾我也，是欲刘豫我也。刘豫臣事丑虏，南面称王，自以为子孙帝王万世不拔之业，一旦豺狼改虑，捽而缚之，父子为虏。商监不远①，而伦又欲陛下效之。夫天下者，祖宗之天下也，陛下所居之位，祖宗之位也。奈何以祖宗之天下为金虏之天下，以祖宗之位为金虏藩臣之位！陛下一屈膝，则（则）祖宗庙社之灵尽污夷狄，祖宗数百年之赤子尽为左衽，朝廷宰执尽为陪臣，天下士大夫皆当裂冠毁冕，变为胡服。异时豺狼无厌之求，安知不加我以无礼如刘豫也哉？

夫三尺童子至无识也，指犬豕而使之拜，则怫然怒。今丑虏则犬豕也，堂堂大国，相率而拜犬豕，曾童孺之所羞，而陛下忍为之耶？伦之议乃曰："我一屈膝则梓宫可还，太后可复，渊圣可归，中原可得。"呜呼！自变故以来，主和议者谁不以此说（陷）[啗]陛下哉！然而卒无一验，则虏之情伪已可知矣。而陛下尚不觉悟，竭民膏血而不恤，忘国大仇而不报，含垢忍耻，举天下而臣之甘心焉。就令虏决可和，尽如伦议，天下后世谓陛下如何主？况丑虏变诈百出，而伦又以奸邪济之，梓宫决不可还，太后决不可复，渊圣决不可归，中原决不可得，而此膝一屈不可复申，国势陵夷不可复振，可为痛哭流涕长太息矣！

向者陛下间关海道，危如累卵，当时尚不忍北面臣虏，况今国势稍张，诸将尽锐，士卒思奋。只如顷者丑虏陆梁，伪豫入寇，固尝败之于襄阳，败之于淮上，败之于涡口，败之于淮阴，较之往时蹈海之危，固矣万万，倘不得已而至于用兵，则我岂遽出虏人下哉？今无故而反臣之，欲屈

---

① 仁寿《胡氏族谱》错将此句置于"豺狼改虑"之下。

万乘之尊，下穹庐之拜，三军之士不战而气已索。此鲁仲连所以义不帝秦，非惜夫帝秦之虚名，惜天下大势有所不可也。今内而百官，外而军民，万口一谈，皆欲食伦之肉。谤议汹汹，陛下不闻，正恐一旦变作，祸且不测。臣窃谓不斩王伦，国之存亡未可知也。

虽然，伦不足道也，秦桧以腹心大臣而亦有为之。陛下有尧、舜之资，桧不能致君如唐、虞，而欲导陛下为石晋。近者礼部侍郎曾开等引古谊以折之，桧乃厉声责曰："侍郎知故事，我独不知！"则桧之遂非愎谏，已自可见，而乃建白令台谏、侍臣佥议可否，是盖畏天下议己，而令台谏、侍臣共分谤耳。有识之士皆以为朝廷无人，吁，可惜哉！

孔子曰："微管仲，吾其被发左衽矣。"夫管仲，霸者之佐耳，尚能变左衽之区，而为衣裳之会。秦桧，大国之相也，反驱衣冠之俗，而为左衽之乡。则桧也不唯陛下之罪人，实管仲之罪人矣。孙近傅会桧议，遂得参知政事，天下望治有如饥渴，而近伴食中书，漫不敢可否事。桧曰虏可和，近亦曰可和；桧曰天子当拜，近亦曰当拜。臣尝至政事堂，三发问而近不答，但曰："已令台谏、侍从议矣。"呜呼！参赞大政，徒取充位如此。有如虏骑长驱，尚能折冲御侮耶？臣窃谓秦桧、孙近亦可斩也。

臣备员枢属，义不与桧等共戴天，区区之心，愿断三人头，竿之藁街，然后羁留虏使，责以无礼，徐兴问罪之师，则三军之士不战而气自倍。不然，臣有赴东海而死尔，宁能处小朝廷求活耶！

书既上，桧以铨狂妄凶悖，鼓众劫持，诏除名，编管昭州，仍降诏播告中外。给、舍、台谏及朝臣多救之者，桧迫于公论，乃以铨监广州盐仓。明年，改签书威武军判官。十二年（1142），谏官罗汝楫劾铨饰非横议，诏除名，编管新州。十八年（1148），新州守臣张棣讦铨与客唱酬，谤讪怨望，移谪吉阳军。

二十六年（1156），桧死，铨量移衡州。铨之初上书也，宜兴进士吴师古锓木传之，金人募其书千金。其谪广州也，朝士陈刚中以启事为贺。

其谪新州也，同郡王廷珪以诗赠行。皆为人所讦，师古流袁州，廷珪流辰州，刚中谪知虔州安远县，遂死焉。三十一年（1161），铨得自便。

孝宗即位（1162），复奉议郎、知饶州。召对，言修德、结民、练兵、观衅，上曰："久闻卿直谅。"除吏部郎官。隆兴元年（1163），迁秘书少监，擢起居郎，论史官失职者四：一谓记注不必进呈，庶人主有不观史之美；二谓唐制二史立螭头之下，今在殿东南隅，言动未尝得闻；三谓二史立后殿，而前殿不立，乞于前后殿皆分日侍立；四谓史官欲其直前，而阁门以未尝预牒，以今日无班次为辞。乞自今直前言事，不必预牒阁门，及以有无班次为拘。诏从之。兼侍讲、国史院编修官。因讲《礼记》，曰："君以礼为重，礼以分为重，分以名为重，愿陛下无以名器轻假人。"

又进言乞都建康，谓："汉高入关中，光武守信都。大抵与人斗，不搤其坑，拊其背，不能全胜。今日大势，自淮以北，天下之吭与背也，建康则搤之拊之之地也。若进据建康，下临中原，此高、光兴王之计也。"

诏议行幸，言者请纾其期，遂以张浚视师图恢复，侍御史王十朋赞之。克复宿州，大将李显忠私其金帛，且与邵宏渊忿争，军大溃。十朋自劾。上怒甚，铨上疏愿毋以小衄自沮。

时旱蝗、星变，诏问政事阙失，铨应诏上书数千言，始终以《春秋》书灾异之法，言政令之阙有十，而上下之情不合亦有十，且言："尧、舜明四目，达四聪，虽有共、鲧，不能塞也。秦二世以赵高为腹心，刘、项横行而不得闻；汉成帝杀王章，王氏移鼎而不得闻；灵帝杀（何）[窦]武、陈蕃，天下横溃而不得闻；梁武信朱异，侯景斩关而不得闻；隋炀帝信虞世基，李密称帝而不得闻；唐明皇逐张九龄，安、史胎祸而不得闻。陛下自即位以来，号召逐客，与臣同召者张焘、辛次膺、王大宝、王十朋，今焘去矣，次膺去矣，十朋去矣，大宝又将去，惟臣在尔。以言为讳，而欲塞灾异之源，臣知其必不能也。"

铨又言："昔周世宗为刘旻所败，斩败将何徽等七十人，军威大震，果败衄，取淮南，定三关。夫一日戮七十将，岂复有将可用？而世宗终能恢复，非庸懦者去，则勇敢者出耶！近宿州之败，士死于敌者满野，而败军之将以所得之金赂权贵以自解，上天见变昭然，陛下非信赏必罚以应天不可。"其论纳谏曰："今廷臣以箝默为贤，容悦为忠。驯至兴元之幸，所谓'一言丧邦'。"上曰："非卿不闻此。"

金人求成，铨曰："金人知陛下锐意恢复，故以甘言款我，愿绝口勿言'和'字。"上以边事全倚张浚，而王之望、尹穑专主和排浚，铨廷责之。兼权中书舍人、同修国史。张浚之子栻赐金紫，铨缴奏之，谓不当如此待勋臣子。浚雅与铨厚，不顾也。

十一月，诏以和戎遣使，大询于庭，侍从、台谏预议者凡十有四人。主和者半，可否者半，言不可和者铨一人而已，乃独上一议曰："京师失守自耿南仲主和，二圣播迁自何㮚主和，维扬失守自汪伯彦、黄潜善主和，完颜亮之变自秦桧主和。议者乃曰：'外虽和而内不忘战。'此向来权臣误国之言也。一溺于和，不能自振，尚能战乎？"除宗正少卿，乞补外，不许。

先是，金将蒲察徒穆、大周仁以泗州降，萧琦以军百人降，诏并为节度使。铨言："受降古所难，六朝七得河南之地，不旋踵而皆失；梁武时侯景以河南来奔，未几而陷台城；宣、政间郭药师自燕云来降，未几为中国患。今金之三大将内附，高其爵禄，优其部曲，以系中原之心，善矣。然处之近地，万一包藏祸心，或为内应，后将噬脐，愿勿任以兵柄，迁其众于湖、广以绝后患。"

二年，兼国子祭酒，寻除权兵部侍郎。八月，上以灾异避殿减膳，诏廷臣言阙政急务。铨以振灾为急务，议和为阙政，其议和之书曰：

自靖康迄今凡四十年，三遭大变，皆在和议，则丑虏之不可与和，彰彰然矣。肉食鄙夫，万口一谈，牢不可破。非不知和议之害，而争言为和者，是有三说焉：曰偷懦，曰苟安，曰附会。偷懦则不知立国，苟安则不戒鸩毒，附会则觊得美官，小人之情状具于此矣。

今日之议若成，则有可吊者十；若不成，则有可贺者亦十。请为陛下极言之。何谓可吊者十？

真宗皇帝时，宰相李沆谓王旦曰："我死，公必为相，切勿与虏讲和。吾闻出则无敌国外患，如是者国常亡，若与虏和，自此中国必多事矣。"旦殊不以为然。既而遂和，海内干耗，旦始悔不用文靖之言。此可吊者一也。

中原讴吟思归之人，日夜引领望陛下拯溺救焚，不啻赤子之望慈父母，一与虏和，则中原绝望，后悔何及。此可吊者二也。

海、泗今日之藩篱咽喉也，彼得海、泗，且决吾藩篱以瞰吾室，扼吾咽喉以制吾命，则两淮决不可保。两淮不保，则大江决不可守；大江不守，则江、浙决不可安。此可吊者三也。

绍兴戊午，和议既成，桧建议遣二三大臣如路允迪等，分往南京等州交割归地。一旦叛盟，劫执允迪等，遂下亲征之诏，虏复请和。其反覆变诈如此，桧犹不悟，奉之如初，事之愈谨，赂之愈厚，卒有逆亮之变，惊动辇毂。太上谋欲入海，行朝居民一空，覆辙不远，忽而不戒，臣后车又将覆也。此可吊者四也。

绍兴之和，首议决不与归正人，口血未干，尽变前议。凡归正之人一切遣还，如程师回、赵良嗣等聚族数百，几为萧墙忧。今必尽索归正之人，与之则反侧生变，不与则虏决不肯但已。夫反侧则肘腋之变深，虏决不肯但已，则必别起衅端，猝有逆亮之谋，不知何以待之。此可吊者五也。

自桧当国二十年间，竭民膏血以饵犬羊，迄今府库无旬月之储，千村万落生理萧然，重以蝗虫水潦。自此复和，则蠹国害民，殆有甚焉者矣。此可吊者六也。

今日之患，兵费已广，养兵之外又增岁币，且少以十年计之，其费无虑数千亿。而岁币之外，又有私觌之费；私觌之外，又有贺正、生辰之使；贺正、生辰之外，又有泛使。一使未去，一使复来，生民疲于奔命，帑廪困于将迎，瘠中国以肥虏，陛下何惮而为之。此其可吊者七也。

侧闻虏人嫚书，欲书御名，欲去国号"大"字，欲用再拜。议者以为繁文小节不必计较，臣切以为议者可斩也。夫四郊多垒，卿大夫之辱；楚子问鼎，义士之所深耻；"献纳"二字，富弼以死争之。今丑虏横行与多垒孰辱？国号大小与鼎轻重孰多？"献纳"二字与再拜孰重？臣子欲君父屈己以从之，则是多垒不足辱，问鼎不必耻，"献纳"不必争。此其可吊者八也。

臣恐再拜不已必至称臣，称臣不已必至请降，请降不已必至纳土，纳土不已必至衔璧，衔璧不已必至舆（衬）[榇]，舆（衬）[榇]不已必至如晋帝青衣行酒然后为快。此其可吊者九也。

事至于此，求为匹夫尚可得乎？此其可吊者十也。

窃观今日之势，和决不成，倘乾刚独断，追回使者魏杞、康湑等，绝请和之议以鼓战士，下哀痛之诏以收民心，天下庶乎其可为矣。如此则有可贺者亦十：省数千亿之岁币，一也；专意武备，足食足兵，二也；无书名之耻，三也；无去"大"之辱，四也；无再拜之屈，五也；无称臣之忿，六也；无请降之祸，七也；无纳土之悲，八也；无衔璧、舆（衬）[榇]之酷，九也；无青衣行酒之冤，十也。

去十吊而就十贺，利害较然，虽三尺童稚亦知之，而陛下不悟。《春秋左氏》谓无勇者为妇人，今日举朝之士皆妇人也。如以臣言为不然，乞赐流放窜殛，以为臣子出位犯分之戒。

自符离之败，朝论急于和戎，弃唐、邓、海、泗四州与虏矣。金又欲得商、秦地，邀岁币，留使者魏杞，分兵攻淮。以本职措置浙西、淮东海道。

时金使仆散忠义、纥石烈志宁之兵号八十万，刘宝弃楚州，王彦弃昭关,濠、滁皆陷。惟高邮守臣陈敏拒敌射阳湖,而大将李宝预求密诏为自安计,拥兵不救。铨劾奏之,曰:"臣受诏令范荣备淮,李宝备江,缓急相援。今宝视敏弗救,若射阳失守,大事去矣。"宝惧,始出师掎角。时大雪,河冰皆合,铨先持铁锤锤冰,士皆用命,金人遂退。久之,提举太平兴国宫。

乾道初,以集英殿修撰知潭州,改泉州。趣奏事,留为工部侍郎。入对,言:"少康以一旅复禹绩,今陛下富有四海,非特一旅,而即位九年,复禹之效尚未赫然。"又言:"四方多水旱,左右不以告,谋国者之过也,宜令有司速为先备。"乞致仕。

七年,除宝文阁待制,留经筵。求去,以敷文阁直学士与外祠。陛辞,犹以归陵寝、复故疆为言,上曰:"朕志也。"且问今何归,铨曰:"归庐陵,臣向在岭海尝训传诸经,欲成此书。"特赐通天犀带以宠之。

铨归,上所著《易》《春秋》《周礼》《礼记解》,诏藏秘书省。寻复元官,升龙图阁学士、提举太平兴国宫,转提举玉隆万寿宫,进端明殿学士。提举,六年,召归经筵,铨引疾力辞。七年,以资政殿学士致仕。薨,谥忠简。有《澹庵集》一百卷行于世。孙槻、槩,皆至尚书。

(录自《仁寿县煎茶溪揽祥埂胡氏族谱》1938年铅本卷六)

补志明南京兵马司副指挥胡公诚家传

【提要】 此系胡永南根据家族文献补写的胡诚传记。胡诚(1399—1459)官至南京兵马司副指挥。本文介绍胡诚两方面事迹,一是其父胡文聪、兄胡昱迁居长乐二十年间遭遇当地黄姓、地方官陈彦辉敲诈勒索,官司不断,土地房屋尽失的经历。二是胡诚从永乐十四年(1416)捐官充当邑吏起,至景泰八年(1857)授南京兵马司副指挥及天顺三年(1459)去世长达43年的为官经历。胡永南补写胡诚传原因有三:其一胡诚经历坎坷,奋发有为,从平民百姓官至南京兵马司副指挥,是族内为人为官之标杆；其二胡诚生六子，子孙繁衍，遍及粤、川、鄂、湘、贵等地，胡氏始为地方大族，于家族贡献厥伟；其三鉴于胡诚在胡氏发展史上的重要地位，但文献缺载，口传较多，为澄清谬误，极有必要写篇传记，供后世了解先辈之德。本文记述了胡诚个人及家族发展的真实历史，为了解和研究胡氏家族在广东发展状况提供了珍贵史料。

天生开国成家之人，必有深仁厚泽，以为翼子诒孙之计。乃足以上光往襈，下启将来。我族导源有虞，至胡公满后，始世为胡氏。然简断篇残，世系绵邈，多付阙如。至元大德时，有通公由闽迁长乐，粤之人遂奉为始祖焉。越五传至诚，丕缵厥绪。筮仕于明景泰间，自时厥后子孙云初蕃衍，于惠、潮、嘉各属，及旁溥于川、鄂、湘、桂各省者，指不胜屈。惟诚公以吏员登仕籍，而当时学风质朴，族谱未列传志，此则为子孙者之责也。爰蒐缀当时遗留文件而补为之传。俾为之后者，知渊源有自云。传曰：

公名诚，粤之长乐人也。先是公之高祖有通，因元失鹿，靡有宁处，遂挈家由闽之长汀，迁居于粤之揭阳著籍焉，自是遂世为粤人。公生于明之建文元年己卯（1399），幼承接家训，读书略通大义，性惇孝友，门以内怡怡如也。父文聪，以揭地狭，不足以资事畜，与伯兄留聪分居，迁于长乐之嵩头，赁田耕种。生子昱及公、并海，海早故。公与兄，幼辄助父耕，不少休。惟明时最重户籍法，一应当官徭役虐甚。父公迫不得已，遂附旧识到黄君仕保户①。手胼足胝，亦既历有年所，遂薄置产少许，隶籍里长黄姓册下。未几仕保殁，其所育子名天进者，冒氏黄，强夺公父子所赁耕田，黜之驱不已。旋黄氏子天进殁，其所育弟名周生者，亦冒氏黄，捃摭成讼累不已，家遂中落。永乐十二年（1414），文聪为避祸计，乃携公及兄昱仍返揭。其嵩头置业，为邑老吏陈彦辉侵占殆尽。彦辉蠹吏也，人畏之如虎，前既唆周生讼，以公之归于揭也，复

---

① 附籍，即两户合为一户，以减轻税赋征役。

百计贿长乐里长黄文质，拘提应役。檄急，追如星火，苦无以应也。踯躅甚，举家再至长乐。旧置宅，既为陈彦辉侵占，乃觅李塘径茅窝，筑宅居焉。地硗确甚，赖种木棉为生活。而彦辉侦公父子勤而有蓄积，思攫之，而未得间也。又恐于嵩头索其旧所有田场，乃潜赴长乐，密报公兄昱充千户所吏，思重困之。嗾役①杨黑面，票拘昱应官。公闻报，仓皇偕昱子皇生要于途，以重金贿之，得释。时公父文聪已早殁，彦辉百计思陷公未遂，乃着余某限公充吏②。余某者，公外舅也。公念父已死，兄已释，无内顾忧，遂捐赀充邑吏。时明永乐十四年（1416）也，年仅十有八。险阻艰艰，备尝之矣。明制：" 凡吏职以六年为例满，例既满，则赴部考验。"公三届例满，考验合格，发行在户部尚书陈山典机务处供职。又三年，仍发回吏部，记名回籍候选，时宣德十年（1435）也。景泰二年（1451），奉吏部勘合行取录用，携子宽赴京，宽于南通州病故。抵京授南京兵马司副指挥，至景泰八年（1457）致仕。以天顺三年（1459）薨于里地，寿六十有一。妻余氏，子宣、宽、宁、宝、宏、容。雍睦一堂，孙曾继起，胡氏遂为著姓焉。

赞曰：公之殁也，无行状③，无墓志，无阡表，其生平宦绩落落，不少概见，岂先人之质也欤？抑后人之责也？今所录著，据公遗嘱，及六子分拨单，并以公女婿颜温，代余祖妣分授执照为蓝本而已。愿后世子孙，慎无忘公之德之大且远也。

科祖传略 子灿英附

【提要】此为迁川祖胡登科及其子胡灿英合传，胡永南撰。文中对胡登科迁川前原乡祖产、迁川时间、人员及迁川后辗转各地，佃耕为业，生

---

① 传唤捕纳人犯者。
② 实为要求掏钱买职务。
③ 记述死者生平事迹的一种文体。

育子孙、发迹揽祥埂、葬地及年龄等事描述颇详。同时记述了迁川创业中，随行之女、抱养之子、同迁之弟、返乡之宗亲等事亦多有着墨，透露着移民家族迁川之不易，是清初若干迁川家族的一个生动缩影。

科祖讳登科，姓胡氏。父拱旸，世居粤之长乐县，有丈夫子五，祖其长也。生于长乐塘尾，后人字之曰容光。今仍以讳名，示子孙不敢妄字前人也。子灿英。《谱》称旧有田塘二口，分上下。上口已售之本族人，其下口暂交与近族服侄因裕、因祐等看守，详载谱系。乃于雍正五年（1727），率子灿英及媳氏谢入川，初抵泸州侧潘家沟佃居焉。相传祖入川时，尚有一亲生女随行。处女欤？抑孀女欤？概无从考。别谱附志祖胞弟登金、登试亦入川，其偕行欤？抑闻风而步趋其后欤？亦无从确记。第知长孙遵汉，于雍正七年（1729）育于泸州之潘家沟而已。越数年，徙新繁，育次孙遵潮于新繁邑之南关外王家碾，实为乾隆二年（1737）。又旁徙于简州龙泉驿。十余年来，仆襆道途，奔走不遑。大约乾隆四五年或七八年间，始于仁寿煎茶溪之揽祥埂驻足焉。埂地瘠，人之自他处来者，率鄙夷焉，不介意。祖偕子灿英，回翔审顾，佃傅姓业，经营耕作，刻无宁晷，事志《开基始末记》。旋于埂侧所佃宅育遵湘、遵海二孙子焉，实为本支四大房祖。然灿祖实生子五，其第三子不知何名，亦不知育于何地。相传奉科祖命，出承简州同宗祧，盖同宗似亦来自粤者。惟前人淳质，以为子既出嗣，《谱》可从略，故考无可考。今但微闻出嗣子后裔颇蕃衍，暇当遣子侄辈一确访之也。

按《谱》，祖生于员山寨塘尾老宅，为康熙四年乙巳（1665）。洎迁蜀时，年已有六十有三矣，卒于仁寿县煎茶溪揽祥埂，为乾隆二十七年壬午（1762），享寿年九十有八。即礼讨宅后傅姓地穴安葬，地名揽祥埂，即今发祥地也。妣廖氏，其卒均失载。据前辈传述，但称曰"未迁蜀前，殁于员山寨，厝座老宅外蔬圃"。然耶？否耶？嘉道间，登金有子曰遵清，曰"花椒客"者回粤，孙子辈畀以银五大（定）[锭]，乞为敬谨培修，不识当日曾否回覆？抑回覆有何种表示？均事过境迁，年久而寂无所闻，殊恨事也。

祖得子较迟。子灿英生于长兴寨塘尾，为康熙四十六年己丑（1707），随科祖入川，计年仅十有九。卒于仁寿煎茶溪理嘉坝老宅，为乾隆五十七年壬子（1792），享寿八十有四。初葬梅家湾，旋移附科祖墓左，与妣氏谢合冢。谢妣生于长乐县黄砂泾，为康熙四十九年庚寅（1710）；卒于仁寿县煎茶溪理嘉坝老宅，为乾隆五十三年戊申（1788），其详均分载谱系。至科祖胞弟登金迁蜀，著新繁，殁即葬于煎茶溪邻场籍田铺。子孙亦蕃衍，其本支别有谱，不备述。登试，则传闻仍回粤矣。余详《迁蜀及开基记》。

汉潮湘海四公小传

【提要】此为胡氏迁川第三代遵汉、遵潮、遵湘、遵海四人合传。本传主要回忆了两件事：一是四人自幼随父胡灿英、祖胡登科辛勤耕作，披荆斩棘，开基创业于揽祥埂之艰难历程；二是在四弟兄掌管家务期间，因堰务边界发生的与邻居宋子林长达数年的官司。最后，谈及嘉庆十二年（1807）四弟兄分家及各人性格秉性等情。

遵汉、遵潮、遵湘、遵海四公，同胞弟兄也。皆灿英公子，登科公孙。遵汉生于泸州，遵潮生于繁。当年初至蜀地，辗转迁徙，不恒厥居。泊乾隆八九年间，始卜居于仁寿煎茶溪。故遵湘、遵海二公，皆生于揽祥埂。灿英公尚有子一，奉科祖命，出抚简之同族为嗣。《谱》佚其事，又未载其名，微闻简族今甚发达。四公皆生于蜀，自幼及老类随父祖苦耕作，怡怡一堂，不闻有大过人者。数传后，第闻邻老时言，其食贫自奋，待人常厚，处己常薄，蔼然有士君子风。汉、潮两公，生平犹辛苦，自理嘉坝置恒产后，家蒸蒸日益上。潮公性犹严重，承父令、管家政，田业为闾里冠。嘉庆初，因堰务界务，与邻宋子林构衅。宋故虎而冠者，乡之人莫何，讼连年不解。汉公弟海并侄子仁瑞，乘间掣宋肘，宋慑焉，逡巡不敢逞。自嘉庆十二年（1807），四公分爨，各析恒产四百亩许。呜呼，盛哉，相传汉公最勤朴；潮公沉默寡言笑，恒懔凛然；海公善言语，喜为人排难解纷，乡父老咸重之。四公各有所长，后裔食德有由然已。生卒详《谱系》。

仁泰府君家传

【提要】 此为胡永恬为其堂祖父胡仁泰所撰传记。胡仁泰（1775—1848）胡氏迁川第三代孙胡遵汉之子。文中主要回忆了胡仁泰习武、诵读、事亲、置产、延师、育才等方面事略，再现了清代中期巴蜀社会一位普通乡绅的日常生活与家族情怀。

府君，讳仁泰，号吉庵。少即颖异，有大志。年十四，膂力过人。乡武庠某者，劝公习射，谓科名可立致。府君咄之，仍研究经义不辍。及耄，犹殷殷为后生诵焉。书法最敏捷，日可作小楷万，不继烛。性最老成，伺母病，汤药必亲检尝，母寝熟，始秉烛就塾诵。屏息，数潜视，唯恐母知。庚申（1860）三月，滇匪蓝大顺作乱，蹂躏邻县。将及境，土匪蜂起，远近士民，咸举家避。数十里间，鸡犬无声。府君独侍疾不去，母诃让之，毅然不避也。及母没，为庐于墓者期年。先曾祖，鳏居二十余年，府君未尝一日不在侧。当嘉庆初，遵汉祖四弟兄析居，府君奉父命，理家政，律己勤俭，待人宽宏。以所积添购产数顷，未肯丝粟苟。平居，坐立不偏倚；与人交，言笑不苟，闓闓如也。为子侄辈延师，必精选其学优而有德行者。课文，必亲为子侄辈解晰之，俾知涂改窜乙之，何以较善于原作也，虽数十年如一日。恬亲承祖训者有年，知之最深。惜当时年犹稚，未能一一领解也。以清道光二十八年戊申（1848）二月初六日寅时卒于家，距生清乾隆四十年乙未（1775）六月十一日巳时，享寿七十有三。府君殁已二十余年，恬一衿将老，未遂显扬之志，深虑府君之德与泽，后世莫由知其详，而与世俱泯也，故濡笔而记之。

孙永恬谨识

仁昭公家传

【提要】 此为胡永南为其祖父胡仁昭所撰家传。胡仁昭，胡氏迁川第三代孙胡遵海次子。文中主要回忆了胡仁昭幼年读书、年长理家、课子读书、避祸保家等方面事略。其中胡永南深情地回忆了幼年时，随侍祖父身旁，为其解答疑惑、讲解小说之场景。再现了清代中期一位喜读小说、善于垂钓、长于理家的慈祥老者形象。

先王父仁昭公，字融森，世为仁寿煎茶溪人。父遵海，为祖灿英公季子。灿公自粤入川，初著籍于溪上流理嘉坝者也。海公初娶陈妣，生子仁恺。陈妣卒，续娶何，生公，公行二。事兄恺，最尽友谊。后人谓其严于兄事，如父母事焉。幼苦读，最循谨。稍长，习制艺，书法摹赵酷肖，应童子试屡不售，遂援例纳监，年二十二。兄恺令习家政，钱谷出入悉经手，兄恺甚倚任之，不过问。计理家政四十余年，添置恒产十余顷，毫不言劳，悉心筹画，无遗误。性沉重寡言，与人无纤介忤，世尤以此多之。暇者垂钓自适，喜阅读前人格言，每取以警告家人，稗说如《三国》《列国》各演义，以及《聊斋》《封神》《西游》等书每不释。永南儿时，绕膝索饴，辄絮絮问。公亦不惮其聒噪也，娓娓为详言之。犹记八九岁时，塾师尚未为童子讲，即能取先王父所阅小说读之。读不能解，膝下必强请解之，先王父喜详为解说，无倦容。永南之得以稍悉前代史事者，实自先王父始。重闻懿训，没世不忘，今虽隔花甲一周，犹历历如在目前也。道光四年甲申（1824），生永南父元鼎，己酉岁（1849）永南父县试冠军。未得报前，公早起巡视屋后，值仓田外一过路者贺曰："公子象州冠县军矣。"问其信所从来？则曰："偶闻应试归者言，瞬必有报捷至也。"

晨餐，为伯兄及诸弟言之，犹窃窃疑也。旋捷报至，众始释然。庚戌，永南父游庠，然督读究未稍贷也。族人读书，向无青一衿者，获隽自永南父始，故公之期望者犹切。旋胞侄级三游庠，公慰甚。咸丰戊午（1858），以匪乱，军输急，乃议分家以避其役。庚申（1860），土匪蜂起，滇逆蓝大顺抵彭山，举家仓皇避乱丹景山后郑云峰先生宅。先生固常授业于先父象州者也。乱平归，旋以匪炽，暂徙居于省垣西丁字街购宅。越甲子（1871），乱平始归。归后检点什物，添置犁锄，刻无宁晷。盖以游居省垣，住宅叠兵祸，墙壁椽桷，时有损伤，矧区区器具，宁不凋损乎？乙丑（1872），永南偕弟永嵝就学母舅廖星垣师读。凡家，必面命谆切。稍憩，即试所学，验勤惰，必析答无误乃稍悦。丁卯（1873）乡试，公亲致青蚨①贶星师，嘱永南弟兄曰："此礼也，小子识之。"戊辰（1868）七月下浣，遘（虐）[疟]疾，自知不起，嘱家人曰："少怕患伤寒老怕摆②，予其以是终乎。"虐初发时，犹持《三国演义》静阅，旋知觉懵，犹倒持之不释手。诸子侄辈，前数日已环视疾，无稍懈。迄八月初三日遂卒。卒后五十年，其孙永南修《谱》，乃详记之于牒云。

仁恺仁昭仁富仁贵仁山五公合传

【提要】此为胡永南为其祖父弟兄五人所作合传。五人兄友弟恭、奋发图强，共居五六十年，置产千余亩，将家族带至极盛。文中还回忆了胡仁恺之母陈氏难产而亡，为纪念其母，全族逢陈氏忌日，全戒腥荤的条例；同时对胡仁昭管理家政、分家、避祸等情进行阐述。再现了清代中晚期胡氏家族遵海一房的兴起及因战争而分产的经过。

恺、昭、富、贵、山五公，皆灿祖季子，遵海府君所出也。遵海公

---

① 指银钱。
② 疟疾，四川方言称疟疾为打摆子。

原配陈妣，生仁恺，旋以产难卒，卒象甚惨。及恺公长，即以每岁除日为纪念日，戒子孙食腥，著永为例，示不忘也。陈妣卒，续配何妣，生子仁昭、仁富、仁贵、仁山，为我族极盛时代。俭以自牧，绝不以阿堵物骄人。自其父遵海，四房析产后，席有恒产，各以读书为急务。昭公连应试，未获青一衿。至二十二岁，恺公令废读，专理家政。恺齿长昭者十余岁，弟兄严事之，惟其言无敢违。每同席，食辄奉匕箸焉，不敢先。而恺公亦怡怡然，惟恐诸弟之酌未尽兴，而食未果腹也。恳恳焉，令其各尽饮啖量。昭公经理钱谷出入，每有大事，必咨恺公而后行，尺布寸缕，毋纤毫私恺。公倚任之，辄曰："公而忘家，诸弟谨识之，后世其昌乎？"或有挠其权者，恺公必谦让而呵斥之，以为汝二兄清白，毋任纷纷为。卒置业千有余亩，为各房之冠。呜呼！昭公之泽不可忘，而恺公之知人善任，尤不可及也。诸弟坐享成功，亦善体二长兄意，而不敢遇事吹求。五公皆生有至性，于友于谊最笃。每场市集期，晨餐后，整洁衣履，一路偕行，无稍参差。及其归也，兄先弟后，序无稍紊，怡怡和乐。今乡父老述其事，犹籍籍称以为法。以故聚居五六十年之久，而未尝稍有间言也。咸丰丁巳（1857），恺公卒，滇匪蓝、李乱益炽，县属募捐输急，家稍富者，屡为所苦，乃议剖居以纾其祸。越戊午（1858），各析业三百余亩。庚申（1860）土匪大猖，继以兵祸，各仓皇挈家避。及乱定偕归，话别后事，犹泪涔涔不止。戊辰（1868）昭公疾，时诸弟已先逝，诸子侄，以昭公遗泽之被于后人者钜。昼夜留视疾者，履恒满。八月翔有三日，昭薨于寝，诸子侄皆放声哭。信乎！昭公遗泽之大且远，而各公之教其后人者之有素也。

今书其崖略于此，以为子孙式。

象州府君家传

【提要】此为胡永南为其父胡元鼎所撰家传。胡元鼎（1824—1898）

博士弟子员，一生喜读书，精通学术、善书法诗词，是胡氏家族迁川后读书成名第一人。文中主要回忆了胡元鼎在治学、治史、书法、诗词等方面的心得及成就。

　　公，讳元鼎，号象州，清四川仁寿县煎茶溪人也。父仁昭府君，妣廖氏，有令德，于道光四年甲申（1824）生公。祖父遵海府君，虽老尚健在堂。三朝试啼有英声，祖海公喜甚。谓廖妣曰："是儿额角隆起，有福相，善视之，行将以大吾宗。"束发入塾读，勤奋异常儿。及冠州县试，屡列前茅。己巳（1849）吴禹门大令权邑篆，拔冠一军，文名谍甚。盖禹门固赣名进士也。翌岁庚戌（1850），补邑博士弟子员。学使为支少鹤先生。我族自粤迁蜀，近百年矣，读书成名者以公始。禹门大令甚器公，移宰彭，常招致署，礼数备极优异。公文章雄健，专以才气为主，不规规于理法。书习悬诚帖①，劲峭处，几混真。同治庚申②，奉仁昭府君，避乱省城，试，食饩③。乱平归里，遂决意进取，惟时时留心学术。其言曰："读书以通《经》为本，而通《经》必先识字，乃能得其门径。小学者，六经之门径也。非通《说文》，必不足以言小学。《说文》以段若膺、王菉友两家之法为最善，且集大成。循是而求之《尔雅》，并博观王引之父子经义各书。则小学一道，思过半矣。至如经之微言大义，散见于汉人传注中者，可得而绎矣。史学以《史》《汉》《三国志》为最要。其中古文、古义、古音时足以补经义之缺。然非邃于小学者，不能尽解也。《表》《志》最难读，亦最宜留心，皆考据者所资以为要者也。"诸子中最喜《庄子》《老子》，尝谓其理、其文、其气、其音节，皆最古。其解释字义亦最确。古文，最醉心于六朝，于唐之韩、柳，宋之欧、苏，讽诵皆能上口。诗则极称元、白，而于梅村吴氏，到老犹喜诵之，尝称

---

① 诚悬：唐代大书法家柳公权的表字。其代表作为《玄秘塔碑》与《神策军碑》。
② 误。庚申，1860年，为咸丰十年。
③ 明清时，生员考试优等者，官给廪饩。

"吴体大思精，突过长庆①"云。

所著文集若干卷，古今体诗若干卷，皆散佚。及门弟子各私为己有，行当荟而刊传之。光绪戊戌（1898）薨，年七十有五。子永南，光绪乙酉（1885）拔贡，补授镶黄旗官学第三馆汉教习。永嵥邑廪生，孙世垚、世锃、世炯皆以县捐输议叙县丞，皆能世其家学云。

清教谕胡公元第府君家传

【提要】此为胡世龙为其祖父胡元第所作家传。胡氏家族发展至第五代，已成为当地望族。因其在科举上没有突破，故被称为"素封巨族"。胡元第（1830—1891）一生喜读书，与堂兄胡元鼎皆中博士弟子员，成为家族考取科名的榜样。除此之外，其一生亮点有二：一是在李、蓝大军骚扰仁寿之际，弃文从武，组建团练，保卫家乡，厥功至伟；二是战乱之后，研习中医，尤喜读《黄帝内经》，善针灸，其高超的医术被周围乡邻称道。

世龙少孤。先君见背，龙呱呱仅数月耳。既离襁褓，牙牙学语，尝嬉戏于教谕君膝下，以取含饴乐。束发后，随诸叔读，教谕君恒不忍督责，以龙之孤且幼也。及十二三岁，知自奋，恒与诸叔竞读。教谕君悯之，恒呵禁焉。窃于诵读稍暇，见教谕君手辑方书，日盈寸，过数日，辄巾笥藏焉。凡踵门求诊，及应聘往者，针灸并施，无富贵，无少贱一焉。唯时龙与诸叔辈，方殚精读书，以故教谕君之盛德，末由知其一二。及教谕君薨，龙稍长，略有知识，始悔于色笑之余，未获沾溉。其读书济世活人及物之功，辄用惘然。有幸于王母视问之，余亲闻诸论，又于同居族里中，备闻颠末，故觙缕②志之于此：

教谕君，姓胡氏，号级三，元第，其名也。父仁山，妣罗氏，生六

---

① 唐白居易有《白氏长庆集》，此处指白居易。
② 觙缕：详细而有条理。

子，君居长。君貌幼岐嶷①。及岁入塾读书，勤奋异常儿。稍长，愈刻苦自厉。维时仁山公五昆仲，同居一堂，门内怡怡，兼以谷盈于庾，马腾于厩，乡之人辄推胡氏为素封巨族。既冠，应童子试，稍不副意。归益自奋，浏览百家著述，简练而揣摩之，遂以丙辰岁（1856）受知部学，使补博士弟子员。越岁，考列最等，补上舍生，食饩，文名噪甚，与伯兄象州君埒。世有轶辙之目，人恒妬羡之。会戊午（1858）以后，滇逆蓝、李肆扰，蜀土为墟，乃弃诗书而刀耕剑耨②，日以团练部勒乡人以保卫闾里。呜呼！君之功伟矣。今数十年后，父老偶一谈及，犹乐道之以为快。乱平后，思以方术③普济人，因究心于《内》《素》④及仓、扁、河间⑤读书，亦既有年，犹不敢出以问世。有知者踵门求治，所患辄应手奏效。兼工针灸术，凡非药饵所能治者，辄以此治之，愈神奇，莫可测。自言生平于奇经八脉最熟。习是道者，亦恒以此称之无异词。龙在塾读书，日惟见君课文之暇，不遑他务，恒以此汲汲焉。君没后，其所抄辑本，犹盈箧也。君于文章一途，博闻强记，议论开张，绝无时下帖括陋习。常训诸叔及龙等，以不畏难，不中止为最要。配氏冯，今犹健在堂，生子永灏，魏氏；永煦，张氏，即龙生身父母也。永怡，朱氏；永中，张氏；永鑫，江氏。君以道光庚寅（1830），生于邑北煎茶溪，享寿六十有二，殁于光绪辛卯（1891）。越二十有九年，龙与修谱之役，乃搦笔而为之传。

永端永恬永杰永森永衡合传世家附

【提要】此为胡永端、永恬、永杰、永森、永衡五弟兄合传并附录胡世家小传。文中回忆了胡永端勤于读书，寒暑不辍；胡永恬苦读诗书，游

---

① 岐嶷：形容幼年聪慧。
② 指从事团练，组织地方护卫队伍。
③ 即医术。
④ 《黄帝内经》和《素问》，古代医书。
⑤ 即仓公淳于意、扁鹊、河间刘完素，均为古代名医。

泮学宫，后未中乡试，郁郁终老；胡永杰善于医术，性格开朗，一生救人无数；胡永森长于理家，全家衣食皆赖其经营。胡世家乃胡永端之子，勤读诗书，游泮学宫等情。

永端号楷亭，元和公子也。永恬、永杰、永森、永衡皆其同胞弟也。少勤于读，殚精帖括业。虽寒暑不少闲，中夜咿唔声不绝，与诸弟伏案诵，辄忘晓。故其所为文，恒鞭辟近里，与人迥不侔。

弟永恬苦读亦如之，殚思劬学，世以二难目之。清咸丰壬子（1852），弟恬游泮，端谓人曰："偏师先济矣。"于是读益勤，思益邃。旋因诸弟已婚冠，孳生日益繁。而元和公弟兄又析业，年复近暮，举家生计，悉萃于端之一身。文章憎命，所志厥不酬，同学者惜之。恬游泮后，力学不稍倦，张文襄①督学蜀中，提倡实学，一时人士咸仰之如泰山北斗。恬岁试列优等，人皆以为宗工得偿于宿匠也。乡试屡不售，甚怏怏，卒以此老。

弟永杰，邃于医，岁活人无算，善饮酒，醉辄笑，笑声震屋瓦。虽狂而不损其和也。

弟永森，综理家政，丝粟不苟，性和易，社会间乐近之。而昆妇孺得以坐食无虞，皆其力也。

季弟永衡，其性质亦与诸兄近。

永端子，号素封，世家其名也。力学苦思，与父叔辈埒。清光绪十二年（1886）入泮，年已四十余矣。时端犹健在，闻之甚乐也。一生读书之念，至是为之稍慰，而人亦以是为孝友之报云。

赞曰：一门之内怡怡如，人以为国之瑞也。吾则以为家之华。

秀升别传

【提要】此为胡永南为胡秀升所写传记。胡秀升与胡永南同年所生，

---

① 张之洞，谥文襄。

一起学习成长，感情甚笃。胡秀升儿时，记忆力强，善于读书，考入锦江书院，文名冠学院。清末西学东渐，胡秀升虽然口讷，但胸怀家国，常与胡永南纵论天下大事。民国元年（1912）胡秀升去世，其才华与志向尚未实现，胡永南深以为憾。

家秀升君，与永南同岁，生相距仅五日许。当年两家各得丈夫子，闾闬亦不甚远，族戚之以羊酒贺者，蹀躞道左，辄艳羡焉。稍长各就读，君记忆力富，目数行下。弱冠，受业孙大山师，师固县名宿也。每文出辄器重之，啧啧称不衰。同治末，偕华邑姑表魏茂才熙甫君。肄业于成都会垣文翁石室，即世所称锦江书院者。是，君始至，人以其朴无华也，易视之。及课文出，名大噪，院之人争趋就焉，愿其搦管。为文，构思颇迟，以故于小试恒不利。光绪壬午（1882），君年已三十矣，永南适以廪任保事，君应邑试，已拟归矣。方戒途，属风动不得前，冒行，伞为折，乃复就寓。是夜榜发，魁多士。终试列案首。清制："凡案首无不隽，习例也。"翌岁游庠，间岁，试优等，擢入为上舍生。君性沉默，与人交，绝不立崖岸语，呐呐然若不能出诸口。然于经世大计，国家掌故，未尝不一一默识也。新学兴，亦旁搜及之甚力。暇与永南辩论得失，聆其议论上下，心未尝不为之折。民国元年（1912）卒，其才与志未展也，惜哉。

论曰：人之度量相越，岂不远哉？以君富于学，而不为察察之言论。其于世，若有知，若无知，而怀抱大志，酝酿温纯，绝非寻常人所可窥其万一，以视察为明，其贤不肖何如也。生平最嗜酒，以父与伯叔辈之瘁于酒也，口不沾滴沥，惟于卧时一尝之，适可口而已，未敢逾量也。故时人无忤之者，亦不忍有忤之者云。

胡永南小传

胡永南，号绶珊，别号溪隐老人。永定胡七郎第二十六世孙、胡有通第十九世孙，揽祥埂胡登科六世孙，胡元鼎之长子。清同治辛未岁

(1871)入泮,光绪丙子(1876)增生,辛巳(1881)补,壬午(1882)举优,乙酉科(1885)拔贡。庚寅(1890)礼部传补镶黄旗官学第三馆汉教习五年,丁忧归里,后专事教育。曾任仁寿煎茶溪高小校教员,兼任华阳县高小校教员,煎茶溪揽祥胡氏族自治会首任会长,仁寿县煎茶溪揽祥埂胡氏族谱总修。

永南,咸丰二年壬子岁(1852)二月十五日午时生仁寿煎茶理嘉坝老宅,民国十四年(1925)十月三日戌时在老宅去世,葬高屋基,西山卯向。

妣范氏,道光二十六年(1848)八月十七日酉时生于简阳柏合寺灵官桥,光绪二十六年(1900)六月八日子时在理嘉坝老宅去世,葬高屋基。

妾朱氏,无记。

生一子一女,子世尧。

胡世尧,号瑞珉,清议叙县丞,同治九年(1870)年三月二日辰时生于理嘉坝老宅,光绪二十九年(1903)三月十八日辰时在老宅病逝,葬高屋基。

妣漆氏,生三子一女;子:绍曾、绍沅、绍鸿。长废读,照料家务;次子、三子,从中等学校肄业,"特别是绍沅,单名雍,号仲弓,专学业有潜力,一定会大有成就"①。

胡永南曾于戊午年(1918)自题像片:

这老儿头不秃,发不苍,齿不缺,貌不颓唐,胡为乎?耳若塞,目若盲,不闻侏离语,不睹时世妆,形如木鸡立,体如植鳍张。才无子建之捷,酒有次公之狂②。毋亦天之所畀者厚,而俾尔炽而昌,俾尔寿而臧。

---

① 胡永南评语。
② 指三国时期的文学家曹植与西汉大臣盖宽饶。

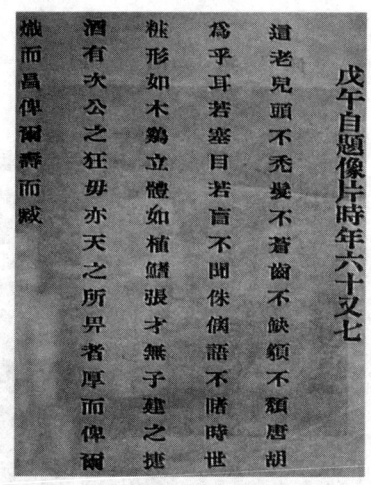

胡永南曾打破生人不立传之成规，自撰《溪隐老人传赞》，曰：

老人，佚其名，生于溪，长于溪，聚族于溪。溪山之巅，老人之所刍牧也；溪水之涯，老人之所渔钓也。人以溪之隐君子目之。曰："溪隐"名我甚当。遂自号"溪隐老人"云。读书目数行下。幼时，金镫纵酒，豪放不羁，暇辄意于声律对偶之学。既长，沉溺于汉宋训诂者有年。两游京师，郁郁不得志。归，历览江海之奇，过秦汉故都，洗眼岳云，浩然有不可一世之概，每向子弟辈乐道之为快。晚倦游，最耽西籍，与瀛客谈，娓娓不稍辍。目短视，寻丈外，不辨菽麦，于人世升沉（洎）[泊]如也。某岁，病几殆，于枕上口占绝命词曰："浩气还碧空，毅魄归黄土。诗书愿未酬，留与孙曾补。"稍间，亲旧为置酒起疾，辄掀髯大笑曰："是亦不可已矣乎？"言已，大呼纵酒，不自知老之将至云。

赞曰：老人者，其畸人欤？抑学人欤？不涸于物，而亦不溺于物。孔子谓"老子犹龙"。老人生平莫测，变化不可方物，倘亦老子流亚耶？

（胡证川撰）

胡梦瀛小传[①]

胡梦瀛（1867－1945），容庆之子，行一，名朝坤，讳梦瀛，号少云，又号海岚。清同治丁卯年（1867）八月十五日生于永定县下洋镇中川村饭罗墩。梦瀛是汀州府优廪贡生，光绪壬申年（1872）沈源深取进县庠，丙午年（1882）补廪出贡，光绪癸卯年（1903）以明经授太常寺博士加二级，赐懿旨"世沐纶恩"匾悬挂于祖居腾芳楼堂内。

梦瀛公七十岁自题像

胡梦瀛生于书香世家，系永定胡七郎二十四世、胡铁缘十六世孙。曾祖父胡官福，号五膺，恩赠儒林郎。祖父彤长，号鹤圃，讳酬香，太学生，恩赠奉直大夫。父胡容庆，号云轩，又号卓云，讳有朋，例贡生，赠奉直大夫。

胡梦瀛于民国三十四年（1945）病逝于饭罗墩大夫第，享年78岁。配赖氏，癸酉（1933）卒，夫妇合葬背头岗。

墓碑题联：漫山芳草诗人宅，一树梅花处士坟。横批：山环水绕。正面碑文为：安定，优廪贡生，议政太常寺博士，海升都察院经历，显考文穆少云府君、显妣孝慈赖太宜人佳城。太岁癸酉年（1933）仲夏[②]。

---

① 本文参考了《福建永定胡氏族谱》《永同胡氏家谱》《仁寿煎茶溪胡氏族谱》相关内容。永定祖乡的胡居焕、胡育生、胡育琴等胡氏宗亲为本文提供部分资料与相关照片，一并致谢！
② 墓碑是胡梦瀛生前自拟题写，于赖宜人安葬时立。

背头岗胡梦瀛与赖氏合墓

胡梦瀛生三子：辅仁、佩仁、绍仁。其中绍仁兼祧胡朝庚。其裔孙蕃衍，后昆俊贤，枝繁叶茂，多数仍居福建。绍仁子孙移居新加坡。

胡梦瀛生长在永定县下洋镇中川村，祖居腾芳楼①。这是一个历史悠久的文化古村落，更有特点的是这里的人们不仅勤奋努力，自强不息，勇闯天涯；还特别重视教育，鼓励后昆读书，因而人才辈出，誉满天下。

胡梦瀛一生从事教育事业，曾长期在永定最早的新学校、金丰的最高学府，即中川汤子阁犹兴学校执教，并任新学校校长。不少中川知名人士，多出其门下。他为国家为社会培养了一大批栋梁之材，为社会作出过卓越贡献。

胡梦瀛具有教育救国的思想，在

邺华书室学堂旧址

---

① 腾芳楼与永彰楼均五膺公太所建祖业。

兴办教育上倾注了一生心血。20世纪30年代，在军阀割据，兵匪丛生，积贫积弱的闽西永定下洋办学，需要多大的魄力与担当，是不言而喻的。而年逾古稀的他却在本家海外华侨及家族，特别是胡文虎的支持下，创办了邺华书室学堂，并亲自担任校长兼董事长。该学堂在1938年后，办得很有声誉，远近求学者多至百人。新中国成立后十多年，这里仍然是书声琅琅的教学点。胡梦瀛在学堂的二间书房，一直保留到六十年代中期，不幸毁于文革。其书籍、诗稿、文稿及其所编纂的《族谱》等，被视为"四旧"而付诸烈火，诚为可惜。

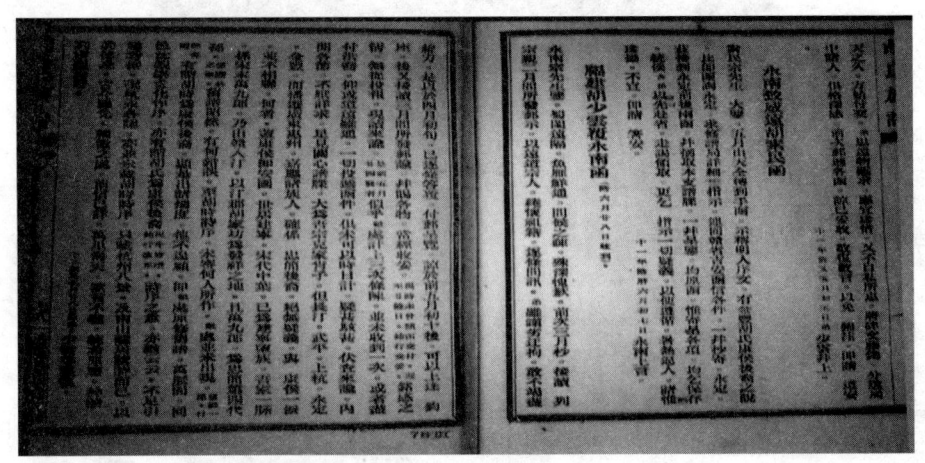

梦瀛公与四川永南公通信稿

民国初年，胡梦瀛热心帮助四川仁寿煎茶溪胡永南寻根溯源，亲自回信6封，不仅对每一个提问都予以详细解释，还就所涉及的相关问题亲临有关房派调查，为四川修谱提供了充分的史料证据；更为四川宗亲题词作诗，系统介绍了永定的风土人情、社会百业、家族播迁历史等等，是十分珍贵的家族史料。

民国十三年（1924）胡梦瀛任主编，主持谱局编撰了石印版《同永胡氏家谱》，为家族事业做出了重大贡献。民国二十六年至二十九年（1937—1940），他被聘为重修永定县志文献委员会委员，参加《永定县志》的编纂工作。

胡梦瀛幼年聪慧，学识过人，15岁就举贡。他一生苦读，勤奋笔耕，尤以诗歌见称，且长于书法。今存世墨迹惟村中"邺华书屋"题额及"邺侯心事真千古，华国文章本六经"楹联一幅。其书笔力雄浑，厚重苍劲，结体谨严，气势恢弘，深得颜鲁公精髓。可惜存世仅见此而已。

七十岁时，仍不服老，自称壶天逸叟，自题"七秩年华头易白，十分火候气纯清"。书法飘逸潇洒，仙风道骨，超然物外，颇具乃祖胡广（汉）、胡瑗（宋）遗风。

《永同胡氏家谱》书影

民国五年（1916），他将作于清光绪十五年至民国五年（1916）的5000余首诗，择精取优，编成《壶天诗选》上下两集。永定县知县潘纽承（吴兴人）亲自为诗集作序。清庠士赖登、甲云连曾在《壶天诗草跋》中赞曰："少云先生为吾邑有名诸生，工音韵学，以明经老。癸丑春，余任犹兴学校讲席，闻先生日以吟咏自娱……且曰近苦吟，久痴魂梦，后当戒之，是知先生固饮食不忘于诗，晦明不忘于诗。然先生近自托于医，号悬壶主人，故诗草亦以壶天名之，呜乎！先生能为世人愈所病，而世乃无以愈先生之病，可慨也夫。"

民国十六年（1927）秋，其母亲81寿辰，得乡中知名人士及亲友赋诗唱和诗148首，遂编成《嘤鸣求友集》上下两册。胡梦瀛一生著述颇丰，晚年还著有《北堂诗草》。

（永定胡氏二十六世裔孙胡证川整理）

胡素民小传

胡公号素民，又名胡善荣、胡翼，生于清同治七年（1868）四月十七日，威远县界牌场人（现为界牌镇四合村2组四合堡）。胡氏先祖是明末清初湖广填四川时从广东花县迁移到四川的移民，经过几代人的努力，胡氏家境在当地比较富裕。

胡素民幼读诗书，勤奋好学。十七岁举茂才，受教于著名经学家廖季平，研究经学时务。光绪二十四年（1898），受宋育仁、廖季平、吴之英的影响，参加四川变法维新运动，接受了西方资产阶级政治学说，是四川提倡新学的先驱，写出《泰西最重艺学然公卿大夫之选仍以通达政治为主之议论》一文。

四合堡寨门

清光绪二十五年（1899），胡素民中举人。次年素民在威远县创办新学堂（严陵镇中心校），并自任校长。常以"天下兴亡，匹夫有责"勉谕学生。

宣统二年（1910）胡素民进京会试，后被授予天津长芦盐茶道道尹职。当时，清政府的腐败无能，遂参加京津同盟会，协助孙炳文（京津同盟会文牍部部长）工作。

1911年辛亥革命后，胡素民与梁漱溟等任天津《民国报》编辑，写出了"不怕皇帝恨，万言堪异哉"的《民族论》。

1913 年，胡素民由京回四川，当选为四川省第一、二两届议会议员。1915 年袁世凯称帝，1917 年张勋复辟，他都参加了讨袁讨张的斗争。

1924 年国共合作期间，他衷心拥护孙中山的"联俄、联共、扶助农工"的三大政策，出任广州大元帅府秘书和中山大学教授，讲授经史。1926 年，受国民革命军总政治部主任邓演达之邀，出任总政治部顾问，成为国民党左派。这一时期，他与邓演达、宋庆龄、郭沫若、吴玉章等人时有来往，与孙炳文成为至交好友。吴玉章曾用"素民"两字作一副对联相赠："悟礼教后成兴，五色文章本乎素；到共和实现，群司奔走忠于民。"

1927 年，蒋介石对共产党人和国民党左派进行大肆屠杀，他参与了邓演达、宋庆龄、何香凝等组织的反蒋活动，极力营救被捕人员。1929 年辞职回川，在家乡办学，服务桑梓。并智说威远县县长，让共产党外围组织青年益民社免除了被捣毁的危机，营救中共威远县委书记张涤痴。

胡素民回川后曾任成都大同公学校长，四川大学教授，常与罗世文、车耀先等人交往。"九一八"事变后，他竭力呼吁各党派联合抗日，保护了不少共产党员。支持儿子胡彬甫和侄孙胡绩伟、胡一哉、胡德如等先后加入中国共产党。并全力支持以胡绩伟为主创办《蜀话》《星艺》《大声周刊》等进步刊物。

胡素民因"其人声素优，学问俱有根柢"（胡永南评语），受胡永悦之邀于 1938 年 1 月 6 日为《仁寿县煎茶溪揽祥垭新修胡氏族谱》作序。

1940 年告老还乡，1942 年当选县临时参议会议长。

1943 年 2 月逝世，时年七十五岁，李筱亭（国民党左派，四川省党部主任委员，建国后曾任西南军政委员会委员，四川省副省长等职）曾写一挽联云："一肚皮不合时宜，辞尊居卑，辞富居贫，秉性难移，公道屡遭人白眼；满腔子俱怀正义，不计其功，不降其志，盖棺论定，我来凭吊裹头青。"从此联可见胡公素民清廉公正的一生。他兼管川汉铁路股款，不曾挪用分文，教子"宁愿尔等贫无立锥之地，不愿尔等良心受苦"。

胡素民善诗词，著有《自得堂文集》《自得堂编年诗集》等。

胡公素民墓[①]在威远县严陵镇塔山村，坐北向南，冢为椭圆形，直径3米，高1.5米。墓前由条石砌成，墓台长5.25米，宽2.9米，高1.45米。前有墓碑为长方形，高1.62米，宽0.72米，厚0.13米，题记年代"民国三十二年"。该墓封土已毁，墓碑尚存，字迹风化。

胡素民之子胡彬甫，1916年11月27日出生于威远县四合堡（今界牌镇）。1938年1月参加革命，1939年3月加入中国共产党。抗战时期，历任新四军第2师侦察科副科长，独立旅参谋处处长，新四军第6师第1旅副参谋长。解放战争时期，任华中野战军、华东野战军第6纵队教导团副团长、代团长、团长。1949年任中国人民解放军第三野战军炮兵团团长。中华人民共和国成立后，任中国驻印度尼西亚大使馆武官（为新中国第一批13位首任驻外使馆武官之一），中央军委情报部武官处科长，外语学校训练处副处长，中国驻匈牙利大使馆武官，中国驻阿尔及利亚大使馆武官。1973年9月－1981年4月任贵州省军区副司令员，大校军衔。2013年12月6日逝世，享年97岁。

---

① 详见威远县《辛亥革命遗址保护目前状况调研报告》。

附录五　胡氏家族墓志碑记

宋故资政殿学士朝议大夫致仕庐陵郡开国侯食
一千五百户食实封一百户赐紫金鱼袋赠通议大夫胡公行状

曾祖珫，不仕。曾祖母夫人康氏、刘氏。

祖恺，赠承务郎。祖母张氏，封孺人。

父载，累赠太中大夫。母陈氏、张氏、所生母曾氏，俱赠淑人。

公姓胡，讳铨，字邦衡，其先金陵人，五季避地庐陵。祖恺，未仕而殁，赠承务郎。父载，累赠太中大夫。母陈氏、张氏，所生母曾氏，俱赠淑人，皆以公贵。惟祖母张氏，以百岁封孺人云。太中气节慷慨，以试有司无遇，即弃去。公自幼超诣绝世，强于记览。有质以古书者，必曰是出某书某卷，验之而信。年二十，入太学，试文，净不加点，博士惊异。建炎二年（1128），上皇策士于维扬，初擢公第一，有娟其直者，竟置第五，授文林郎，抚州军事判官。未上，昭慈圣献皇太后避敌于虔州。敌踵至，公衰绖为兵，与抚州太守张循军合遏其冲。敌退，论功转承直郎，权吉州军事判官。时群贼四起，守臣张忠彦檄公督别将赵之仪捕之。觇者请夜袭之，公不可。曰："贼掠民自从将母俱焚。"迟明，贼遁，掠者得释。未几，丁太中忧，除丧，与兄蓬（将）[山]居士鏄，筑精舍于里之洞岩，从名儒萧楚读书力学，冥搜治乱安危根株。或勉之仕，不答。绍兴五年（1135），忠献魏国张公浚都督诸路兵，辟公提举荆湖北路常平茶盐司干办公事。故事，荆湖南路提点刑狱司干办公事，多赴都堂审察。兵部尚书吕祉以贤良方正，直言极谏。科荐赐对便殿，公论持胜，及纳谏，及虔寇，及营田事。上曰："营田孰优？"对曰："田制邈矣，三代曰'井'，春秋之晋曰'爰'，秦之商君曰'辕'，汉之晁错曰'屯'，赵过曰'代'，充国曰'营'。真宗，用耿望之议，于是乎治'屯田'。仁宗用欧阳修之议，于是乎建'营田'。无弊法，有弊吏。今募民营田，官给之牛具、贷种矣。然湖之南，土牛之所以生，市之以出，乡则无全牛。降之嘉种，官有其费强之于吏手，则无实惠。"上曰："善，当改之"。改通直郎，枢密院编修官。七年（1137）十一月，宰相秦桧决策暨金人平，王伦诱致金使，以伪诏来责礼，异甚，中外汹汹。公独奏封事，其略曰："臣谨按，王伦本一狎邪小人，市井无赖，宰相无识，举以使金。诱致金使，以诏谕江南为名，是欲臣妾我也，是欲刘豫我也。豫臣金人，南面称王，自以为子孙帝王万世之业。一旦豺狼改虑，捽而缚之。父子被禽，商鉴不远，伦又欲陛下效之。夫天下者，祖宗之天下也；陛下所居之位，祖宗之位也。奈何以祖宗之天下，为仇敌之天下？以祖宗之位，为仇敌藩臣之位？陛下一屈膝，则庙社尽受敌制，赤子尽为敌有，宰执尽为陪臣。异时豺狼无厌之求，安知不刘豫我哉？夫三尺童子，至无知也。指犬豕而使之拜，则艴然怒。今堂堂天朝，相率而拜犬豕，曾童孺之所羞，而陛下忍为之耶？伦之议，乃曰：我一屈膝，梓宫可还，太后可复，渊圣可归，中原可得。呜呼！自变故以来，主和议者，谁不以此啖陛下？然而卒无一验，是敌之情伪已可知矣。而陛下尚不觉悟，竭民膏血而不恤，忘国大仇而不报，含垢忍耻，举天下而臣之，甘心焉。就令金决可和，尽如伦议，天下后世，谓陛下何如主？况金人变诈百出，而伦又以奸邪济之，梓宫决不可还，太后决不可复，渊圣决不可归，中原决不可得。此膝一屈，不可复伸；国势陵夷，不可复振，可为痛哭流涕、长太息者也。向者，陛下间关海道，危如累卵。当时尚不肯北面臣敌，况今国势稍张，诸将尽锐，士卒思奋，只如顷者。边骑陆梁，伪豫入寇，固尝败之襄阳、败之淮上、败之涡口、败之淮阴，较之蹈海之危，已万万矣。倘不得已而用兵，我遽出虏人下哉？今无故而臣之，欲屈万乘之尊，下穹庐之拜，三军之士不战而气亦索。此鲁仲连所以义不帝秦，非惜夫帝秦之虚名，惜夫天下之大势有所不可也。今内而百官，外而军民，万口一谈，皆欲食伦之肉。谤议汹汹，陛下不闻，正恐一旦变作，祸且不测。臣窃谓不斩王伦，国之存亡未可知也。虽然伦不足道也，秦桧以腹心大臣而亦为之。孔子曰："微管仲，吾其被发左衽矣。"夫管仲，霸者之佐耳，尚能变左衽之区为衣冠之会。秦桧，大国之相也，反驱衣冠之俗为左衽之乡。则桧也不为陛下之罪人，实管仲之罪人矣。孙近附会桧议，遂得参知政事。桧曰敌可讲和，近亦曰可和；桧曰天子当拜，近亦曰当拜。呜呼！参赞大政，充位如此，敌骑长驱，能折冲御侮耶？臣谓桧亦可斩也。区区之心，愿斩三人头，竿之锐街，然后羁留敌使，责以无礼，徐兴问罪之师，则三军之士不战而气自锐。不然，臣有赴东海而死耳。宁能处小小朝廷求活耶？"书奏、除名、编管昭州。时，侍御史郑光中，谏议大夫李谊，吏部尚书晏敦复，给事中勾龙如渊、户部侍郎李弥逊、向子諲，礼部侍郎张九成俱入对引救。桧迫公论，亦伪为救公者，谪监广州都盐仓，改签书威武军判官事。于是，寺丞陈刚中以笺贺公曰："屈膝请和，知庙堂御侮之无策；张胆论事，喜枢庭经远之有人。"又曰："知无不言，愿请上方之剑；不遇故去，聊乘下泽之车。"陈坐是谪知虔州安远县死焉。二十年（1150），御史中丞罗汝楫弹公本，以奉议郎除名，谪新州。同郡王庭珪以诗赠行，有"痴儿不了公家事，男子要为天下奇"之句，为欧阳识所告，王坐贬辰州。新州张棣告公讪上再谪阳军。时有观察某上书乞侍公行，不报。张棣择一牙校游崇者送公至半涂，临大江。崇拔剑而前，公色不动，徐曰："逮书谓送某至吉阳者，赏。尔不受赏乎？"崇笑而止。至朱崖，或验公以有后命，家人为恸，公方著书怡然也。吉阳士多执经受业者，凡经坏冶，皆为良士。初，吉阳贡士未尝试礼部，公勉之行。及位于朝，乃请广西五至礼部者，乞不限年与推恩，自是仕者相踵。闻母曾之丧，一恸几绝，勺饮溢米，三日不歠，须发尽白，见者出涕。先是桧大书丞相赵公鼎、参政李公光及公姓名于格天阁，孟晋者争以公为梯。监察御史田如鳌献书乞斩公，桧抵之地。光坐移书于公，再贬儋耳武运通判。方畴以致书议姻，遂下若卢。二十六年（1156），桧卒，公量移衡州。三十一年（1161）正月，公与忠献公偕命自便。时忠献谪零陵，公自衡造焉。馆于读易堂，从容谓公曰："秦太师颛柄二十年，成就邦衡一人耳。"今上即位，首复公官、除知饶州，召至行在所，即日赐对。上温颜曰："久闻卿直谅"。公首论为国以礼，又论今日之事在修德以结民心、固吾国、练兵选将以观衅待其衰。"上嘉纳，除吏部郎，迁秘书少监。又迁起居郎，论史官失职，有谓"记注不必进呈，使史官无讳。史官当立于御座之前，庶几言动皆得以书。今之史官后殿立而前殿不立，请前后殿皆立，左右史奏事请令直前，不必预白阁门及以有无班次为拘。"许之，自是史职尽复旧制。公请都建康，谓"汉高入关中、光武守信都，大抵与人斗不搤其吭、拊其背未能全胜。今日大势，自淮以北则天下之吭背也。建康则搤之、拊之之地也。若进据建康、下临中原，此高、光兴王之计也。况今西北欲归之人，如汉氏之君。汉苟不移跸，何以系其心。"诏议行幸，言者请纾其期，遂止。隆兴元年（1163）六月，忠献张公自建康入，奏图恢复计。侍御史王十朋力赞之。于是，忠献公督师进讨金人。既克宿州，以大将李显忠欲其金巾，且与邵宏渊私愤，复败于金。上忧甚。十朋亦自劾，上愈怒。公言："近者，淮上之衂，盖天以是厉陛下之志，使动心忍性，增所不能。愿益强其志，毋以小衂自沮，搜乘补卒期于身，济大业。"时宿州之师赏罚衡决。言："宿州之败，误国之将厚赂权贵，游说自解，妄处善地，诛戮不加，祸乱之渐，间不容发，愿毋忽。兼侍讲及国史院编修官，因讲《礼记·进序篇》，其略曰："君以礼为重，礼以分为重，分以（礼）[名]为重，名以器为重，愿陛下辨其分、谨其名、守其器、毋轻假人。"七月，上以旱蝗、星变，诏问阙政。公请勿徼福于佛、老之教，而躬行周、宣忧旱之诚，戒监司、守令，有贪残者必罚，是应天以实。公因论纳谏曰："今朝廷之士以箝默为贤，容悦为忠，道路相传。近日台谏论事，朝廷谓为'卖直臣'未知信否？夫'卖直'之言，唐德宗之言也。德宗猜忌，谓姜公辅为'卖直'。此言一出，忠臣结舌，驯致'兴元之变'，所谓一言丧邦者也。愿陛下以德宗为戒，以太祖皇帝欲拜昌言为法。"上曰："非卿不闻此。"九月，金人更求成。大臣欲从之。姜公奏曰："今知陛下锐意兴复，移书请和，非甘言诱我，即诡计缓我耳。愿鉴前车之覆，益修守备，益张吾军。"上曰："朕有二说，断然不移。一则中原归附之人决不可遣，二则中外名分决不可乱。"又曰："边事倚张魏公。"公乃对曰："陛下至诚如此，何忧强敌！愿持之以不懈，绝口不言'和'字。"上曰："卿忠直如此，朕甚喜。"兼权中书舍人，公逊于右史马骐。上曰："无以易卿。"又曰："恐驳事不胜任。"上曰："贵当理"，遂就职。进兼同修国史。有旨，以中人李绵等常典发军书无误，各进名一。列公不奉诏，绵等泣诉。上曰："胡铨不肯经筵讲《礼记》，至爱而知其恶，憎而知其善。"公曰："爱而知其恶，必弃之勿疑；憎而知其善，必任之不贰"。上称善。圣寿明慈皇后改称"教旨"为"圣旨"。公言："《易》曰：'大哉！乾元。至哉！坤元'。盖天地之位不可并，故以'大哉'、'至哉'为别。陛下虽奉亲尽孝，而光尧与圣寿，难以并称'圣旨'"。上嘉纳，谓枢密洪遵曰："奉亲之过，朕当自受。"张栻召对，赐三品服。公言："君子爱人以德，今赐栻服章，非爱之以德也。其父浚决不肯使人轻受，栻亦有守，决不肯妄而受。恐或议浚，非全浚也。"十一月上以和金之利病，遣使之可否，礼文之后先，土疆之取予，使朝廷杂议。公议曰："国家与金人讲解，覆辙亦可睹矣。京都失守，自耿南仲主和；二圣播迁，自何㮚主和，维扬失守，自汪伯彦、黄潜善主和；完颜亮之变，自秦桧主和。国家罹于干戈之祸，何尝不以和哉？议者乃曰：'阳与之和而阴为之备，外虽和而内不忘战。'此又向来权臣欺君误国之言也。一溺于和则上下偷生，将士解体，终身不能自振，尚安能战乎？"大臣见之，相顾失色。于是，益忌公，且欲夺魏公兵柄。公复沮其议，除宗正少卿。公请补外，不允。尝递宿玉堂。上问曰："金人汲汲欲和，闻其窨。"对曰："近有自淮甸来者云，金人闻陛下力任张浚，所以汲汲欲和。臣愿陛下委任勿疑，则恢复可必。"上曰："善"。公又申前请，上曰："卿久在瘴乡而略无瘴色，天祐直谅，卿未宜去。"兼国子祭酒。因见公言："往年睿旨，欲移跸建康"不可。但已上曰："澶渊之役，当时有劝幸蜀及江南者，惟寇莱公决策亲征。"公曰："今张魏公，陛下之莱公也，愿早定计。"上曰：

"善，卿直谅，四海莫不闻，不可言去，且晋经筵，事无大小，皆以告朕。"公言："晋开运之末，有陈友者杀李璘之父，国初璘遇友于途杀之。而自言鞫之得实，太祖壮而释之。臣愿陛下坚复仇之志，以不忘太祖之训。"上在讲筵谓公曰："卿之学术、士所甚服。"因及此日文士如苏轼、黄庭坚者，谁语？对曰："太上时如陈与义、吕本忠，皆宗师道者。"上曰："如韩驹、徐俯，皆有诗名，卿可广访其人。"退而乃荐王庭珪、朱熹、杨万里、周必正、弟镐、犹子昌龄籍之。除兵部侍郎，公言："受降，古所难。六朝七得河南之地，不旋踵而皆失。梁武，侯景以河南来奔，未几而陷台城。在宣政间，郭药师自燕云来降，未几而为中国患。今敌中三大将，内附高其爵禄，优其部曲，以系中原之心善矣。"然处之近地，万一包藏祸心，或为内应，后将噬脐。愿勿任以兵柄，迁其众于湖广耕种，以决后患。时有国学生献书阙下，乞用福国陈公、康伯及公为腹心者，七十有七人。二年（1163）八月，上以灾异数见，避殿减膳，诏廷臣各陈阙政而及急务。公言："禹有九年之水，而国无损瘠，备先具也。今数路水潦，曾不逾时，而民以流殍，无备甚矣。愿诏遭水之处，博施赈恤，使民被实惠，无至流徙，此先务也。陛下又令条陈阙失，臣谓今之阙政，孰有大于和议者，因陈和议，可痛哭者十。"上太息。"自靖康至今，凡四十年，金未尝不由诡道，而我终不悟也。窃闻道路之言，金缓我以和，实潜师以伺我。或言多作戈船，由海道以进，或言实粟塞下，由间道以来。愿陛下坚守和不可成之名，力修政事。十年生聚，十年教养，如越之图吴，社稷幸甚。"进兼侍读，因进读《宝训》至"食讫，习射"。奏曰："边人易以兵制，难以信结，愿陛下谨守此言。"上曰："文武岂可偏废。"又读真宗顾李宗，谔曰："闻卿至孝，能保宗族。朕守二圣基业，亦由卿之守门户。"公奏曰："唐柳玭云：'积累如登天，覆坠如燎毛'，祖宗基业诚不易守。"上称善。公言："侧闻金人欲议书礼，有所增损，议者谓末节不较。窃以为议者可斩也！四郊多垒，卿大夫之辱；楚子问鼎，义士耻之。故'献纳'二字，富弼以死争之。今敌骑横行，与'多垒'孰辱？国号大小与问鼎轻重孰耻？'献纳'二字与'再拜'，孰重？臣子争于君父，君父屈已从之，是多垒不足辱，问鼎不足耻，献纳不足争也。臣愿陛下决和以鼓战士，左氏谓'无勇妇人'，臣谓今日举朝之士皆妇人也。"十一月，以边鄙有衅，诏改北郊，用来年正阳之月大雩之辰。公参稽《礼经》及国朝故事，陈不可者一。宰相汤思退、参政王之望等，坚主和议，遂罢张魏公兵柄。公又力争之，于是大臣不悦。遂除措置浙西道淮东海道使。诏趋行，以二日为期，公即辞行。曰："臣愿陛下先决和议。"上曰："要尽其在我者。"时金寇及境，号八十万，声动辇毂下。自淮扬海陵，连数郡望风弃城。高邮太守陈敏与敌相拒于射阳，湖水军帅李宝屯江阴，诏宝条陈舟师及扼守要害，北海海分使檄宝发兵援敏，宝不行。公奏曰："臣受诏令，范荣备淮，李宝备江，缓急则更相援。今宝逗遛违诏，坐视敏之孤，城射阳失守，则大势去矣。"上命，公遣书切责之。宝乃发兵渡淮，与敏相犄角。敌一夕退。时天大雪，河冰皆合，舟师不能进。公先使冰槌捶冰，士皆奋。寻诏罢兵，而时相亦斥死。除提举江州太平兴国宫，加集英殿修撰，知漳州，改泉州。入见言："郡邑害民大者三。"上曰："每思卿直谅，朕恢复之志已决。今金人土木不息，旱干相仍，机不可失。"对曰："陛下尝许臣以誓不与金和，何为中变？又谓臣决意移跸建康，何为中辍？"上曰："以民之不易。"少须耳又曰："在廷，大半腐儒卿不可去。"一日秘书郎张渊对选德，上因数不诡，随者云犹有胡铨一人在。除在京宫观兼侍讲，公论："前古未有不由讲学而兴，灭学而亡。精兵百万，不如道德之威。被练三千，不敌忠信之胄。陛下之意端在于是。"上称善。除权工部侍郎，以修史书成转承议郎。因见上曰："属已得契丹要领，卿观朕施设。"公言："少康以一旅复禹迹，今陛下富有四海，非特一旅。而即位九年，复禹之效尚未赫然。"又言："四方多水旱，乃者，乙酉之岁，修门之外，斗米易一妇女，小儿半之。左右不以告，此谋国者之过也。宜令有司速为先备。"寻工部为真，公辞焉。诏曰："汲黯在汉，谋寝淮南；随会仕晋，盗奔秦境。卿其奚辞？"赐对衣金带，封庐陵县开国男,食邑三百户。令参政周公必大视草以御札归公,令藏于家。公尝燕见,言:"初元经筵之臣七人,惟臣独在。臣老矣,愿乞身归田里。"上曰:"卿忠孝有物护持,且留观朕恢复立皇太子。"公请饬太子宾僚,朝夕劝讲。上曰:"三代长且久者,由辅导太子得人所致。末世国祚不永,或七八年、或五六年、或三四年,皆由辅导不得其人所致。"对曰:"诚如圣训。"公力乞致仕,除宝文阁待制与外祠。既出都门,有旨复留,改佑神观兼侍读。公辞不得,请于经筵讲罢,复申前请。上曰:"卿大节可嘉,朕不忍令卿去。"因论纳谏,公曰:"从谏,人主之高致,陛下自登大位,虚怀受言,中外翕然,咸谓恢复之期,指日可冀。然靡不有初,鲜克有终。光武之杀刘洎,终之实难。"诏举堪刑狱、钱谷及有智略吏能各二人,公以张敦实、吕永、周必达、李发、刘之柄应书。言者谓举李发、刘之柄非是。公坐贬秩二等,三求去。上不得已,从之。除敷文阁直学士与外祠。辞行,言于上曰:"愿陛下规恢远图,任贤除邪,理财训兵,矜寡恤孤,然后布告中外,必报国仇,必归陵寝,必复故疆,以副太上付托。"上曰:"朕志也。"又问:"卿今何归?"对曰:"庐陵"。又赐通天犀带。又曰:"臣在岭海无所用心,妄意经学三十年,粗能训传。"上曰:"卿可进来。"既归,诏趣之。遂表进《易》《春秋》《周礼》《礼记》解,命藏之秘书省。复奉议郎、除龙图阁学士、提举江州太平兴国宫,制有"身蹈东海,独鲁仲连不欲帝秦;名重泰山,微蔺相如何以强赵"之语。光尧?"天圣七十庆寿,湛恩转朝奉郎,进封开国伯,益邑三百户。公复乞致仕优诏不许。除端明殿学士,明堂合祭,礼成;复增邑三百户,实封百户。淳熙六年(1179)十一月,召赴行在,公辞焉。复力乞致仕,不许。公遂引疾转朝议大夫提举江州太平兴国宫遂称笃,且极陈时病五事。上察公志不可夺,乃加资政殿学士致仕。明年夏五月疾革,薨于庚辰日。不及家事,惟命诸子口授遗表,有"死为鬼以厉贼"之语。奏闻,特赠通议大夫,年七十有九。诸孤卜于是岁十月丙午,葬于庐陵县之儒行乡松山原祖承务府君茔之右。公明德峻极,敌绝敬畏。丞相洪公适,述其先忠宣公北庭事云。皇太后以书归曰："胡铨封事，此有之。知中国有人，益生惧心。"公以利不苟取。初钦祖既祥及册隆兴皇后，公以职将事，皆赐金帛。再辞，必得请乃已。使海道日赐金十镒，既归或惎之以理生业者，悉以赒亲友之贫。而其余君赐尚尔，故没齿九畴不益一亩。邃于礼禾，冠昏丧祭式礼，迁叟佛老梵呗焚纸为钱，一切划硋，四仲享先，设醴分膰，坐客百人。州闾耆老，不问贫贱，挹郯必躬，投壶赋诗，杂以琴弈，往往申旦。睦族笃亲，庆吊必诣。寒暑风雨，不为回车。居新兴时，尝铭其室曰"澹"。盖取贾生"澹若深渊"之意。晚自号"澹庵老人"云。公居无事时，下心拱手，言恐伤人。独论国事，劲气正色，贯日袭月，奋以直前，不怵不惕，不疚不忒。大节揭揭，细行斩斩。动容出词，见者起敬。长身玉立，望之山如，即之春如。其为文章，骏奔轧忽。幽纷缪辀，隐帙奇字。旁枢远撷，初占之者，口呿难语。徐综其纬，理顺脉属。似肆实庄，若险实夷。韩《碑》柳《骚》，媲高麗浼。中兴以来，作者寡二。笔画真隶，上规颜蔡，铁屈石出，肖其为人。饭不重肉，一制十稔。而豆区饥民，棺敛道殣。退省其橐，屡空不赢。惟太中公不货于蕃，絜德之植，实仪之。蓬山既逝，公字其子，岁在癸巳。不潚以公任，孝友惟祗。忠义惟干，俊茂硕人，岂一朝夕？公有《庵文集》一百卷、《周易拾遗》十卷、《书解》四卷、《春秋集善》三十卷、《周官解》十二卷、《礼记解》三十卷、《经筵二礼讲义》一卷、《奏议》三卷、《学礼编》三卷、《诗话》二卷、《活国本草》三卷。娶刘氏，赠淑人，先公卒，中散大夫荆湖南路提点刑狱敏才之女。子男五人：泳，承务郎，监江东淮泗总领军马钱粮所，太平惠民局，兼行宫杂卖场。淳熙二年（1176）卒于官。参政周公哀而铭之。澥，承事郎，监潭州南岳庙。浃、潇，皆承务郎。冲未命。女五人，适南昌严万全、福唐叶昌嗣、上饶方自厚，承务郎、赣州兴国县丞王宗孟，将仕郎王藏。孙男六人，槐、槩、椡、柀、枛、榙。孙女四人，长曰相孙夭，余皆幼。万里与公同郡，常从学。公将窆，万里以系岭表，不得筑室于场。澥，走书二千里，以公犹子，承务郎致仕。昌龄所述之言行，托万里论次。将乞铭于参政周公，万里敬恸，哭而书之。谨状。

淳熙七年（1181）九月　日同人朝奉提举广南东路常平茶盐公事杨万里状。见《诚贤集》。

晓垣府君行状

【提要】 此为胡永悦于民国七年（1918）为其父胡元榜所撰行状。据行状介绍，胡元榜（1828—1910），字晓垣，自幼体弱，习武强身，读书间隙，佐理家政。青年时逢李蓝农民军骚扰成都及周边各县，胡元榜避难扇子坝，开荒耕田，不遗余力。娶妻周氏、王氏、黄氏，生永悦等六子。至晚年世道承平，优游岁月，对族中贫困子弟予以帮助，且好奖掖后学。宣统二年（1910）病逝，享年83岁。其行状除对状主个人生平介绍外，对李蓝起义时成都及周边民众避免自保的情形记载颇为生动。

府君讳元榜，字晓垣，邑北煎茶溪人也。王父仁恺公，先后娶许、杨、郭、吴四妣。府君郭妣所出。太王父遵海，妣陈氏、何氏。府君幼既聪颖，不与常儿伍。及岁出外（传）[傅]，身羸多疾，不任读。适胞伯点年十八卒，王父患之，令废读。随拳技师陈月道君习愈病术。月道祖传岳公易筋法，府君从授，得其秘，逾岁疾稍愈。斯时也，王父弟兄五人，犹合爨，伯叔妯娌，一门怡怡。钱谷出入、置产购业，无年无不有其事。虽董其成者，为二叔祖仁昭公，而会计盈虚，无一不经王父心。幸府君羸疾渐瘳，乃嘱于读书之暇，佐理家政。凡千钱以下出入，悉经府君手。府君藉是亦得以养孱躯为堂上娱计。王父因府君读未成名，为纳监焉。咸丰丁巳（1857），王父归道山，府君哀毁骨立。翼岁滇匪蓝、李肇乱，已岌岌不可终日矣。各县奉檄募捐输，势暴甚。凡民之稍有资业者，诛求再三，必锱铢竭而后已。咸丰戊午（1858），叔祖辈乃集议分居，以冀保其所固有。府君旋奉吴庶祖妣，迁于扇子坝太平桥侧新居，经营草昧，不遗余力。迨庚申岁（1860），蓝逆大顺抵彭山县，场属附近，土匪蜂起。仓皇徙避，或今日本乡，明日邻邑；或朝村露处，暮郭风居。府君每于豆棚瓜架，乘凉散发，追谈往事，津津为悦等言之，犹懔然生畏心焉。方冀匪平后，子女团聚，一堂娱乐。夫何原配母氏周，遽焉溘逝。续配悦母氏王，悦二岁后又病亡。旋聚母氏黄，以教以养，使悦得以有今日。府君之心与力俱瘁矣。所幸同光以还，世乱渐平，得以优游岁月，长乐桑榆。只愧悦弟兄无状，不获稍有显扬，以慰老怀耳。府君长身鹄立，骤睹之，貌癯体长，立弱若不胜衣。自得授易筋经术，颇健啖，而晚更矍铄，步履如飞，虽晚年未尝一柱杖也。生平好以奖借族人，及幼辈之有心计、可助长者，恒以钱谷赒之。胡宗鼎弟兄其尤著者。宗鼎初就府君时，为凑千串钱金资助之，卒以是得大创业，今其家犹感颂之不已。光绪庚寅（1890），府君令悦弟兄割居，季弟永光，犹未诞生也。越丁酉岁（1897），光弟生，府君晚年得之甚慰。惟产业分授悦等，弟兄殆尽，幸尚提有膳田十二亩，及街房大小五间，作为尝款。乃于庚子岁（1900），委托永南兄代缮遗嘱，亲授悦等弟兄五人，及弟光等。呜呼，府君之心苦矣，乃天不弔。旋于宣统二年（1910）寿终于扇子坝今宅正寝，距生于道光戊子年（1828）五月初二日子时，享年八十有三，卒于庚戌年正月十八日丑时。悦等弟兄，亲视含殓讫，即于是年冬月，厝葬二兄永仙屋侧艮山之阳。

　　府君生子六人：长永桓，廖氏，续江氏，又续苏氏，均先于府君卒；次永仙，李氏；永琯，尹氏；四即永悦，何氏，妾氏宋；五永儒，晏氏；六永光，陆氏。孙：世昌、世濬、世滢、世举、世根，桓出；世祥，仙抚；世勋、世承、世麟、世猷，琯出；世炊、世德、世檀，儒出；世瑜，光出。女七，长适徐，次适陈，三适叶，四适张，五适徐，六适高，七适尹，均各得所。越府君后八载，族人修谱，悦适襄其役。谱成，乃撮其崖略而谨补为之状。

中华民国七年六月　日
男永悦谨状

清胡公仁德府君墓志铭

【提要】 此为民国七年（1918）岁贡生晏鸣皋为胡仁德所撰墓志铭。胡仁德（1766—1825），胡氏家族第四代孙，妻高氏，生子元珍、元扬。嘉庆十二年（1807）分产于籍田，勤奋创业，有隐德。

公讳仁德，号懿斋，仁寿人。父遵潮，妣李氏，生子仁德、仁成、仁粹，公其长子也。祖灿英，祖妣谢氏，始由粤迁蜀，生遵潮公于新繁，辗转屡迁徙至仁寿煎茶溪揽祥埂而生公焉。公生时，祖与父尚未置有恒产，力耕不果读。旋购理嘉坝业，遂随父祖辈迁居焉。

娶华邑高东阳次女，夫妇勤奋，甚得重帏欢。嘉庆十二年（1807），父伯叔辈分衅，奉遵潮公徙居籍田析业，遂世家焉。子元珍，援例贡成均。元扬未娶，卒。孙永昌、永祥、永超、永丰。公以乾隆三十一年丙戌岁（1766）生，道光五年乙酉岁（1825）殁，享寿六十岁。

越二十年，而公配氏高以疾卒。孙昌等议合瘗之。其第三孙超，昔尝从余读，匍匐捧其行状，乞铭于予。予以公有隐德，乐为之志。而系以铭曰：公不读书识大体，幼年奉亲老教子。有子崭然头角起，孙曾一堂乐莫拟。伫看簪缨耀闾里，积德端从我公始。天佑善人良有以，呜呼，我公虽死如不死。

清岁贡生世愚晚晏鸣皋于九父撰
国立成都高师校毕业元孙绍龄谨书
民国七年月　日

封翁元珍胡君墓志铭

【提要】 此为胡元珍墓志铭，撰者不详。据墓志铭所述，胡元珍（1784—1841），妻周氏，生永昌、永祥、永超、永丰四子。胡元珍好学上进，却屡试不中，后经营家政，艰苦备尝，增置田园百余亩。性格慷慨，多行善举，四子均有其风，于道光辛丑年（1841）病逝。

公讳肇洙，号泗亭，姓胡氏，仁寿人也。父仁德，母氏高，世居邑北煎茶溪。以乾隆四十九年甲辰（1784）四月初七日戌时，诞公于理嘉坝胡氏老宅。弟兄二，公其长也。幼淳谨，与人接，谦让有礼。弟十八殁，未娶，无嗣。公感念伶仃，甚痛惜之。中年负笈从师，学逾富，每苦试不售。前学政史以佾生送学官，公慨然曰："吾志不酬乃尔乎？"遂援例贡成均，不复试。乙酉（1765），太封翁仁德府君殁，居丧一循古礼，不徇俗。旋析居籍田铺，经营家政，艰苦备尝，以汗血赀添置今田园百余亩。

配氏周，子永昌、永祥、永超、永丰，均绰有父风。次子祥、三子超，尤颖能读，未可量也。女一，适华邑魏氏。余维公恂恂孺慕，侍养五十余年，虽仓卒未尝有怠慢容。性慷慨，好施与，见贫困者辄赒济之，无德色，人尤以是多之焉。

以道光辛丑年（1841）六月初六日，卒于籍田铺福家坝住宅正寝，享年五十有八。子昌等，亲视含殓讫，旋（辄）[諏]吉葬于宅右癸山之阳。二子祥，以德馨，知公深，而并与祥有姻谊。匍匐（棒）[捧]其状，乞铭于予。为之铭曰：继承者易，创始者难。公于族学，实倡其端。绎史研经，巨不遗细。继晷焚膏，兼精制艺。如金在冶，如墨斯绳。文工运否，感喟曷胜？以教后人，以诒孙子。凤翥龙翔，腾蛟凤起。籍田之浒，两河之旁。贞珉万祀，而炽而昌。

岁进士胡君秀升墓志铭

【提要】此为胡秀升墓志铭。胡秀升（1852—1912），幼承庭训，博学慎思，名冠仁寿，宣统二年（1910）为岁进士（贡生），民国元年（1912）去世。民国七年（1918）胡秀升三子胡绍龄就读于成都高师校，请本校老师为其父胡秀升撰写墓志铭，由陈品全撰文、周翔篆额、宋育仁填讳、虞兆清书丹。该铭系当时川内名家集体创作而成，对胡秀升生平及才学进行了深度概括，史料价值极大。另胡永南亦作《秀升别传》，可参照阅读。

　　清赐进士出身、高师校文科教员中江陈品全撰文。

　　清赐进士出身、高师校校长新津周翔篆额。

　　清翰林院检讨、高师校文科教员富顺宋育仁填讳。

　　清拔进士、高师校文科教员荣县虞兆清书丹。

　　民国三年（1914）秋，省垣国立成都高师校成，延品全主任文科教员。品全陋辞，名获承乏其间。就学之士，济济然，龙鳞凤逸，多隽选就中，尤以仁寿胡生绍龄为杰出。偕处四年，见其操履洁、志行高，而学有渊源。其札记论述、其家法，私心窃识之。及毕业，生乃以其父《状》乞铭于予。予读《状》竟，乃叹曰："生之学，得自庭训，有由来也。"按《状》，君讳世杰，字秀升，世为仁寿籍田铺人。父永超早故，妣周氏。王父元珍，力学不售，以佾生奋，不售援例纳贡焉。以诗古文课子孙，妣周氏。

　　君有至性，颖悟过人，幼承家庭教育，稍长出就外傅。多从名师益友质疑难，故其学博而备有家法。光绪壬午（1882）冠邑军。旋食饩，屡蹶秋闱，卒未获一伸肮脏之气。惜哉！能苍苍者，安知其非啬于彼而丰于此也。明德之后，必有达人，验诸往例而皆然矣。宣统二年（1910）以岁进士贡成均。

　　子绍铨、绍康、绍龄、绍芬，皆绰有君风，愈以知天之报施善人，固在此不在彼，（吾）［无］或爽也。原配冯氏，未几卒；继配贾氏，生一女旋卒；续配林氏，龄等四子，皆其出也。女适廖氏，亦名族。君以咸丰二年壬子岁（1852）二月初十日戌时，生于籍田铺（徐家）［福嘉］坝，享寿六十有一，卒于民国元年（1912）六月初三日申时，原宅正寝。是年八月二十四日，葬于宅前坤山之阳，今距殁已七年，墓木拱矣。子龄为余言之，汪然泪下，貌若不胜痛者。呜呼！孝哉！所著制艺若干卷，存于家。

　　乃志而铭之曰：斯文不坠，吾道干城。曰君有子，直立亭亭。上溯周秦，旁通欧墨。颉篆庐书，叙行旁列。灌输新学，铸造群伦。植基前哲，食报后人。翳予学荒，硁硁自效。相彼先民，慨焉长悼。曲说倡矣，圣教盲矣。惟今之人，昧周行矣。溪山为砺，溪水为带。下御黄龙，子孙百代。有巉其石，有爝其灵。后有作者，读视兹文。

中华民国七年六月上浣

资政殿学士赠通奉大夫胡忠简公神道碑

武王一戎衣而定天下，应天顺人之举也。义士犹或非之，孔孟实取焉，为万世计也。绍兴和议，高皇不得已者矣。两宫未归，母后春秋已高，故与大臣决策从权。中外议论虽汹汹，顾无敢极陈于上前者。独枢密院编修官胡公铨，上书数千言。援大义而伸之，大略谓王伦诱致金使，欲刘豫我。秦桧腹心大臣，尊陛下为石晋。孙近附会，遂参政事，愿竿三人头，羁留金使，兴问罪之师，时八年十一月也。辛亥有旨，铨书凶悖劫持，其削籍，流昭州。仍降诏布告中外，是桧、近，惶恐待罪。明日又请收责命，不许。则乞，从未减。十二月王伦亦再上章自劾，而六曹长贰、给舍、台谏自晏景初而下，多有救解者，乃改监广州都盐仓。明年正月，宰执复奏铨，书专诋臣等前和议，未诣，不敢固请，以疑群心。议今已定，宜稍甄叙。乙酉，遂改签书威武军节度判官所公事。十一年六月之官。十二年七月，谏议大夫罗汝楫劾公，益唱前说，用欺群听。复除名，勒停编管新州。十八年十一月，郡守张棣奏公与客唱酬，毁谤怨望，移吉阳军。时大臣专柄，小人观望迎合，必欲置公死地，赖天子独保全之。二十五年冬，秦丞相薨，乃得归。某窃惟人臣犯颜逆耳，上撄人主之怒，下为权臣切齿，或诛或斥，何可胜数。未有九重，特申召谕。二府矫情，禁近引谊救正，曾不四旬，谪命三改，如朝廷此举之甚者。当是时，一胡编修，名震天下。勇者服，怯者奋。朝士陈刚中以言饯行，至云"屈膝请和，庙堂无策；张胆论事，枢廷有人"，贬令安远，之死靡憾。乡人王庭珪，尝赋"奸谀胆落"之诗，窜徙夜郎，反以为荣。下至武夫悍卒，遐方裔士，莫不诵其书。乐道其姓字，争愿识面，虽北庭亦固知中国之不可轻。盖天理所存，自公达之；人心愤激，自公发之。扶世垂教，非朝之伯夷耶？孔孟而在，其大书而特书也必矣。

胡氏本金陵人，五季徙庐陵。公字邦衡，曾祖琏，妣唐氏、刘氏。祖恺，赠承务郎，妣孺人陈氏。父载敦，尚气节。一试有司不中，即弃去，转太中大夫。母陈氏、张氏，所生母曾氏，俱赠淑人。公幼不群，强记博览，年二十，试太学，文不加点。建炎二年，廷对行在所，考官初以冠多士，或畏其切真，置第五。授左文林郎抚州军事判官。未（上）〔几〕隆祐太后避敌上赣，敌师随之。公以发运司檄，摄本州幕官，率乡丁佐官军捍止。第赏转承直郎，就权判官。寻丁父忧，服除，与兄镈从乡先生萧楚讲春秋学，无仕进意。绍兴五年，张忠献公都督诸路军马，避湖北常平茶盐司干办公事，亲嫌易湖南提点刑狱司，俱未行。召赴都堂审察。七年，兵部（向）〔尚〕书吕祉，以贤良方正荐。四月赐封，改左通直郎，留为枢属，后二年赴福州，才一年逾峤。又六年，过海守隶驱，公使步往。又谕送吏侵公，公不为动，吏无所肆其毒。既抵珠崖，著书怡然，不以死生介意。士执经从学，多可冠预贡者，相继赴南宫。其后公还朝，复请五至省者，试，勿限年推恩。自是海岛颇有仕宦者。阅七年，始量移衡州。又数年乃许自便。三十二年（1162）寿皇即位，复左奏议郎知饶州。二月入对，乞修德结民，练兵观敌衅。上曰："久闻卿直谅。"拜吏部尚书左郎官。隆兴元年（1163），正月，迁秘书少监；四月，擢起居郎兼侍讲、国史编修官。论记注不应进稿，前后殿皆当待立，遇直前，毋白阁门，毋隔班次。又请移都金陵。时督府北伐克宿州，大将军李显忠、邵宏渊败归。公劝上毋以小衄自沮。七月，旱蝗星变，求直言。公请："勿徼福佛老，躬行周宣王政事。罚监司守令之贪残者。"其论纳谏曰："今庭臣以箝默为贤，容悦为忠。反谓'台谏争事'为'卖直'。此德宗疑姜公辅之语也，驯致兴之幸。所谓'一言丧邦者'。"上曰："非卿不闻此。"金人再求和，公曰："敌知陛下锐意恢复，故以甘言诡计款我，愿绝口不言'和'字。"上叹其忠直，侍郎王之望、侍御史尹穑皆主和，排忠献公。公廷责之，闻者称快。兼权中书舍人，特升同修国史。公虽与忠献善，及其子栻，赐金紫，则谓不当。如待勋臣子缴奏之。太上皇后改称"教旨"为"圣旨"，公言"大哉乾元，至哉（乾）[坤]元，今乃一之，将如太上帝何旨？""奉亲之过，朕当自受。"十一月，诏以"和议利病，遣使可否，礼文后先，出疆取予"大询禁近。或劝公从众，公奋然曰："有断头将军，无降将军。"乃上奏曰："京师失守，自耿南仲主和。靖康播迁，自何㮚主和；维杨失守，自汪伯彦、黄潜善主和。完颜亮之变，自秦桧主和。议者乃曰'外虽和，内不忘战'。此又向来权臣误国之言也。一溺于和，将士解体，尚能战乎！"执政读之失色。今中贵人推金字牌赏越旧制，公索成法将论之。俄，与宗正少卿何修两易其官，公未出省，吏白"新舍人至"。公叱曰："命汝取成法，何迟也？"吏惧，探怀出之。公亟且奏："乃减"，即索马去。上寻悟中伤之由。请外，勿听，独以侍讲夜对。上曰："金急欲和，其势甚蹶。"公乞"力任张浚，恢复可必"，因再求去。上曰："卿直谅，四海所知，且晋经筵，事无大小，皆以告朕。"二年二月兼权国子祭酒。六月，除权兵部侍郎。八月上以灾异避殿减膳。诏廷臣言阙政急务。公以"恤「民」为先务，议和为阙失。"于是太学生七十七人，同上书，请"再相陈康伯、用胡某为腹心"，进兼侍读。金人议国书未合，谓"末节不必较"。公曰："富弼以死争'献纳'二字，今欲君父卑辞下敌，固愧富弼多矣。"上韪其言。十一月以边事改卜郊，公言"不可者十"，又大臣主和益坚，公争之力，以本职措置浙西淮东海道。命下，即趣行。时敌寇深入境，号八十万。淮东郡县，望风退避，高邮守陈敏拒之射阳湖。而大将军李宝驻师江阴，不肯援。公檄宝出师，先尝取宝密诏为自安计。公劾奏曰："臣诏，命范荣备淮，李宝备江，缓急更相援。今宝视敏勿与，若射阳湖失守，大事去矣。"守惧，与敏犄角退金兵。时大雪河冻，公亲厮冰济，舟师人以用命。初公与尹穑同出使，穑使浙东，置家于安。公使江淮，盖受敌之地，携孥北行，实安众心。言者乃并指为罪，闰十一月与穑俱罢。久之，提举江州太平兴国宫。乾道五年（1169）冬，上语谏臣，平时恩得节谊之士，时奏公中兴初，率乡兵遏敌故事。上雅知公，陈、虞二丞相复荐之，遂除集英殿修撰，赴知漳州。未赴，六年（1170）春，改泉州。辄趣令奏事。上曰："每思卿直谅，今朕恢复之志以决。"公曰："陛下尝欲移跸金陵，何为中辍？"上曰："以民之不易少须耳"，留为在京宫观，兼侍讲。闰五月除权工部侍郎，论前修史功进官一等。十一月真拜侍郎，公言："初元经筵七人，老臣独在，愿乞身归田里。"上曰："卿忠孝，神物护持。且留观朕恢复，同载大梁。"或忌公敢言，摘细故，杂他朝士并撼。公冀不得独留。公自以年逾七十，遂求致仕。诏除宝文阁待制在外宫观，时七年（1171）三月也。未数日，特留举佑神观，侍讲如故。上曰："卿大节可嘉，朕不忍令卿去。"未几受诏，举堪任刑狱、钱谷及智略吏能各二人，言者又谓公"所举非其人"，贬秩二等。公知不容，复求去。进敷文阁直学士，再提举兴国宫，特许陛辞。公奏："愿陛下任贤黜邪，理财训兵，逮鳏恤孤，必报国难，必归陵寝，必复故疆。"上曰："朕志也。"又问："卿今何归？"公曰："臣向在岭海，尝训传诸经。今归卢陵，将成此书。"特赐通天犀带以宠之。

公既归，上趣所进书，遂上《易》《春秋》《二礼》解，诏藏密书省。寻复元官。淳熙二年（1175），上思公不置，谕大臣，令进职。初拟稍迁，上特升十等，遂为龙图阁学士，前此未有也。太上庆七十，独公以前朝龙飞甲科，迁朝奉郎。祠满，又纳禄。

上令因任近臣有言：秦桧时，臣僚被贬斥者后皆还。其所历岁月，惟胡某为议郎，将四十年未尝自列。"诏特与四官，遂转朝散大夫。三年

(1176)冬,三纳禄。优诏不允。四年(1177)秋,秩满,特命提举隆兴府玉隆万寿宫。五年(1178)夏,上以公连岁纳(绿)[禄],举大梁同载之言,谕大臣使留公,仍进端明殿学士。六年(1179)冬,三省复奏公祠满。上曰:"铨虽老不衰,昨去国,欲他日从朕中原。朕书状其言,可勿归也。处以经筵。"公引疾力辞,因陈"时病五事",且曰:"刘珙、张栻将死,其言甚忠。李椿、郑鉴之去国论议,皆有以补。陛下盍念之?顾何以老臣为?"上知公不能来。七年(1179)春,超转朝议大夫,再食兴国宫禄。公称疾笃,四月加资政殿学士致仕。五月庚辰薨,遗表犹欲为鬼疠贼。赠通议大夫,官其后三人。享年七十有九。初庐陵县国男加至本郡开国侯,食邑自三百户积至一千五百户,实封百户。是年冬十月丙午葬于县之儒行乡松山原祖茔之右。以子升朝遇郊恩赠通奉大夫,娶刘氏,中散大夫湖南提点刑狱公事敏才女,先公卒,赠淑人。五男:泳,承务郎,监江淮总领所惠民局兼行宫杂卖场,淳熙初卒官。澥,今为奉议郎,前沿海制置司干办公事,赐绯鱼袋,能世其家。浃,承务郎。潄,承奉郎。冲未命夭。五女,适从事郎道州司法参军严万全、福唐叶昌嗣、上饶方自厚、通直郎:书昭信节度判官厅公事赐绯鱼袋王宗孟,将仕郎王藏。孙男十六人:槻,承事郎,辟广南西路转运司主管文字;榘,文林郎,监泉州市舶务;(栊)[杙],承奉郎;桯?、楷、梴、栟、机、槐、槾、柏、桦、櫢、檼、椅。孙女七人。惟公忘身国,首倡正议,人已知敬畏。又平居持鲠挺,视权贵不善趋向,有不正辄髵欲扼其吭,略无顾避。士大夫以是疑公特独立行,为不可得而亲。其实笃厚宽恭,孜孜乐善,常欲以学道爱人之实,施诸有政。既不大用于朝,尝三拜二千石不复。未及布宣于外,故公之刚,虽表表愈显,而其人心则罕知者。昔苏文忠公作刚《说》,谓"夫子以刚毅巧言辨仁不仁,深阔太刚则析"之论,由公视之,其信而有证哉!公性孝友,在海南闻母恸绝,水浆不入口,一昔须发尽白。当任子先禄兄之子,岁时会聚宗族,思意周备,收恤贫弱,不计家之有无,与朋友交,情文两尽;后田父野老,儿牧夫,亦接以礼,得其欢心;自奉身约,非宾祭,食不重味。间被君赐,可辞则辞,不可辞则以赒人。先畴外,寸地无所增。识者叹服。公聪明既绝人,又能坚忍勤苦,圣经贤传,昼夜绎思,古文奇字,悉力研究,发为文章,雄深雅健,清新藻明,下笔辄数百言。尤刻意《诗》《骚》,用事深远,措词奇崛,后生投贽率次韵以酬,多至百韵数十篇,愈出愈工。字画端劲,兼通篆隶。碑版一出,人争传玩。而邃于礼学,能躬行之。冠婚丧祭,必遵古训。释老异端,一切屏弃,亲旧庆吊,寒(著)[暑]不辍。自壮至老,始终如一。在新兴名室曰"澹",晚号"澹庵老人",遂以名其集,总一百卷。又著《易拾遗》十卷、《书解》四卷、《春秋集善》三十卷、《周官解》十二卷、《礼记解》三十卷、《经筵二礼讲义》一卷、《奏议》三卷、《学礼编》三卷、《诗话》二卷、《活国本草》三卷。自公之殁,其子以门人、今秘书监杨万里所状《行实》来求铭。某自少知慕公名,迨隆兴初,先后入两省,中间郊居从游几十年,已复邂宿玉堂,凡公文行,皆亲熏而炙之。铭其敢辞?独念公官品虽未应谥,而名节如此,顾在隐德邱园之下耶?幸从执政之后,当任斯责,暨尸宰事,始奉明诏谥公"忠简",而郡庠又以公配祠六一先生,然后哀荣两备,铭公有辞矣。铭曰:

河入中国,地卑而倾。屹立底柱,其势乃分。江会三峡,端束于滟。截然澌㵧,其流乃杀。天方骄敌,帝维念亲。事之至难,有君无臣。龈龈满朝,其澜孰障?阎阎胡公,正论独抗。鼎镬刀锯,视之犹无。岭海崎岖,不日夷途。相欲杀公,彼恧趋和。天子仁圣,公卒无祸。晚仪王朝,素志弗移。不会于梁,则系乎时。富贵寿考,百世之顷。孤忠大节,千古惟永。懦夫以立,清哉伯夷。孔孟亟称,公乎得师。祀在乡校,传在国史。刻诗新阡,与宋无止。

(见《省斋文集》)

胡忠简公跋

九世祖宋资政殿学士忠简公，著有文集百卷，《易》《春秋》《周官》《礼记解》，及《经筵二礼讲义》《学礼编》《奏议》《诗话》《活国本草》诸书，孝宗诏藏秘书阁。仲子十世叔祖澥，与太守蔡侯必胜锓板行世。《经解》者，公当高宗朝，公抗疏力阻和议，请斩权奸。贬监广州都盐仓不已，复褫官，窜新州，后移崖州，三迁岭海，二十余年所著也。宋元之末，屡毁于兵，遂罕有（傅）[传]本。

乾隆丙子（1756），族兄静园给谏，得抄本《文集》三十二卷，族中伯叔昆弟，集资重刊，而我公之著作，始不至于尽湮矣。惟是重刊之集，不过存什一于千百，若《经解》则全失焉。《经筵讲义》诸书，抑又失焉。洎（昶）典狱潮州，自潮州至于广州，千里而遥；自潮州至于新州，千里而遥；自潮州至于崖州，千里而遥，然皆隶在粤东。意三州之人士，既慕公之忠，重公之文，必有世守其书者。广之州，则因公屡至焉，屡访求焉，而竟无所得。新与崖也，则托诸僚友，访其绅士，而亦无所得。盖公播迁岭海时，末及刊故耳。近年同怀弟筑夫，就养浙之余杭尉长侄光烯廨舍，订交杭城鲍以文、朱朗斋二先生，得公《春秋》《周礼》《礼记》解，多者十余卷，少亦不下数卷，并诗文、诗余共若干首。旋于杭城开雕，司校阅者，即朗斋也。经始于丁未（1787）仲秋，五越月而蒇焉。呜呼！我公忠贯金石，光争日月，岂籍著作传哉？但念我公在高宗时，以忤权贵，投遐荒外。孝宗虽见用而不能行其言，生平之精神寄于文而已。海表二十年之精神，寄于《经解》而已。文不传，则生平之精神就湮；经不传，则廿年之精神就湮；非子孙之责而谁责欤？今而后，我公之著作可以永传。而昶访求于粤东而不获者，筑夫于杭城得之，而即刊之。筑夫之心慰，昶心亦籍以慰。然则是书也，虽不澥公初刊之全，以视重刊之文集不较备也哉。

乾隆丁未嘉平月二十一世孙昶谨跋

胡忠简公经解跋

姻丈筑夫胡翁，为吾乡有宋忠简公之裔孙。笃素好学，志切承先。每恨公之遗集敬落不全，勤勤搜访。今嗣炎亭作吏浙西，就养来署。常扶屐明湖，徜徉山水间，一时名士游，托为探纂，遂获诸《经解》，及《文集》《补遗》《附录》共如干卷。亟命炎亭节缩廉俸，鸠工绣梓。刻甫竣，炎亭丁内艰，将奉翁归里，过官舍，话别。并出新刻本见示，且致翁之意，今识数语于后。光与炎亭，学同乡塾，官同一方。次子孔蕙复为炎亭婿，合管鲍朱陈之好①，久悉其贤，乔梓远述祖泽，晨夕孜孜深叹为不可及。兹快睹斯编，璧合珠联，汇成巨（秩）〔帙〕。洵足以补乡（祠）〔祠〕文集之缺，传世行远。将益（影）〔彰〕公之忠诚义愤，原本经训，而非血气激昂者所可希矣。至翁、炎亭之勤恳搜罗，拮据刓劂，更足为当名家望族之子若孙劝。而光以庸鄙，藉葭莩之微谊，得父子挂名末简，其欣幸为何如！

乾隆五十四年孟春，姻晚生侯定光顿首敬书于桐江宫官署

九世祖忠简公经解后跋

先公忠义，彪炳史册，争光日月。而其文章，根柢六经，浸淫两汉，兼董贾之醇茂，而复行以刚正之气，别具炉锤，卓然自名一家。乃传世无多，岁久敬轶，顾随珠和璧，光不终掩。曩者族兄给谏静园，于京师得抄本《文集》三十二卷寄归。堂叔明经如亭，用编次之，刊以行世。尚惜窜岭海时，著有《经解》，当时曾经表进，诏藏秘阁者，无复可得。栋族弟筑夫，留心

---

① 朱陈之好：表示两家结成姻亲。语出唐·白居易《朱陈村》诗："徐州古丰县，有村曰朱陈。……一村唯两姓，世世为婚姻。"

购者有年。兹以其长嗣炎亭，官尉余杭，意浙省为人文渊薮，当必有藏书之家，鸿博之儒，可访而致焉。于是广投赠，勤咨询，幸遇朱郎斋先生，勤加搜采，得以示之筑夫，勉力经营，就杭付梓。举数百年湮没不传之手泽，一旦从而表彰之，斯固先公忠义不磨之神之所呵护，而亦岂非筑夫访求心诚，获交于贤大夫之力也哉？廷栋以跼蹐故园，弗克勷事为恨。筑夫邮书索言，以缀简末，因具获传之由，以无忘所自云。是为跋。

乾隆丁未年十二月二十一世孙廷栋谨跋

胡时疑案

【提要】本文系胡永南对本支始祖胡有通第五代祖胡时世系的考证。他结合闽、粤、赣、蜀等地族谱及地方志关于胡时、胡宗贵、胡明广、胡岸诚、胡铁缘五祖的史料记载，条分缕析，严谨推断。最后认定，胡时至胡铁缘之间的五代世系，是后人"拉杂录入"，所凭无据，不应视为事实。胡永南这种审慎严谨的修谱态度值得称赞。

我支传抄旧本，录南京流绪上五代。其始祖胡时①，二世祖宗贵，三世祖明广，四世祖岸诚，五世祖铁缘。生三子，有通、祖通、贤通。查有通生元成宗大德三年己亥岁（1299），再查明时胡春郊请段观海作《谱叙》云："乡贤胡子俊，讳时。"《永定志》载：其人"淳良忠厚，以明经教授于乡。歧山陈倪、段阙等，皆其门徒。"又云："洪武八年己卯岁（1375），杭尹刘亨，荐杭庠训导教人。"据此，则时公荐任，时已后有通七十有七年。谓为有通以上五世祖，不辨自明。伏查南京有通玄孙诚公为南京兵马副指挥，据此，则又似诚以上五世祖。但诚公生明建文元年己卯岁

---

① 胡时字子俊，福建永定人，以明经教授于乡。善诗，工楷书。其《村居》诗云："豆种南山秋种田，醒时独酌醉时眠。溪头水涨夜来雨，门外山横晓起烟。村鼓数声春社日，牧童一曲夕阳天。东邻老叟时相问，桑柘阴中话有年。"洪武间，上杭邑令刘亨荐授本学司训。卒于官。

（1399），距时公任训导，仅二十五年，其世系不能联贯。再按闽省忠坑百七郎裔胡梦瀛函称："荐公生年，无谱可考。惟令祖有通公，系百八郎公曾孙，即敝祖铁缘公之堂叔。而百七公，又系百八郎公胞兄。"伏查，百七郎之子明广，即善卿从兄弟。生元延祐六年己未岁（1319），卒明洪武乙亥岁（1395）。其子彦成即彦发堂兄弟，生元顺帝六年戊寅岁（1346），卒明洪武二十五年壬申岁（1392）。其子宗贵，即铁缘公之父，有通、贤通再堂兄弟。生元顺帝二十三年癸卯岁（1355），卒未详。又铁缘公生明洪武二十七年甲戌岁（1394），卒正统十二年丁卯岁（1447）。以此推之，当知令祖有通之生年，有无出入。综上各由，则胡时至铁缘五世，系后人拉杂录入，断无疑义。

后 记

当书稿脱手之际，身心终于放松下来。现将《蜀粤闽征信录》的发现、校注及出版过程略作申述，权当后记，以示对胡永南、胡梦瀛诸前辈学人的怀念与敬仰，和对参与本书校注工作及背后默默支持的诸位同仁的感谢与铭念。

《蜀粤闽征信录》作为辑录于族谱中的珍贵文献，本是私家秘藏，向不示人。在胡证川、胡子平、胡先达、胡先成等诸位先生的支持下，得以校注成书，奉献学界，既是胡氏家族的荣光，更是嘉惠学林的幸事。《蜀粤闽征信录》得以校注出版，首先得益于胡证川先生的发现之功。目前所知民国二十七年（1938）版仁寿《胡氏族谱》现存两处：一为四川省图书馆收藏。此谱龚义龙等先生在论述清代四川移民家族生长、发展时虽曾引述，但并未引起学界的广泛关注，尤其是《蜀粤闽征信录》尚未被学界所知。二为成都籍田镇胡先达先生珍藏。2018年3月，胡证川先生有幸得到胡先达先生馈赠的仁寿《胡氏族谱》电子扫描件。当年12月初，在与胡子平先生同赴煎茶溪揽祥埂进行实地调研时，他提出了将该谱中的《蜀粤闽征信录》进行整理的建议，得到胡氏宗亲的一致赞成，由此开启了本书校注之序曲。

我因修谱与证川、子平等诸先生结缘，并一同参加四川胡氏首届和第二届家风文化交流会。听证川先生说起仁寿《胡氏族谱》中辑有《蜀粤闽征信录》之事，拜读之后深深感到：一部族谱内能保留清末民初蜀闽粤往来书信48封之多，较之前零星发现的同类书信相比，可谓体量大，跨时长，内容丰，形式新，为我们提供了一个有来有往、首尾连贯、前后呼应的样本，再现了18—20世纪以胡氏家族为代表的广大移民家族迁川、定居、创业、发展的完整图景，是弥足珍贵的巴蜀乡土文献。在四川省胡氏宗亲会、四川公满文化传媒有限公司的支持下，我与证川、子平、先达、英席等就整理《蜀粤闽征信录》进行多次研讨，并明确分工，分头协作。2019年12月24日，我与证川先生专程向四川客家研究中心主任陈世松研究员汇报了校注《蜀粤闽征信录》的初步设想及体例构架，得到了世松先生的高度赞赏及细心指导，并欣然答应为本书作序。陈先生对后学的支持和鼓励，让我们信心倍增。

在本书整理过程中，证川先生一方面通过微信与广东长乐、福建永定等胡氏后裔进行联络。在胡居焕、胡育生先生的鼎力帮助下，联系上了胡梦瀛后裔，得到馈赠的珍贵照片、传记等资料，让我们百余年后，再次得赡先辈风采。另一方面证川先生利用胡氏宗亲网及胡氏各微信群等平台，征集新中国成立前四川胡氏与祖乡联系的各类家书。信息发布后得到全国各地宗亲的关注与关怀，特别是北京胡耘华和贵州胡天寿先生，慷慨赠予泸州喻寺熊桥道光三十年（1850）手抄本《胡氏族谱》中保存的雍正十二年（1722）至嘉庆十五年（1810）迁川字禀及与原乡往来的书信等，共计三篇（见附录二），亦显弥足珍贵。

为了更好地将《蜀粤闽征信录》及仁寿《胡氏族谱》所蕴藏的文献和学术价值、社会和文化意义挖掘出来，按照世松先生的建议，我们确定了本书的辑注原则（见凡例），并做了相应分工。由苏东来负责全书纲目设计、撰写提要及统稿工作；胡证川负责信函作者传记的撰写、文献录入、辑注及汇总；胡子平负责文献录入、校对及联络出版等事宜。

在本书辑录、校注过程中，特别得到了绵阳师范学院钱成国先生的大力帮助。他倾注了大量心血与时间，对书稿进行了精心审阅和认真指导。巴蜀书社编辑团队提前介入，自始至终为本书的设计、编排和出版费心费力，认真负责，令人敬佩！

本书的出版得到了众多胡氏宗亲自始至终的关心支持。四川胡氏宗亲会会长胡英席先生数次参加编撰会议并给予指导；天府新区揽祥埂胡氏家族族委会，特别是胡先成宗长在出版经费上给予了大力支持；胡氏宗亲网总版主胡南山，福建永定《胡氏族谱》主编胡居焕、副主编胡育生、胡赛标，成都胡先达、北京胡耘华、广东胡达周、贵州胡天寿等宗贤，倾其私箧，奉献了珍贵的家族史料；四川省胡氏宗亲会胡良伟、胡泽厚、胡良荣等诸先生也均为本书的顺利编撰给予了宝贵的支持与鼓励；香港特别行政区文学艺术界联合会书法界协会副主席、包弼臣书法研究会主席胡明轩先生为本书亲题书名，使本书大为增色。值此出版之际，特向各位胡氏宗贤致以诚挚的谢意！

在撰写过程中，本书得到四川师范大学成都市哲学社会科学重点研究基地成都历史与成都文献研究中心规划项目（编号：CLWX20002）资助，并被纳入四川省社会科学院四川历史研究院成果文库。在此，对王川教授、汪洪亮教授、毛丽娅教授、张彦所长和各位师友的关心支持一并表示由衷的感谢。

最后要说明的是，由于学识和水平有限，书中难免有错讹疏漏之处，敬请各位胡氏宗贤、广大读者及学界同仁批评指正！

编者
2020 年 10 月